張欣宇　等著

改變力量 源於你我

香港新方向的理想與探索

中 華 書 局　香港新方向 NEW PROSPECT FOR HONG KONG

目　錄

自序：傾聽、行動、改變

香港一直都是一座充滿活力與機遇的城市，憑藉獨特的地理位置、多元的文化背景與堅韌不拔的拼搏精神，成就了無數人的夢想。然而，近年來，香港正面臨深刻的變局——經濟轉型的壓力、社會發展的挑戰、民生問題的積累，都讓我們思考：香港的未來應該走向何方？

「香港新方向」正是在這樣的背景下誕生的。這是一群來自社會不同領域的專業人士，涵蓋工程、金融、醫療、法律、教育、社會服務等行業，懷抱着對香港的熱愛與責任感，以專業知識與務實行動，為香港尋找新的可能性。單靠批評無法解決問題，唯有透過深入了解、理性討論、積極參與，才能推動

「香港新方向」榮譽顧問張炳良教授出席新方向分享會「未來香港，路在何方？」

真正的改變。

本書不僅記錄了「香港新方向」的成長歷程，也希望藉由具體案例與政策探討，讓讀者了解這個團體的理念與行動。我們將隨着此書回顧香港在變局中的關鍵時刻，分享我們如何與市民同行，並探討未來的發展方向。

這本書不僅僅是「新方向」的故事，更是屬於所有關心香港未來的人的故事。我們希望，這本書能夠啟發更多人參與討論、關心政策，甚至親身投入行動，讓香港在挑戰中找到新方向，迎接更美好的未來。

香港新方向
2025 年 7 月

第一章

香港是一座不斷變遷的城市，2019 年至 2021 年間，香港社會經歷了許多挑戰和變化。本書第一章將聚焦這段動盪的時期，回顧大時代背景下所發生的事件，理解香港社會、經濟與政治結構的變化，並與大家講述「香港新方向」是如何成立以及張欣宇參選立法會議員的心路歷程。

（一）時代背景

2019 年至 2021 年，香港經歷了一場前所未有的變局，社會、經濟與政治環境都發生了深遠的變化，影響着每一位市民的生活，也讓這座城市面臨新的挑戰與機遇。這三年間，從社會動盪到疫情衝擊，從選舉制度改革到經濟結構轉變，香港逐步走向一個新的時代。在這樣的背景下，市民對未來充滿疑問：香港的出路在哪裏？我們應該如何面對這些變化？

2019 年，修例風波引發了一場持續多月的社會動盪，街頭示威、警民衝突、政治爭議，讓香港陷入前所未見的社會撕裂。這場動盪不僅改變了市民的政治參與方式，也讓許多人開始重新思考香港的核心價值與發展方向。動盪的影響滲透到社會的各個層面，從家庭關係到商業環境，從國際形象到本地治理，社會的對立與矛盾日益加深。

2020 年 6 月，《香港國安法》正式實施，標誌着香港治理模式的重大轉變。國安法的落地讓社會秩序逐步回穩，街頭示威活動大幅減少。無論立場如何，這一變化確實讓香港進入了一個新的治理時代，政府的施政方向也開始轉向恢復社會秩序，關注發展。

就在整個社會仍在適應政治環境變化的同時，2020 年初爆發的新冠疫情，又為香港帶來了另一重挑戰。疫情初期，市民對病毒的認識有限，社會充滿不安與恐懼。政府迅速實施防疫措施，包括限聚令、口罩令、強制檢疫等，而市民也開始適應新常態，口罩成為日常生活的一部分，社交距離成為人際關係的新標準。然而，疫情對經濟的影響巨大。旅遊業幾乎完全停擺，零售行業受到重創，餐飲業者經營困難，企業裁員潮接踵而至，市民的生計壓力急劇上升。

為應對經濟衰退，政府推出一系列紓困措施，包括「保就業計劃」、現金津貼、消費券等，希望透過財政支援幫助市民與企業渡過難關。這些措施雖然在短期內提供了支援，但香港經濟的結構性問題也在經濟下行時露出了短板。多年來，香港過度依賴地產與金融業，經濟多元化發展不足，而疫情進一步暴露了這一問題的嚴重性。當國際市場環境不穩定，全球供應鏈幾乎停滯，旅遊業短期內無法復常時，香港的經濟該如何發展？這成為了政府與社會關注的焦點。

2021 年，選舉制度改革正式落實，確立了「愛國者治港」的原則，這一變化進一步重塑了香港的政治環境。選舉委員會的角色重新調整，立法會選舉的機制也發生了變化，政府的施政穩定性有所提高，但與此同時，市民對政治參與的態度也發生了變化。部分人對政府的政策持觀望態度，部分人則開始關注如何透過不同方式影響公共政策，如社區參與和提供專業建議等。這標誌着香港的政治生態進入新的階段，市民與政府之間的互動模式也在發生變化。

除了政治與經濟層面的變化，人口流動也是這三年間的重要議題。受到政治環境變化與疫情影響，部分市民選擇移民海外，英國、加拿大、澳洲等地成為熱門的移民目的地。這批移民潮不僅改變了香港的人口結構，也對本地的勞動市場與人才流動帶來影響。與此同時，內地與香港的融合進一步深化，「大灣區發展」成為政策重點，政府一方面鼓勵企業與專業人士在內地發展，另一方面推出各類人才計劃，並提供相關支援措施。這使得香港與內地市場建立了更緊密的聯繫。

在這三年裏，香港經歷了社會的動盪、疫情的衝擊、政治環境的轉變、經濟結構的調整，每一個變化都影響着市民的日常生活，也讓人們開始思考未來的方向。「香港新方向」就是在這樣動盪的背景下應運而生的。來自五湖四海，決心迎難而上的人們因「香港新方向」而相聚，並且相信，香港的未來不應該被困在過去的爭論中，而應該以務實的態度，運用專業知識，推動具體的政策與行動，讓香港在變局中找到可持續發展的道路。

這段時期的種種變化，既帶來了挑戰，也孕育了新的機遇。社會開始重新關注創科發展、經濟多元化、基建投資等議題，政府與業界也開始思考如何提升香港的競爭力，確保這座城市在全球化競爭中仍能保持優勢。未來的香港，不能只依賴過去的成功模式，而是需要努力尋找新的發展方向，不僅要積極回應市民需求，更要善用國家發展帶來的機遇，發揮自身優勢，探索更符合香港長遠利益和國家整體發展大局的施政方案。

（二）「香港新方向」的成立與發展

「香港新方向」的成立源於一個簡單卻堅定的信念——香港還能變得更好。創辦成員們放下個人生活中的安穩與小確幸，希望透過理性討論與務實行動，推動香港走向正面的改變。我們深信，社會不應被長期的政治惡鬥所困，而應該尋找可行的解決方案，透過對話與合作，推動真正的改革。秉持這樣的理念，「新方向」提出了「改變力量，源於你我」的口號，並以行動實踐這一信念。

有一個小小的木箱，寬不過一尺，高未至五寸，卻陪伴並見證了「香港新方向」的發展歷程。在社區裏與市民交流時，或是在公開場合討論香港的未來時，成員們便輪流站在這個小木箱上分享見解，也鼓勵市民和各界朋友上去發言。這個小木箱，隨着「新方向」走過無數地方，見證了無數討論與辯論，也象徵着「香港新方向」的理念——每一個人都應該有機會發聲，每一個想法都值得被傾聽。

「香港新方向」的總召集人劉暢是一間新媒體文化傳播公司的創辦者，於2008年來到香港求學。回憶起當年，他曾形容那是一個「悲喜交加」的年份——四川汶川大地震帶來的震撼與北京奧運所激發的民族自豪感，交織成強烈的情感衝擊。對香港而言，2008年同樣是意義深遠的一年。這一年，港人對國家的認同感達到了歷史性的高峰。據當時的民調顯示，約95%的港人曾為四川地震捐款，社會各界紛紛發起募捐活動，無論是在校園、商

陪伴和見證了「香港新方向」成長的小木箱

場，還是市區的街頭巷尾，隨處可見市民自發捐款的身影。他清楚記得，在學校的公共大屏幕上，甚至在茶餐廳的電視機裏，災區的新聞不斷播放，許多人看着畫面默默流淚。

同年夏天，北京奧運會的成功舉辦進一步激發了港人的民族自豪感。劉暢當時與同學們一起觀看奧運直播，見證國家隊奪冠、國旗升起的時刻，全場歡呼聲此起彼落，這種共同的情感經歷，讓他對香港這座城市產生了深厚的情感聯繫。這些經歷在劉暢心中埋下了種子，也影響了他日後對香港的看法與選擇，他希望能為這片土地的未來貢獻自己的力量。

同樣是召集人之一的王宇是執業刑事律師，巧合的是，他與劉暢同年來港，亦感受到當年的社會氛圍。不同的是，由於職業的需要，看新聞、了解政策是王宇的「每日必修課」。他回想從 2008 年到 2019 年，香港社會歷經國教、奶粉事件、雨傘運動這些事，人們的認同、歸屬感呈螺旋式下降，愈來愈離心⋯⋯ 他也曾覺得迷惘，並開始思考到底怎麼了？特別是 2019 年的社會動盪對法律從業者們帶來了根本性的衝擊。

「新方向」剛成立時，張欣宇還是一位在港鐵工作的土木工程師。他有一份來自工程師的「職業病」，習慣以「發現問題，解決問題」的視角去看待不同議題。他發現不少香港人深陷意識形態的迷障，也跳不出二元對立的思維。張欣宇回憶起那時的情景便覺得心痛，他說：「眼見社會上愈來愈多人變得冷漠，不再關心社會和未來，那麼這個城市就真的玩完了。更可怕的是，在折騰過後，其實大家都輸，社會並沒有因而向前，香港也沒有變得更好。」

與另外兩位創始人一樣，無論是過去，還是現在，張欣宇都一再強調香港這座城市給予他的太多太多——工程知識、專業身份、國際榮譽、穩定工作、幸福家庭、價值信念——他覺得自己沒有理由不站出來為這個家做些對的事情，尤其是當很多人已然灰心喪志、遠走他鄉，他越是心痛。「因為香港是家，所以當這個家遇上困難的時候，就更加是需要我們付出的時候」。

在工程界打拼多年的黃偉信 Wilson 亦有着相似的感受。土生土長的他見證了行業的發展，也希望憑藉自身的專業背景和對社會的熱忱，為香港作出更多貢獻。自加入「新方向」並成為工程及交通專業召集人以來，他最深刻的體會是，在「新方向」，能夠與志同道合者共同努力，真正推動行業和香港的進步。在過去的幾年中，「新方向」舉辦了許多有關交通、工程和發展的研討會與交流活動，凝聚了不少來自不同背景的成員。他們來自五湖四海，成長和工作經歷各不相同，但有一個共同點：熱愛香港——我們的家，並希望這個城市能夠愈來愈好。

Wilson 堅信，香港需要更多專業人士投身城市治理，參與政策討論，為大型基建、北部都會區、交通網絡、鐵路規劃等重大議題出謀獻策，推動香港邁向真正的可持續發展。

同樣土生土長的高愷怡 Ivy，小時候曾在 1991 年寫下一篇文章，被收進「97 回歸時間囊」之中。她這樣寫道：「香港是一個美麗、發達的城市。這些繁榮、進步都是我們香港人齊心合力造成的。如果個個居住在香港的香港人都走了，那不是自己也不看自己經過一番努力創造出來的成果？始終我們生於香港，根在香港，所以我希望人們都留在香港，繼續發展這美麗、發達的城市。在金融、高科技製造業、貿易都能保持增長。」

多年後，Ivy 依然記得那份童真的承諾與理想。作為市民，她思考，自己究竟能為這座城市做些甚麼。成為「香港新

「香港新方向」三周年茶話會

方向」的一份子，讓她得以邁向實踐小時候寫下的那篇文章的心願，與一群有共同理想的人攜手努力。她覺得，「新方向」這個團體始終堅持每一次討論與建言都要對社會建設帶來正向影響，讓「一國兩制」的優勢得以充分發揮，讓「港人治港」的理念得以更好實踐。

在困局中為香港提供新的方向——這便是「香港新方向」這個名字的由來。從一開始的十幾個人，到愈來愈多人加入，我們才發現，原來有這麼多志同道合的人。傾聽大家的聲音，凝聚眾人的意見，用開放的態度和發展的觀點討論公共政策，這就是「香港新方向」所倡導的理念。

「香港新方向」最想為香港帶來良性的政策討論，為香港的未來提出一些方向性的建議，希望令民眾重燃熱情——對公共政策的熱情，令每個人都能夠參與到社會的進步當中。因為智慧並非只來源於某一個人或是某個政治團體，而是民眾。

成立五年多，越來越多志同道合的人加入後，「新方向」逐步發展出了自己的研究部門。我們的政策研究及方案以市民的實際需求為出發點，採用「由問題去找答案」的思路進行政策研究。「新方向」會在學生、地區街坊、專業人士等群體中

「香港新方向」五周年大合照

「香港新方向」五周年慶典獲社會各界賢達出席

做小型問卷、小型訪問、線上線下交流會，以收集大家最關心的問題。在尋求相關學者、研究機構、行業人士的意見後，研究部門會進行討論及分析。

自成立以來，「香港新方向」也舉辦了大量線上與線下活動，透過講座、沙龍和社區對話，促進不同背景人士的交流討論。團隊成員撰寫了許多政策建議與評論文章，其中部分建議被政府採納，甚至寫入《施政報告》，「新方向」的文章在新媒體平台上的總閱讀量達數千萬人次。此外，「新方向」製作了各類短片，並參與了上千篇政策論述的報道，逐步在香港社會中建立起影響力。

與我們成立之初的理念一樣，五年來，「香港新方向」始終堅持開放與包容的態度。我們不為自己貼上標籤，也不輕易定義他人，而是專注於在現實中尋找務實可行的解決方案。回望這段路，我們更加堅信：香港的未來不應被意識形態左右，而應透過理性討論與實事求是的行動，凝聚共識，探索出最適合這座城市的發展方向。始終，香港自己的問題還是要靠自己來解決，這才是善治的核心。

一路走來，我們始終沒有忘記那句深植於心的信念：「我們如何，香港便如何。」這不僅是我們對自己的期許，更是對所有香港市民的呼喚——香港的未來，掌握在每一個願意挺身而出、願意付出行動的人手中。雖然前方的道路仍然充滿挑戰，但我們始終相信，歷史從來不是由少數英雄書寫，而是由一群平凡人，一磚一瓦地共同築起。

今天，回望五年來走過的路，我們每一位成員依然堅信——香港是我們的家。未來的日子裏，我們將繼續與所有將香港視為家的人攜手前行，堅持務實理性，為這座城市尋找真正可持續的發展之路。我們相信，只要有更多人願意參與、願意相信，香港的明天，必定會更加美好。

（三）改變力量，源於你我

當「香港新方向」逐步發展為一個能夠影響公共政策的倡議平台時，我們開始思考一個更具挑戰性的問題：除了提出建設性的政策建議外，是否能夠進一步參與制度內的改革，親身推動改變？

這個問題的答案，在 2021 年立法會選舉前夕逐漸浮現。團隊成員之一的張欣宇，決定踏出這一步，從政策倡議走向制度參與。他的選擇，並非來自一時衝動，而是多年來觀察香港社會發展、思考未來方向的結果。從街頭的木箱演講，到走進選舉的舞台，他的參選之路，既是一場挑戰，也是一場對「平凡人能否改變現狀」的實踐驗證。

這場選舉，不只是個人的抉擇，更是「香港新方向」的一次集體行動。我們希望證明，在理性與務實的基礎上，平凡人也能夠影響公共決策，甚至走進議會，為香港尋找新的方向。

2021 年 11 月 4 日清晨，張欣宇正式宣佈參選。隨後，他與競選團隊馬不停蹄地前往粉嶺，與當地街坊交流，傾聽市民的聲音。

在粉嶺的一個鄉村裏，他與一位村長展開對話，深入了解新界村民對新界北發展的看法。村長坦言，許多村民對未來的

張欣宇宣佈參選 2021 立法會選舉

發展充滿期待，希望看到「新人新氣象」，帶來實質的改變。這番話讓張欣宇更加堅定了自己的參選初心——透過務實的政策建議，為香港開闢新的發展道路。

與村民的交流過程輕鬆而坦誠。他們的信任與支持，讓張欣宇深感責任重大。他始終相信，真正的政治參與，始於傾聽民意，理解市民的需求與關切。他常說：「只要你肯講，我就肯聽。」這不僅是一句口號，更是他從政的核心信念。

在返回競選辦公室的路上，他陷入了沉思。這座城市，仍然有許多人選擇留下，仍然懷抱希望，盼望香港能夠變得更好。但香港的改變，絕不會無緣無故發生，它一定有其原因。而他，也在問自己——我願意成為這個原因嗎？

這一天，他再次確認了自己的信念——以實幹精神，為香港帶來改變。

11 月 5 日，張欣宇走進北區政府合署，正式提交參選立法會的報名表。這一刻，標誌着他踏上了一條充滿挑戰的道路。

張欣宇選擇參選，正是因為不甘心香港被困在過去的爭論中，而忽略了我們共同面對的現在與未來。他不是為某個小圈子發聲，也不只是代表特定群體的利益。他關心的，是香港整體的發展，因為這座城市的未來，不應該由少數人主導，而應該是眾人共同創造的。

他始終相信，改變香港不應該只是少數人的責任，而是所有願意為這座城市付出的人共同努力的結果。他堅信，平凡人也能夠改變香港。而現在，他也想把這個問題拋給每一個仍然對未來懷抱希望的人——你，願不願意一起成為這場改變的一部分？

政治的本質，從來不該只是「板塊」之間的對抗，而是人與人之間的連結與信任

在香港的政治生態中，「板塊」這個詞幾乎無時無刻不在影響着選舉的走向。不同的政治勢力，各自擁有固定的支持群體，選民往往被歸類為某個陣營的一部分。然而，政治不該只是板塊之間的對抗，而應該是關於每一位選民的選擇——每一位投票者，都是獨立的個體，而非某個政治光譜中的一個數字。

「我們並不屬於任何一個特定的板塊。」這句話，並非策略性的口號，而是張欣宇對這場選戰的核心信念。他深信，每一位選民都有自己關心的議題與期望，而他的責任，不是迎合某一個陣營，而是讓每一位選民認識他、了解他，相信他是值得託付的人選。

因此，張欣宇的策略很簡單——一票一票去爭取，一個人一個人去溝通。選舉的關鍵，不在於代表哪個陣營，而在於能否讓選民相信，候選人能夠真正為香港帶來改變。這份信念，貫穿了他的整個競選過程，也是他從政路上的初心。

提名的分量——信任的考驗

競選立法會，對於一個沒有背景的平凡人來說，最大的挑戰之一，是如何獲得社會的認可與支持。而在這條競選之路上，張欣宇深刻體會到，提名，並不只是簽下一個名字的過程，更是一場信任的考驗。

當公佈首批提名人名單時，許多人都感到驚訝——袁國勇教授、李小加先生、金澤培博士、趙國雄先生、李焯芬教授⋯⋯這些在各自領域內舉足輕重的人物，為何會選擇支持一個沒有政治背景，甚至在選舉前完全沒有公職經驗的參選人？

「香港其實很小，小到無論是誰，只要通過幾位師長、朋友的介紹，都可以找到。」張欣宇回憶道。然而，找到，並不代表能夠得到信任；被引薦，並不意味着能夠獲得支持。

在爭取提名的過程中，袁國勇教授的提名尤為特別。這位在抗疫期間備受尊敬的專家，並未輕易答應，而是對張欣宇提出了三條問題，要求他先行思考，然後再見面詳談。

見面當天，兩人進行了一場長達一小時的討論，話題涵蓋政策願景、社會問題、個人價值觀，以及他對未來的承擔。袁國勇教授並未輕易給出答案，而是不斷追問，試圖了解這位年輕候選人是否真的準備好了，是否真的有能力承擔這份責任。

當袁國勇教授最終決定簽下提名時，張欣宇心中並沒有鬆一口氣的感覺，反而感受到更沉重的責任感。因為他知道，這不僅僅是一份支持，更是一份期待——期待他能夠兌現承諾，真正為社會帶來改變。

在這個過程中，張欣宇不僅獲得了提名，更獲得了一個深刻的體悟——提名，只是開始。香港需要每一個人都付出努力，才能真正改變。這場選戰，並不只是他一個人的奮鬥，而是許多願意相信他、願意支持他的人，一同努力的旅程。

這條路不會容易，但當你知道有這麼多人願意給你機會，願意對你有期待，你便會更加堅定地走下去。信任從來不是輕易獲得的，也絕不應該被輕易辜負。

揮手的力量——從懷疑到堅信

競選的過程中，有許多事情是張欣宇從未親身體驗過的，而「街站」、「打招呼」、「揮手」——這些看似簡單的行動，起初，他並不確定它們究竟能產生多大的影響。

「這些動作真的有用嗎？」他曾經這樣問自己。然而，當他真正踏上街頭，親身站在熙來攘往的人群中，向來往的市民揮手、微笑、打招呼，他才意識到，這一切比他想像中更具力量。

那一天，他回到了同一個地方、同一個位置擺街站，這讓他產生了一種熟悉的親切感。這裏的街道、這裏的車流，甚至是某些曾經擦身而過的行人，都變得不再陌生。他站在街站前，穿着簡單的競選背心，身旁豎立着易拉架，沒有華麗的宣傳手法，只有最直接、最純粹的方式——與人互動。

最初，他仍然帶着些許懷疑，直到他開始向路人揮手，開始與市民對視、點頭、微笑，他才驚訝地發現，這樣的舉動竟然能夠帶來如此直接的回應。「每三、四架車，就會有一位乘客或司機回應。」有些人按喇叭示意支持，有些人搖下車窗，伸出手向他揮手致意，甚至有人大聲喊出鼓勵的話語。這種互動的力量，遠遠超過他最初的預期。

這不僅僅是選舉宣傳的一部分，更是一種情感的連結。每一個揮手、每一個回應，都是市民對他的認可與支持，讓他深刻體會到，競選並不只是發表政綱、參與辯論、走訪選區，而是要真正讓市民「看到」你，感受到你的誠意，認同你的理念。

許多人或許會覺得，揮手這個動作過於簡單，甚至有些「儀式感」，但張欣宇卻從中看到了更深層的意義。這不只是向市民展示自己的存在，更是一種態度——主動走近人群，主動傾聽，主動讓人知道：「我是來為大家服務的。」

他愈來愈明白，真正的改變，並不一定要透過高深的理論或複雜的政策，而是要從最簡單的行動開始。

有時候，一個簡單的揮手，便能點燃一個人的希望；一個真誠的微笑，便能拉近彼此的距離。

這就是他在街站上的體悟。

六街站奮戰，來自全港的支持力量

2021 年 11 月 13 日，張欣宇與團隊馬不停蹄地奔走於上水、粉嶺、天水圍六個街站，順利完成既定行程後，他更臨時加入流水響的拜訪行程，向村長介紹參選願景並爭取支持，整個行程異常緊湊。即使過去曾歷經多年輪班與通宵工作的鍛鍊，他終於回到家後，依然感到筋疲力盡。

然而，來自全港各地義工的無私支持令他十分感動。許多人或許難以想像，究竟是甚麼原因，能讓來自東涌、將軍澳、杏花邨的居民，願意在自己的周末放棄休息時間，特意前往新界北，支持一位毫無政治背景，甚至素未謀面的候選人。他明白，大家支持的不僅僅是他這個人，而是懷抱着相同的信念——希望成為推動這座城市變得更好的力量。

就在這時，團隊成員告訴他，第二日街站的義工報名人數已遠遠超過原本的規劃，這讓他倍感振奮。這場屬於平凡人的參選旅程，他並不孤單，反而因眾人的同行而愈發充滿力量。

這場選戰雖然充滿挑戰，但也充滿了人情與趣味。張欣宇深知，這趟旅程並不孤單，因為有一群志同道合的夥伴，與他一同努力，為這座城市的未來奮鬥。

沙頭角的「鐵皮屋裝修記」

秋日的沙頭角，風光旖旎，微風輕拂，讓人感受到這座城市少有的寧靜。村中的街坊彼此寒暄，笑聲此起彼落，這份淡然悠閒的氣息，竟讓張欣宇一時間忘卻了選舉的壓力，忘記了拉票的緊迫感，甚至短暫遺忘了這仍是疫情封關、限聚下的香港。

然而，當他走近一道鐵絲網，對岸的深圳清晰可見，與此同時，幾位陌生的深圳市民從網的另一邊向他們揮手問好，這突如其來的熱情，讓張欣宇瞬間回到現實。這片土地，曾經不需要如此分隔；這兩座城市，曾經有着更緊密的聯繫與更自由的流動。而香港，也可以變得更好。

在沙頭角的街道上，團隊成員 B 哥帶着張欣宇走過一間本地老舖，低聲提醒道：「呢個老闆娘係老街坊，睇住我哋長大，人好 nice，你不如試下問佢會唔會肯俾你黐你既 poster？」

張欣宇抱着試一試的心態，走上前去詢問。然而，老闆娘最初的反應卻不如預期，她面露難色，猶豫地說：「但我哋咁多年都係支持開 XXX 嗝……」這是選舉中經常遇到的情況——在一些傳統地區，居民的政治立場往往根深蒂固，改變並非易事。然而，讓張欣宇意外的是，老闆娘話鋒一轉，輕輕笑道：「不過，既然你哋咁勤力，又係第一個走來問嘅……咁你就喺門口間鐵皮屋貼返兩張啦！」

這已經是極大的讓步，張欣宇與團隊欣然接受，乖乖地貼上了兩張海報。然而，當他們見老闆娘沒有阻止，便膽大了一點，又多貼了幾張。正當他們準備收手時，老闆娘卻突然發話，語氣中帶着一絲讚賞：「你哋張 poster 又粘得間屋幾好睇喔，如果你哋鍾意，就粘滿佢啦，整齊啲又有氣勢嘛。」

團隊成員於是大膽地將整個鐵皮屋「裝修」成了一面 1 號

鐵皮屋前的合影

候選人專屬的競選展示牆。當海報全部貼好後，原本面有難色的老闆娘，竟然也開心地走過來，與他們一同站在鐵皮屋前合影留念。

那一刻，張欣宇明白，他的這條平凡人參選之路，又多了一位同路人。

走入壁畫村——用真誠搭建溝通的橋樑

踏上競選之路以來，張欣宇經歷了許多「第一次」，也留下了無數難忘的回憶。但如果一定要選擇一項他最喜歡的活動，那絕對是——鄉村探訪。

對他而言，每次走進不同風情的村落——無論是客家村還是圍頭村——都能感受到那份濃厚的人情味與歷史底蘊。這些村落不僅承載着新界的文化記憶，更是許多家庭世代扎根的家園。

出發前，競選團隊的B哥提醒他：「呢度村民已經扎根幾代，非常團結。之前政府提出發展計劃時，曾經同村民爆發非常激烈矛盾。你既然決心去拜訪，自己睇路。」

這段歷史，張欣宇早有耳聞。這些村落，見證了新界的變遷，也承受過不少政策帶來的衝擊。當發展的浪潮席捲而來，村民們往往成為最直接的受影響者。矛盾與衝突或許難以避免，但他始終相信——即使訴求不同，立場相異，但同處一個家園，總需要有一道橋樑去溝通。

壁畫村的「會堂」十分樸素，不像一個會議的地方，更像一個隔籬鄰舍歇息的落腳點。而傳說中的財哥就正坐在他對面，財哥有些不拘言笑，只是淡淡地示意，可以開始了。

時間在對話中悄然流逝。他回答了一個又一個問題，記錄下村民的意見，分享自己對新界發展的看法，也傾聽村民們對社區未來的憂慮與期望。雖然是初次見面，卻談得意猶未盡。

就在交流接近尾聲時，一旁的鴨仔哥開口了，語氣中帶着試探與期待：「張議員，我哋已經見過太多的人，選舉後就不見蹤影。我直覺覺得你唔係呢種人，但我希望我哋無睇錯人。」

這番話，張欣宇聽得懂。

對於許多村民而言，選舉期間來拜訪的候選人不少，但真正能留下來、持續關心社區發展的人，卻寥寥無幾。他們不是沒有期待，而是對「承諾」這件事變得小心翼翼。選舉不是單向的宣傳，而是一場雙向的承諾。如果真正想為社區帶來改變，那麼，選舉不是終點，而是起點。

張欣宇勝選——共建信任，改變發生

這不僅是一場選舉的勝利，而是一場理念的勝利，是所有支持改革、渴望改變的市民的勝利。每一張選票，都是對改變的渴望，都是對未來的期盼。

12 月 20 日，歷經無數個日夜的努力後，張欣宇成功當選，成為新一屆立法會議員。在這條競選之路上，他和「新方向」團隊帶着務實的態度、專業的精神，最終贏得市民的信任，踏入議會，努力為香港帶來新氣象。

從競選初期的街站、論壇，到政策倡議、社區對話，張欣宇始終堅持以數據為本、以解決問題為目標，用行動證明，政治不應該只是口號，而應該是真正改善市民生活的工具。

「新方向」不再將選舉視為傳統政治勢力之間的競爭，而將其看作一場屬於每一位關心香港未來的人的共同奮鬥。正如總召集人劉暢所說：「我們這群平凡人，和一個平凡人，不斷摸索，當中有苦與樂、有好玩的時刻，大家都在成長，成為『黃金戰隊』。」

勝選，並不是終點，而是責任的開始。「香港新方向」深知，香港的問題不會一夜之間，單憑一兩位立法會議員便能解決，但每一個細節的改善，都是改變的開始。

改變力量，源於你我。

「問題不留下一代，香港要有新方向。」

第二章

香港的未來，除了依賴政府的政策推動，更有賴每一位市民的積極參與。本書第二章將探討香港新方向如何透過實際行動，回應市民在政治參與、房屋、就業、環境、交通等方面的關注和需求，不斷踐行「傾聽大家的聲音，凝聚眾人意見，以開放態度和發展視角討論公共政策」的理念，並從中學習。

這不僅是政治的故事，更是「傾聽、實幹、改變」的實際行動——從社區出發，回應市民需求，讓改變真正發生。

（一）青年

讓青年重拾希望

青年是社會發展的動力，也是未來的希望。香港的年輕一代，不僅承載着個人成長的挑戰，也肩負着推動社會進步的責任。在全球化競爭和本地社會變遷的雙重夾擊下，香港青年面臨着住房壓力、發展受限、社會參與不足等多重困境，這不僅影響個人發展，也對香港的未來構成挑戰。

要讓香港青年重拾希望，社會需要提供更公平的發展環境，包括改善居住條件、推動產業多元化、強化政府與青年的溝通，並鼓勵青年積極參與公共政策制定，讓他們的聲音被聽見，讓他們的夢想成為現實。透過審議式民主機制和更開放的政治參與，香港青年將不再是社會發展的旁觀者，而是真正的參與者、決策者，甚至是變革的推動者。

香港人懷念黃金時期的香港文化，不僅是想念那個充滿經典與回憶的時代，更是想念那個敬業、務實、拼搏向上的年代。黃金時代不在背後，乃在面前。雖然社會面臨種種問題，但是作為未來的生力軍，青年人注定要為這個城市書寫下屬於明日的經典。如何為青年人創造發展的空間，需要政府、社會和每一個人的共同努力。

推動產業多元化，給青年發揮所長的機會

長期以來，香港產業結構單一和固化是多年來香港青年感到無力的重要原因之一。

根據政府數據，在 2019 年，香港四大主要行業金融服務、旅遊、貿易及物流和專業服務及其他工商業支援服務，佔了就業人數的 45.3%，經濟增值的 55.1%。四大主要行業佔了一半左右，相當集中。

財政司司長陳茂波在發表 2022 年的《財政預算案》時也表示，「經濟發展不平衡，許多年輕人未能一展抱負」，「具專上教育水平的新生代青年的就業收入，普遍顯著低於具相近學歷的較年長世代人士，顯示經濟結構提升的速度，不足以為青年人創造足夠的優質職位」。

要發展經濟，發展科創是重中之重，因此人才儲備是關鍵。香港有多所優秀的大學以及傑出的基礎科研能力，國家「十四五」規劃也提到要「支持香港建設國際創新科技中心」，發展科創是香港突破產業單一，走向知識性經濟轉型和產業多元化的重要着力點。

香港多次錯過發展科技的機會，讓人惋惜，政府需要從過往的經驗中吸取教訓。要認識到香港若要發展優勢產業，時刻都面臨與其他城市的競爭，如果在人才引入、政策配套等條件不及其他城市，人才和企業機會就會因此流失。在扶持和引進人才方面，不能再只停留於口號。香港有優良的教育體系，但是優秀的教育卻仍難吸引人才，因為香港轉化創科成果的產業仍然有待發展。工作前景無保障，就業崗位少，使得相關學科的畢業生往往另謀它路。而對於優秀人才，香港主要放寬科技

人才入境工作的限制，並無其他額外的優惠。面對高昂的生活成本，人才如何落腳發展成為瓶頸。這就不難理解為甚麼香港的教育水平很高，但在世界經濟論壇 2019 年及 2020 年全球競爭力報告中，香港的「僱員技能」、「市場規模」、「商業活力」及「創新能力」都排在十名以外，排名相對較低；當中「創新能力」只有 63.4 分，是香港得分最低的項目。

此外，對青年而言，宏觀的產業政策是一個空洞的概念，需要被「翻譯」成對青年切身相關的專業選擇和生涯規劃。政府需要讓青年看到科創的前景，看到未來投身科創行業會大有作為，更需要與院校、企業、研究院等合作，為有志投身科創行業的中學生提供更多信息，包括未來有哪些國家以及大灣區會重點發展的新興產業和尖端科技、相應的專業選擇、產業匯聚地、企業龍頭等等，也需要有更多的成功案例來進行宣講。

當然，產業規劃不能只涵蓋科創這一個領域，不能停留在「交功課式」的推動，而是要根據香港的優勢和發展潛力，制定長遠的產業政策，引入更多高增值產業，提供土地、稅務優惠等政策配套，提高產業多元性和整體競爭力。例如韓國每年維持文化部的國家預算佔整體的 1% 以上，並成立內容產業振興院負責統籌創意產業的發展，包括投資及開拓海外市場，如今，韓國文化創意產業的產值居全球第 9 大。政府需要在香港展示推動創意產業的決心，推動創意產業整體發展和跨部門合作，協調推動政策，大幅向外開拓市場。這不僅能創造經濟效益，發揮青年人的創意，也為年輕人提供了發展所長的機會。

政府需要摒棄市場至上、自由放任的管治思想，制定整全的產業政策和產業發展藍圖，設立領導機構，加強各部門協作，統籌和促進政府、企業、院校、研究機構等多方面合作，大力推動香港的經濟轉型和產業多元化，讓香港更有競爭力，也讓香港青年看到未來更多的可能性。

主動傾聽青年的心聲，重新連接，重建信任

根據民間智庫青年辦公室（MWYO）的調查，有青年認為現時政府與年輕人的溝通不足，缺乏誠意了解年輕人的想法，例如一些地區青年活動委員會的社交平台專頁多年沒有更新；也有青年表示在社會事件和新冠疫情之後，過往不少恆常的溝通渠道取消了，就算有跟政府接觸的渠道，效率也不高，且溝通過程單向，反映意見也得不到反饋，例如透過電郵反映意見往往需要很長時間才有回復，在閉門對話活動反映意見後並沒有實質的改變，也沒有解釋為何意見不被採納等等。

青年是香港社會的重要組成部分和持份者，不能被排除在外。而在反修例風波之後，青年群體普遍有強烈的失落感、無力感和疏離感，而這種氣氛並不利於香港社會的建設。問責官員以及公務員隊伍，應該主動打破僵局，重啟對話，重新連接，建立多種直接對話平台，傾聽青年的心聲和想法，並給予有誠意和及時的回應和反饋。尤其是在青

「香港新方向」重視青年聲音

年較感興趣的議題，如關愛社會、青年發展、教育、可持續發展、文物保育、動物權益、文化發展等方面，多吸收和採納青年的建議。對話不能流於形式，而是要讓青年感受到真誠和誠意，不再被忽略甚至敵視，而是被傾聽，被尊重，被理解。

此外，政府可以探索更多社會參與的方式，例如在社區建設方面引入參與式預算的機制，鼓勵青年參與地區事務和社區建設。「參與式預算」一套從下往上的機制和過程，由市民直接參與討論部分公共預算支出的用途或優先次序，確保社區興建的設施符合社區需要，讓當區居民就社區設施提出具建設性的建議以善用公帑。具體執行起來，可以分收集方案、舉辦展覽和討論、投選心水方案這幾個步驟，最多人投選的建議會被推行，有關提案的執行進度會公開，方便居民跟進。這種參與機制方式在內地、美國、澳洲，以及台灣地區都有推行過，而香港仍只在實驗階段。例如民間智庫 MWYO 青年辦公室曾在觀塘彩福邨舉辦過參與式預算的試驗計劃，就屋邨活動和改善及維修保養工程收集建議。

除此之外，政府可以邀請更多來自不同階層的青年進入行政會議、問責官員、諮詢機構等，打破市民過往「政治參與被少數既得利益者和其家庭成員所壟斷」的刻板印象，雖然直接影響到的是少數人，但象徵意義卻是巨大的。

審議式民主：為香港青年開創議政新空間

香港的未來，離不開青年的參與。2019 年後的社會環境，使年輕人對公共事務的熱情大幅下降，政治冷感的氛圍彷彿成

共識會議·港鐵票價青年傾

為主流。如何讓青年重新投入公共討論，成為重建社會信任的重要課題。

在這個背景下，「審議式民主」(Deliberative Democracy)作為一種強調對話、理性溝通與共識建構的公共參與模式，或許能為香港青年參與社會議題提供新的可能。2023 年初，智庫 MWYO 青年辦公室聯同香港新方向立法會議員張欣宇，合辦全港首場「審議式民主」實驗——《共識會議．港鐵票價青年傾》，讓青年親身體驗這種全新的議政方式。

這場論壇不僅為青年提供了一個理性討論的平台，更讓我們看到，當年輕人擁有充分的資訊、平等的發言機會時，他們能夠超越對立，找到可行的共識。這場實驗的成果，為未來香港的公共參與機制，提供了值得借鑑的方向。

傳統的代議民主模式，以「少數服從多數」的方式作決策，卻容易讓少數意見被忽視，甚至加深社會撕裂。而「審議式民主」則鼓勵所有參與者在充分討論後，尋求能夠最大程度凝聚共識的方案。

在《共識會議・港鐵票價青年傾》中，30 多名來自不同背景、年齡介乎 18 至 40 歲的青年，花了兩天時間，透過小組討論、專家問答、大組協商等環節，深入探討港鐵票價調整機制的公平性。他們並非單純投票決定方案，而是在理性溝通的過程中交換觀點，嘗試理解不同立場，在博弈與協商中找到各方都能接受的解決方案。

雖然小組最初意見分歧，但經過充分討論後，最終幾乎所有參與者都認同應該引入「利潤對沖機制」，以確保港鐵利潤增長時，市民能夠享受到更合理的票價調整。這證明，當青年有機會深入理解議題時，他們並非只能站在對立面，而是能夠透過協商找到平衡點，推動可行的政策建議。

公共討論往往面臨一個問題：年輕人的聲音能否真正影響政策？許多青年對政府採納民意的誠意存疑，導致他們對公共參與失去信心。然而，審議式民主的特點之一，就是讓政策制訂者直接參與討論，並對青年意見作出回應，從而建立互信。

在是次審議式民主實驗中，張欣宇作為立法會議員，全程旁聽青年討論，並在論壇結束後，修訂了將提交給政府的建議書，納入了論壇中青年達成的共識。這一舉動，讓參與者看到自己的意見確實能夠影響政策，而非流於形式的「假諮詢」。

事後調查顯示，論壇結束後，對政治人物有興趣傾聽青年意見持正面看法的參與者比例，從活動前的 26.9% 上升至 50%。這反映出，只要決策者展現誠意，願意真正吸納意見，青年對政府的信任仍然可以重建。

此外，部分參加者因這次經歷而對公共事務產生更大興趣，甚至積極參與政府的「青年委員自薦計劃」，嘗試進入政策制定體系，進一步發揮影響力。這證明，當青年看到自己的聲音被重視，他們願意更主動地投入社會事務，為香港的未來出一分力。

政府在制定政策時，往往面對不同持份者的壓力，而傳統的公眾諮詢模式，容易流於情緒化討論，甚至淪為立場對抗，難以形成建設性建議。然而，審議式民主要求參加者在充分理解議題背景、聆聽專家意見後，作出理性判斷，這種方式能夠大幅提升公共討論的質素，也讓政策制定者能夠獲得更具可行性的建議。

例如，在這次論壇中，青年參與者不僅討論票價調整機制，更在專家指導下，理解了港鐵作為上市公司的財務運作模式，以及其服務表現與票價調整的關聯性。這使得他們的建議不只是基於個人感受，而是考慮到多方利益，並更具可行性。

事實上，根據活動後的調查，參加者對港鐵票價調整機制的平均理解程度，從活動前的 45/100 分，大幅提升至 87/100 分。這顯示，透過審議式民主，政策討論能夠變得更加專業化，政府能夠獲得更高質量的意見，其決策也可以避免因缺乏理性基礎而遭遇阻力。

這場「審議式民主」實驗，為香港的公共治理帶來了新的啟示。它證明，當青年獲得充分資訊、平等參與機會，他們可以展現出色的議政能力，並能夠與不同立場的人士達成共識。

然而，要讓這種模式真正發揮作用，政府需要進一步推動其在香港的落地，例如在各區推行共識會議，讓青年參與地區政策討論，如房屋發展、環保政策等。或在立法會讓市民與議員就關鍵議題進行公開對話；結合傳統諮詢與審議式民主，確保公眾意見能夠通過理性討論轉化為可行政策建議。

隨着香港進入新的發展階段，政府需要更開放、更具包容性的治理模式。審議式民主的實踐，為青年提供了一條參與公共決策的新路徑，也為香港未來的治理模式提供了新的可能。

香港的未來，需要青年參與其中，而不只是充當旁觀者。審議式民主的成功試驗，證明了年輕人有能力、有意願參與公共討論，並能夠透過理性溝通，推動社會進步。在這個充滿挑戰與機遇的時代，讓我們攜手打造更具協商精神、更能凝聚共識的香港，讓青年成為推動變革的真正主角。

法治與人情：修例風波後的社會修復之路

前文探討了青年如何透過審議式民主，重新尋找理性參與公共事務的空間，並看到當年輕人有機會深思熟慮、交換意見時，他們能夠超越二元對立，凝聚共識，為政策制定貢獻建設性建議。然而，青年參與公共事務的另一個重要層面，是如何處理過去的社會撕裂，並尋找法治與放下包袱的共存。

2019 年的修例風波已經過去多年，雖然社會秩序恢復，但當年的事件仍然在不同層面影響着香港，從司法案件的進度，到曾經被捕人士的未來出路，都牽動着社會的討論。如何在維護法治的同時，為曾經參與風波的年輕人提供重回社會、重新出發的機會？如何在不影響法律原則的前提下，促進社會修復，重建人與人之間的信任？

這些問題不僅關乎青年個人的未來，也關乎整個社會能否真正走出動盪，邁向穩定與發展。協助部分曾被捕市民處理回鄉證問題的過程，使我們深刻體會了法治與人情之間的微妙關係，也見證了政府如何在堅守法律原則的同時，展現出對市民的包容與關懷。這個案例，或許能為我們思考修例風波後的社會修復，提供一個新的角度。

必須首先指出的是，社會動盪期間，絕大多數的拘捕行動均牽涉嚴重的違法甚至暴力事件，更是發生在香港面臨數十年來最嚴峻的國家安全風險的大環境下。警方對每宗案件審慎處理和調查，而律政司根據法律，在充分考慮可接納的證據所證明的事實後，獨立作出提出檢控或停止檢控的決定，不枉不縱，本是應有之義。因此，坊間提出過的「統一劃線，從輕處理」要求並不可取。

加快案件處理速度，主要應當通過增加人手資源的方式進行，但大前提仍是確保每宗個案得到基於證據的獨立、審慎和充分的考慮，倘若為各不相同的案件去「統一劃線」，顯然不符合法治的原則。而法律上雖然有不同的酌情空間，但同樣是要基於每宗案件的具體事實來處理。

司法程序的嚴肅和完整，當然不容妥協。但無論是管治體系還是社會大眾，應當用怎樣的態度去對待曾經被捕過，甚至曾被定罪的市民，同樣是修例風波發生多年後，社會仍需努力達成共識的重要議題。張欣宇協助一些曾被捕市民重新申請回鄉證的經歷，或許能夠為人家帶來一些思考。

在內地和香港免隔離通關後，為數眾多的市民發現在回鄉證續期／返回內地關口時遇上困難，光是張欣宇議員辦事處，就收到了近兩百宗求助。

出於認真了解社會現象和實際情況的考慮，張欣宇安排了和各位求助人單獨會面，逐一了解具體個案情節。在這個過程中，大致發現求助個案可以分為三大類別：第一類：求助人確實和修例風波無關，但因偶然因素被捕，儘管之後確認不予起訴，但仍留下被拘捕過的不良記錄；第二類：求助人曾經參與修例風波之中，但情節較輕且執法機關未必掌握足夠記錄，因此亦不被起訴或起訴後不被定罪；第三類，求助人被起訴且定罪，情節相對較輕，已完成刑期。

這些求助市民普遍表達出真誠需要返回內地的緣由，亦表達了對曾經的衝動和行為的悔意。在香港和內地不同部門的支持下，這批求助市民最後陸續收到重新獲批的回鄉證，並順利往返內地。當中不少人在收到證件後，由衷地向中央政府以及特區政府表達感謝。

國務院港澳辦主任夏寶龍在和立法會議員交流時曾經指出，議員和議會要認真思考自己的工作和存在，是否能夠讓更多的市民更加認可特區的管治。在回鄉證事件上，通過協助這批市民解決證件的問題，張欣宇解決了很多家庭所面對的實際困境，相信對他們增強對立法會、對特區政府、對中央政府的信任，起到了正面的作用。

法治與人情，是香港社會的基石。法治令香港可以走得正，人情令香港再出發。法治的要求，就是「是其是非其非」，做錯了要接受公正的審判、承擔法律規定的後果。承擔法律後果之後，不應忘卻香港是一座以人為本的城市，要給已承擔後果的人重新出發的機會。願我們的社會能夠重建人與人之間的信任，放下戾氣和猜疑，真正走出動盪後的種種後遺症。

青年職業發展與社會和解只是青年生活議題的部分側面。當代青年在面對職場競爭與社會變遷的同時，還必須應對現實生活中的各種挑戰，其中尤以住房問題最為突出，住房已成為影響青年未來規劃與生活質量的關鍵因素。正因如此，深入探討青年住房困境及其背後的社會結構因素，成為理解青年世代處境不可或缺的一環。

破解青年「上車難」困局：構建可負擔的住房環境

國家主席習近平在 2022 年於今屆政府就職時強調「要幫助廣大青年解決學業、就業、創業、置業面臨的實際困難」。近月，有報道引述房委會調查，揭示現時 30 歲以下單身公屋申請者中，有過半數擁有大專或以上的教育程度。此外，逾兩成劏房住戶擁有大專學歷，可見青年「上車難」的問題呈現高學歷化的趨勢。政府應該全面檢視青年房屋政策，協助年輕人踏上置業階梯。

居住壓力是香港青年的沉重負擔。不少青年曾有創業的計劃，或是想投身於自己有興趣有熱誠但不能即時獲得豐厚經濟回報的工作，卻因為居住壓力、置業成本的壓力而最終放棄，居住成本高企甚至壓制了青年的健康發展。

「住得細、住得貴」是香港市民普遍需要面對的問題。香港連續 11 年排在住房可負擔性的最後一名，2020 年房價中位數為工資中位數的 20.7 倍，位列世界第一。由於 00 年代香港政府曾一度停止開發新發展區，香港的土地供應不足和房屋緊缺的情況在近二十年尤為嚴峻，時下青年所面對的居住成本高企的情況，比其父母輩更為嚴峻。

不少國家和地區有鑑於此，會為青年提供青年公寓，給青年一個支付較市場水平更低租金居住的機會，讓青年有儲蓄置業的空間。香港政府也在 2011 年推行「青年宿舍計劃」，規定租金不能超過市值的六成，讓尚未擁有物業和收入不超過一定上限的青年入住。此外，也有非牟利機構自行建造和運營面向青年的社會共享房屋，然而供應極為有限，根本不足以減輕青年居住成本的壓力。政府計劃推行了 7 個青年宿舍項目，共 3,000 多個宿位，但時至今日只有一個項目竣工（位於大埔的青協 PH2），10 年多的時間僅提供了 78 個宿位。

縱使過半數單身公屋申請者擁有大專或以上的學歷，但房屋局指出，非長者一人申請者的平均年齡為 57 歲。換言之，單身的年輕人於大學畢業時申請公屋，最少要等 25 年才有機會獲派。就此情況，房屋局局長何永賢近日在一論壇指出，「年紀輕輕排隊申請公屋可能成為阻礙，甚至扭曲年輕人的人生發展。」她提倡通過資助出售房屋來協助年輕人置業，才「可以促使年輕人把握年輕時光努力工作向上流」。

局長的說法似乎未能完全理解年輕人在購房方面面臨的種種挑戰。房屋局數字顯示，成功購買一手居屋單位的申請者，有近一半是 40 歲或以下青年；白居二年輕買家更佔四分之三；申請購買「首置」單位有超過八成半是 40 歲或以下。凡此種種均可看出青年對居住空間的渴求。可惜的是，這些資助房屋經常超額認購逾 10 倍，青年只能抱「買六合彩」的心態碰個運氣。

香港作為全球樓價最高的城市，若青年無法成為抽中資助房屋的幸運兒，基本上無法踏上置業階梯。根據統計處 2021 年人口普查，就讀專上教育程度課程的青年收入中位數只有 18,500 元，而月入達 3 萬元或以上的青年工作人口的比例則只佔 22.5%。此收入水平對比今日香港樓價，年輕人要不吃不喝多少年才能上車？

有些青年因為買不起私人住宅而轉向租務市場，但在高昂租金之下，只能選擇遷入劏房，因而產生劏房住戶「高學歷化」的現象。統計處數字指出，居於分間樓宇單位人士的教育程度為「專上教育及以上」的比例，由 2016 年的 12.7% 升至 2021 年的 21%。然而，劏房呎租絕不便宜，呎租中位數達 42 元，對比全港住宅呎租的 25 元貴近七成。租住昂貴的劏房，令年輕人儲蓄能力大減，使他們實現置業的夢想變得更加艱巨。在此困境下，政府近年大力推動青年宿舍，讓年輕人擁有自身空間之餘，透過較市價便宜的租金鼓勵他們於入住期五年內努力儲蓄，然而香港目前僅有五間青年宿舍，申請人數卻超過供應量的三倍，實在僧多粥少。

綜觀現時青年置業階梯，先要抽到青年宿舍，再抽居屋、白居二、首置盤等，才能成為成功上車的幸運兒。這種「盲盒式」的置業階梯往往令青年感到氣餒，並可能形成「躺平」風氣。

青年住屋問題近年廣受全球關注，各地推出多項針對青年的房屋政策，其中租金津貼成為近年主要趨勢。廣東省於 2020 年推出「青年安居計劃」，鼓勵建設公租房和人才公寓，優先向畢業生配租，推出買樓或租樓補貼等政策。新加坡同樣於 2024 年推出每月 300 新加坡元的租屋券予正等候購買政府組屋的青年伴侶，讓他們在排隊購買政府組屋期間，有能力在市場上租住其他房屋，同時準備購買組屋所需的資金。這些資助政策讓青年可以在成功申請到社會房屋之前，不致因租金負擔而放棄儲蓄買樓的目標。

同時，政府也可以推出購房補助或貸款計劃，幫助青年人實現置業夢想並減輕負擔。如深圳市首推「青年人才共有房」計劃，提倡青年人才與企業共同擁有產權，並在三年後可相互進行回購。這樣的安排可以降低青年的置業門檻，從而吸引並留住更多的青年人才。

至於近年政府大力推動的青年宿舍計劃，政府應該加大投資，在各地區興建更多青年宿舍。目前，大部分青年宿舍的租約期限相對短暫，通常僅為 2 至 5 年，這導致很多年輕人在租賃期滿後未能積攢足夠資金以實現置業夢想。若能提供更多青年宿舍，居住期限便可以適度延長至 10 年甚至更長，令年輕人有更多時間積蓄和計劃置業。

上述政策措施僅能暫時緩解青年住屋問題，根本方法還是要增加房屋供應。政府可以考慮積極增建公共房屋，為青年提供可負擔的住房選擇；也可以透過提供稅收優惠和發展激勵計劃等方式鼓勵私人發展商參與房屋建設，務求增加市場上的房屋供應。政府可以嘗試以多管齊下的方式解決青年住屋問題，從而確保年輕人能夠獲得可負擔且宜居的住房。

此外，青年房屋的功能不應局限於降低青年的居住成本壓力，而是要建立一個有利於年輕人交流、相互支持、發揮創意和互相學習的空間，建立一個青年社區。更可以根據所在地區的產業結構，打造青年生態圈，如文創生態圈、科創生態圈等，在社交網絡、初創合作、社區創新等方面，形成協同效應。

（二）人才

事實上，青年不僅是社會未來的棟樑，更是香港重要的人才資源。無論是在職業發展上的追求、面對社會和解的責任，還是在住房問題中的掙扎，這些經歷都塑造了香港人的多元潛能與韌性。如何在現有基礎上培養、吸引並留住優秀人才，關乎香港整體的長遠發展。

為應對人才短缺問題，香港特區政府推出了「高端人才通行證計劃」，希望吸引世界各地的優秀專業人士來港發展，為香港的經濟增長與產業升級注入新動力。然而，這項政策的成效如何？是否能真正滿足香港的人才需求？在推動高才計劃的同時，香港又應如何確保來港人才能與香港和諧共生，避免產生爭議？

「高才通」如何從引進到扎根

近年來，特區政府大力推動「高端人才通行證計劃」（簡稱「高才通」），以吸引海內外高端人才來港發展。從目前初步的數據來看，計劃取得了亮眼的成績。大量高學歷、高收入的人才湧入，不僅為香港的人口結構注入新鮮血液，更為各行各業輸送了寶貴的人力資本，為香港經濟發展增添了新的動力。與此同時，隨着眾多高才子女的來港就讀，本地學校收生荒的困境也在一定程度上得到了緩解。

然而，隨着首批「高才通」簽證即將到期，社會各界更加關注這些「香江新丁」能否真正扎根香港、安居樂業，而不僅僅是「過江龍」。畢竟，人才的流動性很強，如果香港只是把他們「搶」到，卻留不住，無法讓他們在港創業就業，那麼再多的人才也只是「鏡中花、水中月」，無法為香港創造真正的價值。

對於有意在港創業的高才而言，雖然特區政府已經提供了一些諮詢服務，但在實際創業過程中，他們仍面臨諸多現實困難。例如，開立銀行賬戶程序繁瑣耗時，有創業者註冊公司後3 個月都未能完成開戶；資金如何來港、跨境支付效率低下等問題也困擾着不少創業者。此外，許多高才對如何利用自身資源進入數碼港和科學園等創新孵化器缺乏了解。因此，政府應與加強與金融機構的合作，簡化新成立企業銀行開戶流程。同時，繼續舉辦針對高才創業者的政策宣講會，提供創業諮詢服務，包括香港創業環境、政策法規和資源渠道，減少信息差，提高創業成功率。引導高才創業者加入數碼港、科學園等創科平台，提供孵化服務、技術支援、投資對接等，為新興企業融入香港的創科生態圈作出更大的努力，幫助高才更好地利用香港的創業環境。這不僅有利於高才創業成功，還能為本地專業服務業帶來更多機遇。

對於有意在港就業的高才，特區政府更要主動作為，下好「相親相愛」的棋。一方面要搭建高效的人才資訊服務平台，精準挖掘高才的學歷、技能、經歷等背景特徵，推薦適合的崗位，實現人崗精準匹配，讓每一位高才都能找到施展抱負的舞台。另一方面，還要引導用人單位開闊視野，充分考慮高才的國際背景和資源，為他們量身打造發揮所長的崗位。唯有讓高才各盡其才、各展其能，才能最大限度地釋放人才紅利，讓他們心無旁騖地扎根香港，為本地經濟發展持續注入動力。

香港擁有獨特的中西文化融合優勢，教育體系享譽國際。大量高才子女來港，為香港教育界帶來了新的生機。特區政府應抓住這一契機，鼓勵更多中小學、幼兒園參與到「高才通」服務中來。一方面，教育部門可以牽頭開展校企對接，定期舉辦教育資源推介會，向高才家庭介紹香港的優質教育資源，提供「一站式」升學指導。另一方面，也要鼓勵學校做好跨文化融合這篇文章，開展形式多樣的家校互動，協助其子女順利融入本地教育體系。這不僅有助於吸引和留住高才，也能為本地學校帶來更多生源，緩解收生不足的壓力。

「十年樹木，百年樹人」。人才是香港賴以成長的核心要素，更是構建未來競爭力的關鍵所在。讓「高才通」真正落地生根，不僅需要科學完善的頂層設計，更離不開方方面面的細緻服務。期待特區政府充分用好這一「金字招牌」，以更加開放的胸襟擁抱四海英才，以更加周到的舉措呵護每一個「香江新丁」，讓人才引得進、留得住、幹得好，讓香港這座人才高地永葆勃勃生機。

從「高才通」申請到續簽：如何真正融入香港

吸引人才在港就業只是第一步，如何讓這些「香江新丁」真正融入本地社會，並在這裏長遠發展，才是衡量「高才通」計劃成功與否的關鍵。隨着「高才通」簽證到期，許多高才開始思考下一步的選擇——是繼續留港發展，還是另尋他途？而續簽問題，更成為不少高才關注的焦點。

然而，續簽並非單純的程序問題，而是關乎高才們在港發展的現實挑戰——如何進一步適應香港的就業市場？如何解決創業過程中的困難？如何讓家庭在港安居樂業？這些都是影響高才決定的重要因素。接下來，將探討高才們如何從「獲批」邁向「融入」，以及政府應如何優化政策，確保人才引得進、留得住、發展得好。

「高端人才通行證計劃」截至 2024 年 6 月收到逾 8.9 萬宗申請，近 7.1 萬宗獲批，平均年齡中位數為 35 歲。這些數字無疑令人振奮，顯示香港在全球人才競爭中的吸引力。然而，對於這些高才來說，申請獲批並不是終點，而是起點。如何真正融入香港，並在這裏安居樂業，是下一步的重大挑戰。

對於許多高才來說，簽證到手似乎意味着大功告成，但實際上，這只是與香港建立聯繫的第一步。香港提供了一個難得的選擇機會，但這個機會需要高才們主動去探索和把握。這不僅是為了自己的職業發展，也是為了家人的長遠福祉。香港作為國際金融中心和創新科技樞紐，為各行各業的人才提供了廣闊的發展空間。作為「高才通」獲批者，既然已經選擇香港，就應該去真正深入了解香港這座城市。與其猶豫不決、錯失良機，不如勇敢地跨出第一步，在這片熱土上努力耕耘，用兩年時間去嘗試、去體驗、去評估，看看香港能否從「機會」變成「家」。

高才其實大可不必存在「續簽焦慮」。這種焦慮往往源於對香港實際情況認知的不足。如果高才們真正願意在這裏工作、生活、創業，並將之視為第二故鄉，在這裏創業或者工作中取得成績，為香港作出貢獻，那麼續簽其實並不是一個難題。而且，那些真正願意在香港扎根、發展事業的人才，往往會發現香港提供的機會可能遠超預期。同時，並非所有高才都會選擇長期留在香港，對於那些在兩年考察後覺得香港並不適合自己的高才，也應該有「好聚好散」的胸懷，不必過分執着於續簽，更不應輕信所謂的「掛靠」服務。

對於政府而言，續簽成功率並不應該成為衡量高才政策成功與否的唯一指標。政府應該關注的是，如何根據即將來臨的續簽情況，不斷優化高才計劃，了解高才在續簽時遇到的實際困難，根據這些反饋作為政策調整的重要參考。同時加強對人才的引導工作，尤其是在香港人才短缺和重點發展的行業，如創新科技等領域，吸引並激發高才們的潛力，促進他們在這些領域作出貢獻。

對於那些提供「掛靠」、「續簽」服務的中介機構，高才們必須保持警惕，避免因小失大，誤入法網。政府也應該對此保持高度關注，一旦發現有中介機構涉及造假或違規行為，應立即採取行動，嚴厲打擊不法行為，維護政策的公平。

香港，不僅是一個追夢的地方，更是一個可以安身立命的家。只要敢於嘗試、勇於擔當，在這片土地上，一定能夠找到屬於自己的位置，書寫人生的精彩篇章。

高才子女與教育公平

「高才通」計劃的成功不僅取決於人才本身的發展機會，也與其家庭能否順利融入香港息息相關。高才的子女教育問題近期成為社會關注的焦點。有聲音呼籲政府開放名校專屬學額，讓高才子女更容易入讀。此番訴求忽視了基本的公平原則，也沒有考慮到本地社會多年來對優質教育資源分配改革的期望，香港實在不需要更多的教育特權。

如何在維護公平競爭的同時，幫助高才家庭適應香港的教育體系，讓他們的子女順利融入本地學校，才是政府應該思考的方向。

教育公平是社會公平的重要組成部分。無論是本地學生還是新來的高才子女，都應該在同一個起跑線上公平競爭。如果為高才家庭開設名校特別名額，無疑會打破這種公平，製造出一個新的特權階級，這不僅對本地學生及其家庭不公平，對那些未能獲得特別名額的高優才家庭同樣不公。真正的雙贏，應當體現在為所有學生提供一個基於能力與努力的競爭平台，而非製造人為的「特權階層」。

與其為高才家庭設立特別名額，不如從根本上加強對他們的教育引導和適應支持。目前，高才通計劃申請人的子女已可申請入讀香港官津及直資學校，並享受政府學費津貼。這一政策既為人才子女提供了教育保障，也為本地學校補充了生源。在此基礎上，香港可以設立「一站式」升學指導平台，專門為來港高才家庭介紹本地的教育體系，幫助他們了解各類學校的教育理念、課程設置，並提供相關的升學建議，幫助高才子女更好地融入本地教育體系，讓高才家庭更加心安，減少因不熟悉教育環境而造成的不必要焦慮。

此外，學校應該積極推動跨文化融合教育，開展形式多樣的家校互動活動，幫助高才子女與本地學生建立友誼，培養他們的歸屬感。這不僅有助於高才子女的個人成長，也能為香港學校注入新鮮血液，緩解因適齡學童人口下降而帶來的收生壓力。

高才政策的核心目標是吸引和留住對香港有貢獻的人才。如果高才們真正有意願和能力在香港工作、生活、創業，並視香港為第二故鄉，那麼他們的續簽問題就不會成為困擾。事實上，政府應該在高才續簽時，注重其對香港社會的貢獻，尤其切勿刻意追求「高續簽率」而放寬續簽標準。同時，政府還應該積極引導高才向人才短缺和重點發展的行業流動，以更好地滿足香港的發展需求。

隨着高才政策的推行，社交媒體上也出現了一些誤導信息，如「申請高才拿 170 萬」以及保證「續簽」或提供「掛靠」服務的非法中介。這些行為不僅損害了政策的公正性，更可能讓一些高才誤入歧途。政府應該加強執法力度，嚴厲打擊這些不法行為，同時積極與內地社交媒體合作，開設官方賬號，傳播正確信息，引導高才和潛在申請者摒棄投機取巧的心態，真正懷着在香港安居樂業、創造事業的決心來港發展。

高才引進政策的核心應該是為香港帶來新的發展動力，而非製造新的特權階層。香港應該通過完善配套服務、優化政策執行、加強信息透明度等方式，營造公平競爭的環境，讓高才真正融入香港社會，為香港的長遠發展貢獻力量。只有秉持公平、開放、包容的態度，香港才能既吸引優秀人才，又維護社會公平正義，實現香港的可持續發展。一個公平、開放、充滿活力的香港，才能為本地和世界各地的優秀人才提供一個實現夢想的舞台。

杜絕「考試移民」必須收緊本地生定義

隨着高才政策的推動和各界對教育公平的重視，社會也開始重新審視本地學生的權益保障問題。圍繞「本地生」資格的爭議日益升溫，尤其是「考試移民」現象的出現，進一步衝擊了高等教育資源的分配公正。社會不能忽視本地學生的升學機會與教育資源。如何防止人才引進制度被投機利用，保障真正有意在港發展和貢獻的家庭的公平競爭環境，已成為當下教育政策優化的重要課題。

「考試移民」問題自 2024 年遭曝光以來持續引發關注。2025 年 3 月 19 日立法會質詢中，有議員追問當局最新進展，包括會否引入分層學費制度，卻遭部分中介及補習機構刻意曲解，渲染為本地學生定義將維持不變，分層收費成為政府採取的唯一措施，引發了本地學生和家長的憂慮。

事實上，綜觀原質詢及政府回應全文，上述結論實為斷章取義。有關「居港年限與學費資助掛鈎」的說法，只是政府對議員問題的針對性回覆。正如教育局局長蔡若蓮在質詢答覆中明確指出，「考試移民」問題的核心包括「學位競爭的公平性」及「公帑運用的精確性」兩大方面，檢視「本地學生」定義的工作目前進展順利，正整理各方意見，並考慮設立過渡安排。

破解「考試移民」漏洞的關鍵，在於保障本地學生的錄取機會免受衝擊。局方早前表述的政策取向並無問題，針對學費和收生方法的檢討應一同進行。

教資會每年為 1.5 萬個資助學額投入逾 40 億元公帑，旨在劃一學費（每年 4.21 萬元）保障本地學生的高等教育可及性，公帑資助比例高達 87%。這不僅源於高等教育的公共服務性質，也是香港納稅人對未來的共同投資。因此「本地生」與「非本地生」的區分機制，實際體現了「權責對等」的原則：長期為香港作出貢獻的家庭，其子女優先享有包括公共教育在內的公共服務。

現行政策的最大漏洞，在於過於寬鬆地將持有受養人簽證等同於本地生資格，允許「考試移民」人士在獲得大學錄取前完全無須親身居港，便可佔用原本預留予真正本地學生的資助入學名額。

分層收費雖可對投機者架空「權責對等」的問題有所彌補，但仍然難以扭轉公共資源的錯配。從近日各中介機構的「狂歡」便可看出，價格從來並非「考試移民」人士的首要考慮。即使將收費上限與非本地學生追平（每年 14.5 萬至 18.2 萬元），同樣會有家長趨之若鶩，繼續濫用機制。因此，單靠學費分層不能遏制投機行為，亦無法觸及「考試移民」問題的核心，不能解決本地生學額被佔用的根本矛盾。

若不能修改「本地生定義」，從根本上堵住漏洞，首當其衝的就是近幾年面臨升學壓力的本地學生。最新的自修生報考數據已能初見端倪：2025 年以自修生身份報名香港文憑試的人數較過往 3 年平均大增三成，增加超過 2,000 人，佔總報考人數比例屬 2012 年以來最高。「自修生」為本地中學在讀應屆生以外的報考途徑，原本主要是供重讀生使用，每年數量大致穩定。通過「考試移民」轉換身份報考的外地考生，因為沒有本地學籍，只能通過「自修生」渠道報考，成為相關數據異常增幅的主要原因。「考試移民」已有成規模湧現的趨勢，若不及早採取措施，待數字真正擴大時，本地學生升學機會被壓縮的困境恐將難以挽回。

部分反對修改「本地生定義」的人士主張，教育政策的收緊會影響人才吸引力。誠然香港豐富的教育資源和高升學率，是吸引人才的重要原因，但若要因此自縛手腳，對政策漏洞聽之任之，就未免顧此失彼、因小失大。

現時「考試移民」案例中，子女在取得香港身份後並不會來港就讀中學，而是進入補習機構，針對香港中學文憑考試進行全日制突擊「操卷」。這樣的做法在短期內便能練出成績，不少補習機構更以此為噱頭招生，有價有市。但只注重應試技巧速成的培訓模式，與香港重視全人教育的理念背道而馳。如果繼續放任，分數競爭只會愈演愈烈，令香港教育亦喪失多元培養、高升學率的系統優勢，最終只會令香港的教育資源優勢在短期內消耗殆盡，大學入學率迅速走低，反而無法吸引到真正有意定居的人才家長，其惡性後果無異於買櫝還珠。

正如教育局局長所言，「教育是人才培育的關鍵，而人才是香港發展的動能」，保障本地學生權益與吸引人才本應相輔相成。局方提出學費和收生方法並行檢討，實為一個切實可行的思路。除實施分層收費，修改「本地生定義」更是有絕對必要，例如要求受養子女須在港中學就讀滿 3 年方可被視為本地學生申請入讀大學。如此既能篩除短期投機者，又可將教育資源向扎根香港的人才家庭傾斜，真正實現「人才留港」的政策初衷。相關措施必須盡快落實，每延宕一年，就多一屆學子承受升學擠壓。

香港的真正優勢，在於法治精神與制度理性。當我們守住「教育資源分配正義」這條底線，便無須在人才與教育之間二選一。期望當局能盡快出台有關政策，在政策調整中做出審慎考量，展現「國際都會」應有的政策格局和價值擔當，這更是為廣大學子解燃眉之急，避免社會誤解進一步擴大。

檢討幼園教育，配合人才政策

從高才政策引發的高考移民問題可以看出，與人才流動密切相關的議題，實際上貫穿於不同年齡層。事實上，教育問題並非僅在青少年或高中階段才浮現，而是從人生的最初階段——幼稚園階段——便已浮現。根據教育局最新統計，2023/24 學年全港幼稚園的非本地學生比例已上升至 8%，較 10 年前增長了六成，顯示出現行學前教育體系正面臨結構性挑戰。如果當局未能及時調整政策，可能會削弱香港作為國際人才樞紐的競爭優勢。

當前最迫切的問題在於語言政策與教學實踐之間的脫節。儘管《幼稚園教育課程指引》強調「兩文三語」的框架，但有調查顯示超過七成的幼稚園仍以廣東話作為主要的教學語言，這對於不懂中文的非華語學童來說，造成了嚴重的適應障礙。更令人擔憂的是入學機制中的隱性門檻——大多數幼稚園的面試流程仍然以廣東話進行小組互動。引用平等機會委員會於 2017 年的調查數據，每 4 間幼稚園就有 1 間存在變相拒收少數族裔學童的情況，超過三成的學校未提供中文作為第二語言的支持，兩成更是直接以中文水平作為篩選標準。這些制度性缺陷不僅影響非華語學童的教育權益，還可能動搖專才家庭來港發展的決心。

雖然已經建立了針對非華語學童的支援政策的基本框架，但在執行層面上仍然存在明顯的漏洞。目前的資助計劃是根據學生人數提供階梯式補助，從 5 至 7 名學生補助 0.5 名教師的薪酬，到 31 名以上則補助兩名教師的薪酬，理論上能夠滿足不同規模學校的需求。然而在實際運作中，部分學校卻將這些補助金用於常規的營運開支，文化共融活動往往只是形式上的節慶體驗，缺乏系統性的跨文化課程設計。

更重要的是，師資培訓未能跟上時代的步伐，多數幼兒教師仍然缺乏教授中文作為第二語言的專業技能。政府應該建立資助金使用的追蹤系統，要求學校定期提交具體的支出明細，同時將跨文化教學能力納入幼稚園教師的核心培訓課程，並對非華語學生比例超過 10% 的學校增設文化協調員的職位，從制度層面加強支援。

語言政策的改革需要分階段進行，才能真正見效。新加坡的「幼兒雙語讀寫計劃」提供了成功的範例，在幼兒班階段應加強生動化的粵語教學，透過角色扮演和兒歌互動等情景教學來建立基礎的溝通能力；在低班階段引入普通話沉浸式教學，每周設立「普通話主題日」以促進跨班級的交流；而在高班階段則應接軌英語的 STEM 課程，採用項目式學習來培養雙語思維。為了推動這一轉型，政府應該設立「多語教學認證制度」，對實施三語教學的幼稚園提供額外資助，同時要求學校定期提交學生的語言能力評估報告。此外，政府還需要修訂《幼稚園教育課程指引》，明確規定各級別的語言教學時數比例，並開發統一的多元語言評估工具。

數位科技的應用為學前教育的轉型帶來了新的機會。目前的「智慧幼稚園」計劃主要集中在行政電子化，未能充分發揮科技在教學中的潛力。因此，在課程指引中應新增 STEAM 教育的專章，並開發適合幼兒的 AR/VR 教學模組，例如透過虛擬現實來認識社區設施，或利用互動程式來學習基礎的編程邏輯。政府可以設立「幼稚園創新科技基金」，以資助學校購置數位教學設備，並與科技大學合作開發適合年齡的教材。這種科技與教育的深度融合，不僅能提升教學的效能，還能培養幼兒的創新思維，為香港的創科發展儲備人才。

香港正處於全球人才競爭的關鍵時刻，幼稚園教育的改革成效將直接影響香港對人才的吸引力。當局需要以創新思維突破現有框架，從語言政策、科技應用、師資培訓到社區參與進行系統性的革新。唯有打造兼具國際視野與文化包容的學前教育體系，才能將幼稚園教育打造成吸引人才的亮點。

破解人才短缺困局：精準引才與本地培養雙管齊下

教育公平關乎社會穩定與長遠發展，而更宏觀地看，人才培養與引進則直接決定着香港未來的競爭力。教育只是人才戰略的一部分，同樣緊迫的問題是如何確保香港在全球競爭中擁有足夠且適應未來發展的勞動力。

香港特區政府發佈的《2023 年人力推算報告》顯示，香港將面臨嚴峻的人才短缺挑戰。到 2028 年，香港人力缺口預計將擴大至 18 萬人，較 2023 年增加 13 萬人。這一數據反映出香港在邁向由治及興新階段過程中，急需完善人才戰略以支撐經濟高質量發展。

從職業結構來看，「熟練技術人員」將尤為短缺，佔 2028 年整體短缺人數超過三分之一。這反映香港產業轉型升級過程中，技術性崗位供需失衡的問題日益突出。而在行業分佈上，建造業、城市運作、醫療保健業、創科產業等十個重點產業預計將各自面臨超過 1 萬人的缺口。這反映出香港人才需求的兩大特點：結構性短缺和技能錯配。

結構性短缺主要體現在一些傳統產業和新興產業，例如建造業、創新科技產業、航空業等，這些產業對人才的需求量大，但本地人才供應不足。此外，隨着人口老齡化加劇，部分行業經驗豐富的資深員工即將退休，年輕一代卻對相關行業和工種缺乏興趣，導致人才斷層。

技能錯配則體現在，即使部分行業人才數量充足，但人才的技能與市場需求不匹配。隨着經濟轉型、科技發展以及各行業業務自動化和數碼化的推進，市場對工種和技能的需求也在不斷變化。一些傳統職位可能逐步被自動化取代，而與數碼化營運相關的新工種，如人工智能專家、數據分析師、資訊科技專家等需求將會上升。這種結構性轉變對人才培養和引進提出了新的要求。

聚焦重點產業，精準引進。特區政府應根據《報告》中各產業的人才缺口和技能需求，制定差異化的人才引進政策。對於「熟練技術人員」短缺的產業，可以適度放寬相關人才的入境門檻，並提供技能培訓和認證，以彌補本地人才的不足。對於創新科技產業等新興產業，應重點引進具有國際領先水平的科研人才和高端技術人才，為香港的創科發展注入新的活力。在現有高端人才通行證計劃等基礎上，進一步完善人才評估標準，重點引進能夠填補本地產業鏈關鍵環節的戰略性人才。同時，鼓勵和引導企業提供更具競爭力的薪酬待遇和發展機遇，增強對國際人才的吸引力。

光靠引進外部人才遠遠不夠，必須把培育本地人才擺在更加突出的位置：一方面，要加強職業教育和專業培訓。根據產業發展需求，優化教育體系結構，加大對職業技術教育的投入，培養更多適應新興產業發展的技術技能人才。鼓勵高校和職業院校開設與市場需求緊密結合的專業課程，確保人才培養的前瞻性和實用性。例如，在科技領域，加強人工智能、大數據等前沿學科建設，為創新科技產業輸送高素質的專業人才。另一方面，要建立靈活的終身學習機制。支持在職人員通過再培訓提升技能，助力勞動力市場適應產業轉型需求。同時，要重視年輕人才的培養，為他們創造更多實踐和創新的機會。

值得注意的是，當前複雜的國際形勢反而為香港引才創造了新的機遇。隨着地緣政治博弈加劇，一些傳統人才集聚地的吸引力正在減弱，香港的獨特優勢更加凸顯。香港作為中西文化交匯之地，擁有安全穩定的社會環境、高度國際化的生活方式、健全的法律制度以及與國際接軌的商業規則，這些都對國際人才具有極大的吸引力。特別是對於在海外的華裔科技人才、專業人士，以及「一帶一路」沿線國家的優秀人才，香港更能為這些人才提供一個可信賴的生活環境和事業發展平台，同時也能夠讓他們更便捷地對接內地市場的龐大機遇。面對美國等西方國家日益收緊的移民政策和不友好的社會氛圍，香港更應把握時機，充分發揮自身優勢，積極吸引那些尋求更穩定、更開放環境的國際人才，將香港打造成為真正的國際人才寶庫。

深化區域合作與交流。香港要借助粵港澳大灣區的發展機遇，加強與內地城市在人才領域的合作。建立人才共享機制，鼓勵人才在大灣區內的自由流動和協同創新。同時，利用香港國際化優勢，匯聚全球人才為大灣區發展服務。

人才是香港實現高質量發展的核心動力。通過深入分析人力需求與缺口，制定並實施科學合理的引才策略，香港必將吸引更多優秀人才匯聚，實現人才與產業發展的深度融合，推動香港在全球經濟舞台上綻放更加耀眼的光芒。

本地育才的價值：從領展大學生獎學金說起

真正讓一座城市能夠持續煥發活力的，除了輸入多少優才，還在於能否持續培養、發掘和激勵本地的新一代。這一點，在張欣宇參與領展大學生獎學金評審和嘉許禮的經歷中，感受尤其深刻。

作為獎學金評審，他每年都會被來自不同大學的年輕人所帶來的創意和思考所驚艷。不論是討論如何結合美食文化與旅遊業，還是剖析北上消費熱潮對香港本地經濟的影響，同學們的見解都極具深度。他們不僅能敏銳捕捉社會現象背後的結構性問題，更樂於提出具體、可行的建議，展現出過去一代又一代人為香港積澱下來的多元視野與批判精神。

更難得的是，這些年輕人並不僅僅追求個人學業和發展成就。獎學金計劃特別強調社區承擔和服務精神，許多同學積極投身義工工作、關注弱勢群體、參與公共事務，將個人的力量與城市的未來緊緊相連。正如嘉許禮上所談論到的，無論時代經歷怎樣的風雨，香港之所以能夠不斷重生、向前，靠的正是一代又一代人主動選擇成為「那個讓事情變好的人」。

香港最大的優勢，不僅在於法治、國際化和硬件設施，更在於這裏一代又一代年輕人的才華、韌性與責任感。每一場評審、每一次交流，都是一場關於未來的啟示——真正的城市競爭力，來自於本地人才的厚實土壤與持續成長。在體制之中，這些年當然少不了聽到很多講好香港的故事，法治、國際化、環境設施等等。確實，這些都很好，但這些的好，歸根到底，是源自這裏的人，一代代在香港的人，各自成長，又彼此交融，或選擇扎根，或來來往往。如果只聽說過香港的好，卻還看不到這裏的人的閃光點，那香港這本書，翻開的，可能還只是序言。

當我們談論人才政策，必須看到：吸引全球優才固然重要，但本地育才同樣是香港長遠發展不可或缺的一環。只有讓每一位年輕人都能夠在這座城市找到發揮所長、實現夢想的舞台，香港才能在風雨變幻的時代中不斷走出新路。培養人才，從來都不只是政策口號，而是一場場具體而微、見證人心的現場——而這，正是香港最珍貴的資產。

（三）社會保障

完善的人才政策固然能吸引和留住優秀的人力資源，但穩固的人才基礎還需要有健全的社會保障作支撐。社會保障不僅直接影響市民的生活質素，也間接塑造着香港對外來與本地人才的吸引力。畢竟，只有在一個能夠提供穩定生活保障和公平發展機會的社會環境中，人才才能真正發揮所長、安心貢獻。基於此，香港的社會保障制度及相關政策同樣值得深入探討。

接下來，將深入探討香港的退休保障制度、最低工資政策與人口老齡化問題，分析如何透過一系列政策調整，讓香港的勞工權益與經濟發展取得更好的平衡，確保所有市民都能夠安享退休生活，同時保持城市的競爭力與可持續發展。

退休制度改革不能止步於取消「強積金對沖」

香港在 1995 年，也就是回歸前 2 年，通過了《強制性公積金計劃條例》，強積金計劃由 2000 年開始運作，是香港以就業為基礎的退休儲蓄制度。除獲豁免人士外，凡年滿 18 歲至未滿 65 歲的一般僱員、臨時僱員以及自僱人士，均須參加強積金計劃。根據積金局 2021 年的最新數字，全港 336 萬的就業人口當中，有 78% 參與強積金計劃。

強積金計劃一般分為（1）強制性供款、及（2）自願性供款 / 可扣稅自願性供款。強制性供款是指僱主及僱員必須供款的部分，僱主和僱員須根據僱員的收入，每月向強積金賬戶注入 5% 作供款。如果僱員的入息低於 7,100 元，則僱員無需供款，只有僱主需要為僱員入息的 5% 供款；而如果僱員入息高於 30,000 元，僱員和僱主雙方的供款都會封頂在每月 1,500 元。

然而，先前的制度允許僱主利用強積金的僱主供款部分來抵銷遣散費和長期服務金。如果僱員符合條件，僱主需要支付的遣散費 / 長期服務金為月薪僱員最後一個月的全月工資的 2/3 × 可追溯的服務年資，遣散費 / 長期服務金設有 39 萬元的上限。

強積金制度在供款比例上本來可以做到由僱主和僱員共同承擔，供款為僱主和僱員各承擔一半（每月各 5%，或者 1,500 元的上限）。然而，允許對沖遣散費 / 長期服務金，相當於免除了僱主承擔的退休儲蓄的責任，原則上違背了這個共同承擔的格局。

遣散費和長期服務金在允許對沖強積金之前，能提高僱主的裁員成本，令僱主在裁員前再三考慮。不少行業中僱主和僱員關係並不對等，僱主在解僱僱員後能較容易地找到替代者，而僱員在被裁員後可能較難再找到工作，從被裁員到找到下一份工作需要較長的時間，失去工作也意味着失去重要的經濟來源。遣散費 / 長期服務金所帶來的解僱成本的提升讓僱主不會輕易和毫無顧忌地解僱僱員，尤其是年資較長而有可能處於勞資博弈中弱勢的僱員。而當僱主最終仍決定裁員，這筆遣散費 / 長期服務金也可以用於應付失業者找到新工作前的生活所需。

當允許強積金對沖遣散費 / 長期服務金，僱主裁員的成本就大大降低，而僱員又重新回到原來弱勢的位置。

此外，僱主負責的供款被提前取出則意味着強積金的保障能力被大大削弱。僱主的供款部分被用作遣散費 / 長期服務金而被提前取出，但這筆錢往往會被被解僱的僱員用作應付從被解僱到找到另一份工作期間的生活開銷，因此很可能在退休之前就已提前被用盡。從強制儲蓄的角度，預留作未來退休用的資產減少了，大大削弱了其保障的能力。

對沖機制並非原來的政策初衷，而是多次政治妥協的結果。早在 60 年代，香港社會已開始就如何發展退休保障制度進行斷斷續續的政策辯論，幾十年來都因為社會意見不統一而沒有突破。到了 1995 年，有關工作才忽然進入快車道，而方案則一退再退。政府先是宣佈由於公眾意見過於分歧，將放棄研究多時、以公營為主導的老年退休金計劃；隨後向立法局提出「盡快引進強制性私營職業退休保障制度」的動議，並在其中加入「對沖」條款，最終在 4 個多月內走完了從首次動議到通過法案的全過程。透過建立強積金制度要求僱主與僱員共同供款，避免因政府獨力承擔退休保障責任而大幅加稅，有益於香港的長遠營商環境，而對沖條款更是在爭取工商界的支持方面起到了舉足輕重的作用。以「對沖」換取踏出強積金立法的關鍵一步，在當時是可以理解的政治妥協，也是一種權宜之計。

時至今日，強積金制度已成為香港退休保障的主要支柱。而對沖機制從強積金推行開始，一直是勞資雙方矛盾的焦點。從打工仔的角度，被裁員本身就是一大打擊，進而發現自己的強積金權益居然被「合法蠶食」了一大部分：本該由僱主支付的遣散費 / 長期服務金，由自己的退休金墊付一大部分；本來由僱主和僱員共同擔責的退休儲蓄，則由於被裁員而被對沖走一大部分。打工仔心中自然會忿忿不平，覺得「不公平」、「被剝削」。競爭力和營商環境固然是政策的重要考慮，但不代表應該事事讓商家「賺到盡」，企業應負起相應的社會責任。勞資關係的失衡也不利於香港的長遠發展與和諧穩定。

再者，強積金、遣散費和長期服務金本身的政策目標截然不同：強積金是為退休生活提供基本保障的強制儲蓄計劃，而遣散費 / 長期服務金則是協助僱員度過被解僱後的難關，以一筆現金支撐他盡快找到新的工作，是一種由僱主承擔的「失業保障」。將兩個政策目標截然不同的工具進行對沖，從政策目的與功能來說是自相矛盾的，也因此失去原本應有的政策效果。

按照政府的方案，取消對沖不會立即進行，而是會最快在2025年才實施，而且在過渡期間，政府會推出長達25年、共332億元的資助計劃。資助在頭幾年最多，並逐步減少。在計劃的頭9年，如果企業的遣散費和長期服務金總額不超過50萬元，政府會為企業需要承擔的遣散費和長期服務金封頂，由第1年的3,000元到第9年的50,000元，其餘部分由政府承擔；如果企業的遣散費和長期服務金總額超過50萬元，政府會分擔部分一定比例的遣散費和長期服務金，由第1年的50%到第9年的20%。資助從第10年開始再進一步減少。

近三十年，香港居民的平均預期壽命大大提高。根據香港政府統計處數字，香港男性的出生時平均預期壽命從1986年的74.1歲上升到2020年的82.9歲，女性的出生時平均預期壽命則從1986年的79.4歲上升到88歲。平均壽命的提高可能意味着有更長的時間享受退休生活，但同時也意味着退休人士有更大的所謂「長壽風險」，即過早耗盡儲蓄以致不足應付晚年生活。

而當強積金的儲蓄不足以應付退休生活的開支，則意味着尚在工作的下一代負擔加大，而相應預留給自身的消費就隨之降低。如果公共財政上的負擔有系統性地增加，則政府又需要加稅或提高公共債務。無論是年輕一代的消費力下降，還是有加稅的可能性，都會對企業產生影響。今天企業在退休保障不願負上更多的責任，其實會為未來的經濟創造不利的因素，是短視的行為。

取消強積金對沖安排，只是完善退休保障制度漫漫征程的一小步，但這一步必須走穩走好。過去在推行強積金的整個過程中，充滿着退讓和妥協，而今日的香港政府必須有更多承擔，不應再事事妥協退縮、向資本傾斜，而應以民為本，在制定政策時以整體香港市民福祉為考慮。商界也不能只考慮自身的短期利益，更應該為香港的長遠利益負上相應的社會責任。

在平均壽命的提高和人口老齡化的新挑戰下，香港仍需進一步完善和改革現有的強積金和退休保障體系，由政府、企業和個人共同擔責，讓問題不再留給下一代，讓香港老有所養，也讓年輕人看到未來的希望。

最低工資改革：構建更公平的薪酬制度

老齡後和退休保障制度的改革關乎市民的長遠生活質素，而在職保障則決定了勞工在職期間的生活穩定性。取消「強積金對沖」能確保僱員的退休儲蓄不被削減，但要讓市民真正安心工作，合理的薪酬水平同樣不可或缺。

政府已經接納最低工資委員會有關法定最低工資檢討機制的建議，未來的最低工資將採用「一年一檢」的模式，並引入了一個綜合考慮通脹和經濟增長的計算公式。這一改變，無疑是對過去檢討周期的優化，體現了政策制定者對於勞動市場靈活性和基層員工收入保障的雙重關注。總體而言，「一年一檢」及優化計算公式納入經濟發展因素，相比之前的方案有進步，但也仍然有優化空間。

首先，最低工資的保障覆蓋率只有約 1.5%，遠低於實施之初的 6.4%，當時受惠人數達 28 萬。而 35 歲以下年輕人的覆蓋率更是只有 0.9%。最低工資覆蓋率低下會影響基層工友的工作動力，即使他們再努力工作，希望自力更生，都不能獲得合理工資回報以滿足基本生活所需。最低工資與香港每小時工資中位數 80.1 元更是相差甚遠，甚至趕不上綜援和在職家庭津貼，最低工資基準過低，會難以鼓勵就業，也會失去其實際意義。此外，香港近年持續面對人口老化和生育率低的問題。要扭轉這一趨勢，必須為基層青年人創造更好的就業和生活條件。合理提高最低工資的水平有利於提高基層青年的就業意欲及收入，讓他們對未來生活多一份信心。

一方面，最低工資的參考基準應該進一步調升，可考慮把最低工資設定為每小時工資中位數的 60%，作為合理水平的參考基準。另一方面，未來的最低工資調整應該在公式上再作完善，除現有部分外，也應考慮租金、就業情況及綜援等參考因素，使工資調幅更貼近基層的實際生活。此外，在聽取勞資雙方觀點時，也要更重視學術與專業的客觀分析，讓最低工資的調整有更全面深入的評估。同時，政府也應該積極重啟標準工時立法程序。長工時一直是香港職場的痼疾，嚴重影響打工仔的生活質素。目前最低工資只能保證基層青年吃得起「一餐飯」，難以讓他們有餘力規劃未來。提高最低工資基礎線，立法規管工時，基層僱員才能獲得足夠的休息時間和私人空間，參加進修和職業培訓，擴大向上流動的機會，最終不僅是基層青年，整個社會都能受惠。只有從多方面着手改善年輕一代的處境，化解他們對前景的憂慮，香港才可能重現生機與活力。

要讓最低工資真正成為防貧「保護網」，不能只盯着統計數字。調整機制背後的價值取向應該是以人為本、體恤民情。只有最低工資水平能夠跟上低收入者的生活所需，才能激勵打工仔努力工作、自力更生的意願，讓基層市民真正分享到經濟發展成果，構建包容、團結的社會。政府和委員會應秉持開放態度，虛心傾聽各方聲音，持續優化最低工資水平及其調整機制，讓這項政策能夠與時俱進，充分發揮防貧護弱的功能。期待社會各界能夠重視基層勞工的生計，為他們提供必要的保障，讓他們能過上有尊嚴的生活。

從「社區客廳」到「共生社區」，打造長者支援網絡

退休保障制度的改革，例如取消「強積金對沖」，能夠確保僱員在晚年擁有更穩定的經濟基礎。然而，安享晚年不僅僅是經濟問題，更涉及社會參與、醫療護理、居住環境及心理健康等多個層面。隨着香港人口老齡化加劇，如何讓長者在退休後仍能保持積極生活，減輕社會照顧壓力，成為香港社會必須面對的課題。

人口老齡化是香港乃至全球都面臨的重大挑戰。據政府統計，至 2046 年，香港 65 歲或以上長者佔比將高達 36%，獨居長者和雙老家庭數量也在不斷攀升。如何讓老年人安享晚年，減緩照顧壓力，化解社會孤獨感，開創銀髮族新價值，是整個社會亟需思考和應對的課題。

在這個過程中，「健康老齡化」的理念被提上議程，不僅強調生理健康的維持，更着眼於社會參與、心理健康以及個人福祉的全面提升。除了退休保障、醫療護理等方面的政策支持外，香港更需要創新思維，探索更積極、更人性化的應對方案。特區政府推出的「社區客廳試行計劃」為香港提供了一個值得借鑑的新思路。

特區政府推出的「社區客廳」由商界提供場地，關愛基金提供資金，非政府機構負責營運，通過為劏房居民提供共享廚房、飯廳、洗衣站、兒童遊戲室等設施，改善他們的生活環境。中央港澳工作辦公室主任、國務院港澳事務辦公室主任夏寶龍考察期間，對社區客廳給予了高度評價，認為這一做法值得推廣。

社區客廳的概念不僅能夠幫助劏房戶，更可以進一步延伸，打造「共生社區」，從而更好地應對人口老齡化問題。「共生社區」的核心概念是跨年齡、跨族群的互助共榮，打破「照顧者」和「被照顧者」的界線，鼓勵每個社區成員都能根據自身能力貢獻一己之力，形成相互依賴、共同生活的社群，讓社區裏的每個人都能發揮自己的能力，互相認識、互相幫助，共同營造美好的社區生活。

具體而言，特區政府可在「社區客廳」試點成功的基礎上，進一步擴大推廣，並將其延伸為「共生社區」的建設，鼓勵更多長者以及更多元化的機構和個人參與其中。在社區客廳裏，長者不一定是被照顧的對象，他們同樣可以發揮自身價值。比如，長者可以幫忙照看小朋友寫作業，讓年輕父母有更多時間工作；年輕人則可以教老人使用智能手機等新事物，幫助他們跟上時代。不同年齡階層的人聚在一起，彼此學習，彼此幫助，社區的人情味也會更濃。在共生社區的願景中，長者從被照顧者，轉化成了社區活力的重要源泉。他們的經驗、智慧和時間成為珍貴的資源，可以通過指導年輕一代、參與社區服務等方式，重新定義老年的價值。技能分享、托兒服務、共享膳食等創新的互動方式，讓老年人在享受晚年生活的同時，也能感受到自身的價值和存在的意義，延緩長者進入長期照顧的模式，進而減緩社會老年照護的壓力。

每個人都會衰老，每個長者都不希望被社會拋棄。在科技迅速發展的今天，如何讓老年人也融入社會，加強與社會的互動，增加其成就感，減少疏離感，是未來老齡化社會中需要大家共同努力的方向。用更多創新的思維考慮安老問題，為長者提供更好的服務和支持，讓每一位老年人都能在社區中找到自己的價值，過上健康、充實和有尊嚴的生活。這不僅是對長者的關愛，也是對我們每一個人的未來負責。

（四）交通

香港地少人多，是世界上人口最稠密的城市之一，逾 700 萬人口集中生活在面積不到 300 平方公里的已開發土地上。如此條件下，香港需滿足每天 1,000 多萬人次的出行需求。然而，隨着人口和經濟活動的增長，城市空間格局的發展，縱使香港的城市規劃和運輸效率就國際標準來說已十分高效，但現有及未來的交通運輸系統所面臨和承受的壓力只會有增無減。現有的設施需要改善，新的交通基礎建設需加快速度。交通問題已成為市民關注的核心議題之一。出行，影響着市民生活的每一天。

三隧分流：如何平衡暢順出行與市民負擔

香港的過海交通長期面臨擠塞問題，三條海底隧道——紅磡海底隧道（紅隧）、東區海底隧道（東隧）及西區海底隧道（西隧）——在繁忙時段的擁堵情況尤為嚴重。過去，紅隧長期為全港最便宜的過海隧道，因此吸引了大量車流，導致嚴重擠塞；而西隧則因高昂的收費，使用率一直偏低。為解決這一結構性問題，政府於 2023 年正式採納 C15 ＋所提出的三隧分流方案，透過統一及分時段調整收費，引導車流更均衡地分佈於三條隧道，以改善過海交通情況。

三隧分流方案分為兩個階段實施。第一階段於 2023 年 8 月 2 日開始，採用「633」固定收費模式，即私家車過海時，西隧收費降至 60 元，紅隧及東隧則統一提高至 30 元。此外，過海的士收費亦統一為 25 元，以減少不同隧道間的價格差距，從而改變駕駛者的選擇行為。第二階段則於同年年底推行「不同時段，不同收費」機制，在繁忙時段，西隧維持 60 元，而紅隧及東隧則提高至 40 元；其餘日間時段統一為 30 元；夜間則降至 20 元，鼓勵市民錯峰出行。

政策推行後的實際成效顯著，三條隧道的車流分佈較以往更為均衡。過去長期嚴重擠塞的紅隧在繁忙時段的車龍明顯縮短，駕駛者不再需要面對過去動輒數公里的嚴重堵塞情況。東隧的擠塞程度亦有所紓緩，而西隧的使用率則大幅提升，充分發揮其分流作用。政府的數據顯示，繁忙時段的私家車車流量減少了約 10%，紅隧的車龍縮短 1 至 1.5 公里，東隧則縮短約 0.5 公里，顯示新收費模式成功引導部分駕駛者改變出行選擇，使整體過海交通更為流暢。

我們當時的三隧收費方案建議

然而，目前的分時段收費模式，在調節車輛避開繁忙時間、錯峰出行方面，沒有太大效果。數據可見，過海隧道繁忙時間的車流量始終佔全日總車流量的36%至37%左右，出現的分流效果主要出現在三條隧道之間，卻沒有達到政策曾經預想的引導部分車輛在非繁忙時間出行的目標。

時間分流效果差，除了說明上下班時間過海的需求整體上頗為剛性（Rigid）以外，也存在一個可能性：便是政府設定的「繁忙時段」太長。

目前政府設定的早上繁忙時間是07:30-10:15，晚上繁忙時間則是16:30-19:00，在這些時間隧道收費均會較為高昂。但即使對於上下班時間有一定彈性的上班一族來說，絕大多數人也很難在10:15以後才到達辦公室；或在16:30前便離開。因此，下一步政策優化，可以考慮將繁忙收費時段縮短，例如早上和晚上的繁忙時間分別縮短為08:00-09:30以及18:00-19:00，如此則有機會更有效降低最繁忙時間的過海車流強度，不僅實現隧道間的分流，也達到出行時間錯峰分流。

總的來說，三隧分流方案的實施不僅改善了過海交通的流量分佈，更為香港未來的交通政策提供了重要的參考經驗。透過靈活運用價格調節機制，政府有效引導市民改變出行習慣，使不同時段的道路使用更為均衡。隨着科技的進步與交通管理手段的不斷優化，香港的道路網絡有望進一步提升效率，為市民提供更便捷、更暢順的出行體驗。

完善交通政策，邁向更高效的城市運輸管理

三隧分流方案的實施，為香港的過海交通帶來了一定程度的改善，但這僅是解決道路擠塞問題的第一步。要真正讓城市交通更暢順、更可持續，政府需要從更宏觀的角度出發，全面檢視現行的交通政策，並引入長遠規劃與創新技術，以應對未來的挑戰。

在這個背景下，電子道路收費與整體運輸研究的重要性日益凸顯。政府在收回西隧專營權後推行「擠塞徵費」，希望透過動態收費機制來調節車流。然而，這一措施的成效，取決於收費邏輯是否合理，以及是否能夠與更全面的交通管理政策相結合。

仔細分析政府的擠塞徵費收取方式，是在現時的隧道費之上，再額外收費，但政府在收取隧道費一事上，多年來一直也沒有一個合理的準則，大眾根本不知道為何一些隧道要收費，而另外一些則免費。舉例說，2020 年開通的屯門——赤鱲角隧道和 2019 年開通的龍山隧道，分別是全香港最長的海底隧道和全香港最長陸上行車隧道，造價亦比西隧更貴，為何駕駛人士可以在這兩條隧道免費通行，但一些早年落成的隧道卻要收費？假如按照政府的邏輯，要收回成本的話，根本沒有可能免費讓人使用。此外，各個隧道收費缺乏準則，以接駁沙田至

市區的四條隧道為例，大老山隧道每公里的收費是 5.06 元，獅子山隧道每公里的收費是 3.52 元，尖山隧道每公里的收費是 2.58 元，城門隧道每公里的收費則是 1.92 元。

根據運房局過往的公開文件，政府在決定行車隧道及管制區是否收費及其收費水平時，主要根據「收回成本」和「用者自付」的原則，以及考慮一系列因素，包括交通管理和提供有關隧道及道路的費用，即已投放的資本成本、替代路線的收費水平、公眾負擔能力和接受程度等。在決定進行擠塞徵費前，當局必須首先釐清現時香港交通政策中，市民對道路收費的認知和收費背後的邏輯。

要真正從根本解決香港交通擠塞問題，需要以下三點：一、一份真正全面和長遠的整體運輸研究；二、遲了四十年的電子道路收費；三、最重要的是吸納業界專業人士並建立團隊。

上一次真正的整體運輸研究（CTS）已經是在 1999 年完成，而那份 CTS-3 比起 CTS-1 和 CTS-2 進階的地方，就是考慮到當時城市發展和市民對優質生活有更高要求，加入了數項指導原則，包括優先發展鐵路運輸、協調各項公共交通服務的定位並加強其效率、運用新科技管理交通、考慮行人需要、減低對環境的影響等，以及進行專題性研究，例如控制車輛增長、跨境運輸、智能交通管理、環保交通措施等。

業界期待了多年，政府終於在 2021 年 12 月開展了被業界譽為 CTS-4 的《交通運輸策略性研究》。在概要中當局提出，政府將就使用道路空間、公共交通、綠色運輸、及加強與內地交通聯繫這四個範疇，全面審視並制定直至 2050 年的高層次、具前瞻性的運輸策略藍圖，以應對未來運輸發展和需求，支持香港的可持續發展，鞏固競爭力，同時促進大灣區內的人流和物流。

隨着 5G 時代來臨，數據串連更快更緊密，希望這份《交通運輸策略性研究》能夠多在研究如何利用 V2V（車對車）、V2I（車對道路基礎建設），如何在未來掌握精準的導航技術，加上已研究多時的三隧分流、電子道路收費、第四條過海隧道、汽車共享和電動汽車的趨勢等方面着墨，以此作為在未來解決道路擠塞、降低市民通勤時間的大方向。CTS-4 應結合未來智慧交通的發展方向，提出詳細的完善基建、泊車設施等建議方案。

希望政府能透過這份研究和相關的諮詢，全面重新釐定香港交通政策，並向公眾詳細清楚地解說道路和隧道收費的原則，同時從專業角度分析香港整體道路網絡模型，在相關區域推動不同時段的電子道路收費，從而真正解決香港交通擠塞問題。

根據運輸署資料，九龍區主要幹道在上午繁忙時段的時速僅 20.6 公里；至於港島區，下午繁忙時段更加龜速，時速僅 18.9 公里，其中龍翔道、加士居道、軒尼詩道、告士打道等市區主要幹道的繁忙時段車速，往往低至每小時十多公里。私家車數目飆升、道路網絡不敷使用是市區道路擠塞的其中一個主因。

電子道路收費其實是實現「擠塞徵費」的一個技術方案，理論上兩者是同一理念，不應分拆為兩個計劃，最理想是全港所有車輛駛經所有市區收費區、隧道及管制區時，均能透過同一媒介自動繳費，方便之餘亦不會令駕駛者困擾。

香港早於 1980 年代就開始研究電子道路收費，是當時世界上少數預見電子道路收費具有疏通城市人流物流問題的潛力的地方，可謂相當有先見之明，官員和公務員相當有前瞻性。經過三十多年的發展，政府六度為實行電子道路收費進行研究或公眾諮詢。2015 年政府推出「中區電子道路先導計劃」，本預在中環灣仔繞道建成後實施，但現時卻完全不見落實的時間表。相比從前的討論，今日政府想解決的問題是私家車在繁忙時段過多，如今全球導航衛星和技術已經非常成熟，社會和業界也逐步接納方案，是時候重新將電子道路收費草案列入排程。

電子道路收費的核心優勢，是提高交通系統中人員流動的能力，從而對城市中大部分人的生活質量產生正面作用，而這點從倫敦、新加坡、米蘭、斯德哥爾摩等不同城市的經驗中已經得到驗證。這個收費制度，可以根據每個人因使用道路而對交通時間和空氣污染造成的不同影響程度再分配成本，從而使大部分道路使用者免於承擔因少數人而造成的社會成本。這種以整體效率優先為出發點的原則，除了能夠縮短大部分道路使用者的交通時間，也能大大減少空氣污染，讓電子道路收費所涵蓋地區的所有居民和遊客得益。

更值得留意的是，電子道路收費除了能緩解交通擠塞及增加財政收入外，更可將其收益用於改善交通基礎建設及補貼公共交通服務上。倫敦和哥德堡兩地就已有先例。

霍文（Robert Charles Law Footman），運輸業界非常敬重的一位前運輸署署長已經為我們描繪了未來的規劃和願景。他在任內（1998 年—2005 年；是香港有史以來任期最長的運輸署署長）對香港最大的貢獻包括完成了《第三次整體運輸研究》，落實了近 30 年多條主要幹道和隧道的規劃，致力發展主要道路網絡應用智能交通運輸系統和無障礙運輸。他亦在互聯網和運輸署的網頁推廣閉路電視和電子化系統辦理牌照服務。從業界前輩和他個人分享得知，霍文的成功之道除了他個人的前瞻性外，最關鍵的是吸納人才、尊重及聽取運輸業界專業意見——他與工程及運輸業界尤其是學術界和學會關係密切，並委任了很多工程、交通、經濟的專家和學者加入當年的諮詢架構和工作小組。有熱情，懂專業，願意花時間身體力行去為香港帶來轉變，香港未來需要更多這樣的人才。

當所有隧道的管理權都收歸政府，如果要為理順車流、減少擠塞而針對隧道收費的話，目前個別隧道的收費，既不能完全做到車輛分流，亦不符合用者自付的原則。各政府部門應以科學和經濟角度去制定決策，同時可以採納電子道路收費機制去覆蓋隧道收費，既能做到用者自付，亦可將所得的收益作為營運維修隧道及有關道路之基金。

香港擁有着世界一流的業界專家和國際學術權威代表，希望在各個諮詢委員會和相關專業團體之間，有更多有心人獲得委任和推薦，一起為這個城市的交通和運輸出心出力。

電動可移動工具的立法契機與未來發展方向

近年來，電動可移動工具的興起，為短途出行提供了新的選擇，然而，由於現行法規未能與科技發展同步，這類工具的使用仍處於法律灰色地帶。如何在確保安全的同時，合理規管並促進這些新型交通工具的發展，將是香港在智慧出行領域需要面對的另一個重要課題。

事實上，特區政府對電動可移動工具的研究由來已久。早在 2020 年，運輸署就發表了「檢討電動可移動工具在香港的使用」討論文件，隨後更成立跨部門工作小組深入研究。2021 年在將軍澳和白石角開展試點計劃，2022 年在科學園實施實驗計劃，2023 年又啟動共享電動輔助單車試驗，但這些試驗計劃尚未能轉化為具體的法律法規，使得市民在使用這些工具時仍然面臨法律風險。立法規管不僅能為市民提供清晰的指引，還能確保這些工具的安全使用，減少潛在的安全隱患。

首先，立法解決的是行政措施與現行法律並不相容的問題，目前，在香港使用電動可移動工具是完全禁止的。根據《道路交通條例》（第 374 章）的規定，電動可移動工具被視為「汽車」，因此必須領牌才能合法上路。然而，運輸署編印的小冊子《路上禁止使用電動可移動工具》中表明不會為這些工具登記或發牌，這使得任何人在道路上使用電動可移動工具都可能觸犯法律，面臨罰款和監禁的風險。理解運輸署基於安全考慮和實際需要的行政規定，但是這個行政規定未能解釋，既然電動可移動工具是汽車，為何不能像其他汽車一樣在道路上行駛？這就是法律沒有及時更新而追不上科技的進步。立法規管可以明確電動可移動工具的法律地位和管理方式。

其次，立法規管還有助於確保電動可移動工具的安全與穩定。政府可以訂立相關標準，包括重量、時速限制、安全認證和電池標準等，只有符合這些標準的工具才能獲發試行牌照。此外，還可以對駕駛者年齡、相關安全裝備及行駛範圍作出規定。例如，剛開始可僅限於開闊的單車徑上使用，逐步擴大其適用範圍。

同時，在立法規管電動可移動工具方面，也可以借鑑國際經驗。以新加坡為例，新加坡規定所有電動可移動工具必須符合重量、時速、寬度和安全標準，並要求工具持有者將登記及識別標籤附貼在工具上。此外，新加坡政府還提供經濟誘因，鼓勵市民棄置不符合安全規格的工具，並推出了「安全騎士教育計劃」，提升使用者的道路安全意識。

管制與發展，從來都不是對立的矛盾，而是相輔相成、互促共進的辯證統一，電動可移動工具是科技進步的產物，完全禁止不利於創新科技在香港的發展。立法規管電動可移動工具，是保障市民安全和推動科技發展的雙贏之舉。香港作為一個國際化都市，應當以更開放、更包容的態度，迎接新科技的發展，並在法律法規、基礎設施、社會觀念等方面做好準備，才能讓科技更好地服務市民。

以前瞻格局推廣自動駕駛

隨着電動可移動工具在城市交通中的出現，香港市民的出行方式正經歷着前所未有的多元化與智能化轉型。然而，科技革新的步伐並未止步於此。在智慧交通發展的浪潮下，自動駕駛技術正逐步嶄露頭角，為未來城市交通帶來更多可能。

香港一向定位為「亞洲國際都會」，從金融基建到智慧城市規劃，無不以領先全球為目標。然而，在自動駕駛這場關乎未來城市競爭力的科技競賽中，香港卻顯得步履蹣跚。元朗錦繡花園的自動駕駛試驗項目，採用的竟是已經過時淘汰的技術，導致這種落差感愈發強烈。因為這不僅是技術問題，更折射出香港在科技創新戰略上的深層矛盾。

錦繡花園自動駕駛項目採用的是「規則驅動＋高精地圖」技術，其核心是預先編寫大量交通規則並依賴高精度地圖導航。這種技術路線在自動駕駛發展的初期（2021 年至 2023 年）確實是主流，特斯拉早期的 Autopilot 系統便屬此類。但時至今日，無圖方案下的「端到端＋ VLA（Vision-Language-Action）」已經成為新的全球自動駕駛前沿技術。車輛通過神經網絡直接從攝像頭、雷達等傳感器數據中學習駕駛策略，並結合語言模型理解複雜指令。

兩套不同的技術路線的關鍵差距在於「泛化能力」。規則驅動系統能夠在固定路線表現穩定，但遇到未預設場景（如臨時路障）就需要人工介入；而端到端模型驅動系統則能通過海量數據訓練，自主適應新環境。高精地圖本身所存在的經濟悖論亦需正視。高精地圖需厘米級精度，製作成本極高，即使在內地城市，每公里成本也高達約 1,000 元人民幣，且需持續更新維護。因此，無論中美，前沿技術路線均已由「重地圖、輕感知」向「輕地圖、重感知」轉變。

根據錦繡花園項目的試驗要求，車輛的超車與 T 字路口轉彎均需安全員手動操作，試驗條件在技術層面已自相矛盾：若系統無法獨立處理基礎場景，所謂測試「自動駕駛」的意義何在？然而，這種保守的試驗方式和香港其他成功案例形成了鮮明對比。由香港機管局主導的 L4 級別機場自動駕駛車輛，自 2021 年啟用以來，各類自動駕駛車輛總行車距離已經超過 170 萬公里。兩者同為公營項目，技術代差卻逾三年以上，暴露出目前香港在自動駕駛技術推進的資源分配與目標定位存在的混亂。

特區政府在資助科技項目時，應更加重視技術的國際競爭力。以自動駕駛為例，內地已有超過 50 個城市開放自動駕駛試點，深圳更於 2022 年通過《智能網聯汽車管理條例》，允許 L3 級車輛在指定區域上路；美國亞利桑那州則吸引 Waymo 等企業建立全域測試網絡，Tesla 也宣佈將在 2025 年內在多個州推出 Robotaxi 服務。香港應見賢思齊，聚焦「技術實用化」，不能自限格局。

香港具備自動駕駛的基礎優勢，如規範有序的道路環境、完善的交通標識、發達的 5G 網絡覆蓋，是理想的測試環境和應用場景。但過往一些審批部門常常以「零風險」為導向，即使是封閉社區的保守試驗也步履維艱。這與科技創新所需的「試錯精神」格格不入。須知，沒有「敢於試錯」的勇氣，便不可能有「後發先至」的突破。

要打破困局，香港需跳脫「小修小補」的試驗思維，設定一個真正具宏觀意義的政策願景。香港應當爭取成為全亞洲首個實現自動駕駛「全域商業化」的大都市。這個願景的實現，需要多方面的戰略轉型。智能駕駛非單一技術，而是涵蓋芯片、雲計算、高精定位等領域的產業集群，背後更是大模型人才之爭，能夠推動不同傳統行業的升級迭代，可謂是一場「智駕經濟」。香港需要發揮國際化都會以及金融中心優勢，例如通過設立自動駕駛產業基金，吸引頭部企業來港設立區域研發中心，同時推動本地高校與企業共建「自動駕駛聯合實驗室」，吸引全球工程師聚集香港。

跨境協同亦不可或缺。例如借助機管局在自動駕駛方面已經積累的技術優勢，開通港珠澳大橋的客貨運接駁路線；同時也可推動連接香港河套、科學園、新田科技城等科技重鎮往返深圳河套、前海等地的路測線路，促進大灣區城市間的規則對接。

根據嶺南大學2023年的一項調查，76%香港市民願嘗試自動駕駛。為了推動公眾信心和信任，政府可建立實時數據公示平台，公開不同測試車輛的介入率、行駛里程等關鍵指標；同時優先推廣自動駕駛在特定場景的應用（如夜間巴士、殘障人士接駁），讓市民直觀感受技術價值。

自動駕駛的困局，實則是香港創新文化的縮影。當我們習慣以「安全」為名規避風險，以「本地特色」為由拒絕變革，便注定在科技競賽中掉隊。要打破困局，需從根本改變思維：政府的角色不是「風險消除者」，而是「創新催化劑」；公帑資助的目標不是購買宣傳標籤，而是投資技術話語權。

運輸及物流局局長陳美寶最近多次強調要「政策創新」和「技術創新」雙管齊下，讓人充滿期待。確實，香港不缺成為「智駕經濟之都」的條件，需要的是一份敢於定義未來的野心。當深圳的高階智駕已經穿州過省，美國的Robotaxi已經走進鬧市，香港應加以借鑑，急起直追，豐富整座城市對未來的想像力。

雲巴：香港智慧交通的新契機

與自動駕駛的發展邏輯相似，香港在公共交通運輸領域同樣需要突破傳統框架，尋找更高效、更可持續的解決方案。在這一背景下，近期備受關注的雲巴（Cloud Rail）正成為城市智慧交通發展的新選擇。這種由比亞迪研發的自動駕駛高架軌道運輸系統，以其低成本、低佔地、高靈活性的特點，為香港的公共交通帶來了新的可能性。從九龍東到新發展區，雲巴的應用範圍廣泛，有望成為解決香港交通瓶頸的有效方案。

香港新方向的代表曾於深圳坪山試坐雲巴，親身體驗以電力驅動的自動車廂，在簡約的高架軌道上前行，能通過窄小街道，的確相當適合香港這個高密度城市使用。現時，坪山雲巴設定為每一列車為 4 卡車，共有 4 道門，載客量為 280 人，即平均每道車門載客量 70 人；而港鐵市區綫列車大約每道車門載客量 62.5 人。因此，雲巴的載客效率絕不比港鐵市區綫遜色，其定位更接近鐵路系統而非巴士系統。

其實雲巴絕非新事物，土木工程拓展署於 2019 至 2020 年期間進行了《洪水橋 / 厦村新發展區的環保運輸服務可行性研究》，選出三項環保公共運輸模式，其中一項就是與雲巴相似的高架自動捷運系統，並建議用以接駁鄰近港鐵站及周邊新發展區。該研究指出，高架捷運好處在於行人與車輛分隔，可減少行車時間，但相對基建的建造成本較高，高架橋亦會對區內造成較大的視覺影響。

雲巴的優勢在於佔地少、造價低、易施工。雲巴特別適合於空間局限的場境，避開擠塞的路面，有效疏導交通流量。其高架橋的設計更能克服爬坡問題，相當符合山多、高樓密集的香港市區內使用。其簡約的高架設計，更能嚴格控制成本，使項目對比興建重型鐵路更容易符合成本效益，是客量不高但有迫切需要的交通系統。在九龍東使用雲巴，可以加強油塘至啟德一帶的接駁，更能重啟胎死腹中的啟德輕軌計劃，增強 CBD2 的吸引力。

除了在九龍東的應用，雲巴更可進一步拓展，於其他依山而建的地區應用，例如葵涌、慈雲山等。此舉有助加強地區接

張欣宇（左）與「香港新方向」地區事務主管李煒林（右）介紹九東雲巴路線構想

駁之餘，更進一步提升相關地區的發展潛能，更能藉雲巴的特性，避免與現有公交角色重疊。

政府過去於洪水橋、大嶼山、啟德等多區都曾就推動推動綠色運輸系統分別進行研究，但一直只聞樓梯響。要成功發展綠色運輸，不能零碎地考慮各區需求，而要考慮全港整體的情況，選擇一至兩種市區及新發展區均適用的運輸服務。這樣才能營造有足夠規模的市場，吸引私人企業投放資源承辦，建造相關基建及營運路線，配合政府管理及制定有關政策。

運輸及物流局現正進行並預計於 2025 年發表報告的《交通運輸策略研究》中，僅指會探討在新發展地區引入合適的新公共交通系統，未有包括市區及全港整體考慮。希望政府能加入雲巴於有關研究，宏觀思考香港綠色公共運輸的發展模式，促進香港成為國際領先的綠色運輸都市。

從陸路到空中：構建香港未來智慧交通網絡

隨着科技進步和城市發展，香港正積極尋找創新交通方案，以提升運輸效率、促進區域聯通，並強化國際競爭力。交通基建的創新已成為香港提升整體運輸效能的重要方向。然而，除了陸路交通，香港作為國際航空樞紐，其航空業的發展同樣至關重要。

中央港澳工作辦公室主任夏寶龍訪港期間，首站便考察了香港國際機場的最新發展，充分體現國家對香港航空事業的高度重視。機場作為香港連接全球的重要門戶，不僅承擔着大量的旅客運輸，更是區內航空貨運的核心樞紐。在全球航空市場競爭加劇的背景下，香港需要進一步優化基建、提升管制能力、發展智慧物流，確保自身的領先地位。

在這樣的背景下，香港航空業應如何迭代升級？以下幾個關鍵方向將成為未來發展的重點。

機場發展的良好勢頭，根本原因是香港在宏觀層面把握住了內地經濟所帶來的巨大需求機遇，通過中觀層面香港聯通世界的屬性，最後在微觀層面發揮出香港相關專業服務的高效率，環環相扣，相得益彰。然而，香港航空業的發展，同時也面對來自內外各方面的挑戰和競爭，無論是其他機場搶佔市場份額，還是自身內部所存在的發展掣肘，都時刻提醒大家不能忘記「逆水行舟，不進則退」的道理。香港需要從硬件、人才和政策三大方面多管齊下，推出具體措施，在挑戰和競爭中鞏固和提升自身的國際樞紐地位。

香港機場自 1998 年搬遷至赤鱲角，迅速躋身全球最佳機場行列，其中一項關鍵基建配套便是機場快綫（機鐵）。機鐵站點直接設在港島和九龍核心商業區內，24 分鐘車程便可由中環直達機場，為商旅人士提供近乎風雨無阻且高度準時可靠的機場交通服務，而其獨特的市區預辦登機及行李託運業務，也在很長時間內成為世界爭相學習的標杆模式。每年往返機場交通當中，有超過五分之一的客量由機鐵承擔，可以說，「空鐵聯運」的模式，香港機場早已是先行者和受益者。

隨着大灣區基建互聯互通邁進新的階段，香港應當把握港深西部鐵路，以及交椅洲鐵路規劃的機遇，將上述鐵路在欣澳附近與現有機鐵路軌接駁，如此便可實現香港國際機場和前海核心商業區通過鐵路直接連通，無需轉車 30 分鐘直達穿梭兩地，打造一條新的「機鐵 2.0」。

現有機鐵受制於青馬大橋運力樽頸，實際上在機場至欣澳段尚有相當的運力空間，恰巧可以讓「機鐵 2.0」善用運力，全面發揮作用。這條「機鐵 2.0」本身造價不高，一旦落成，

張欣宇倡打造機鐵 2.0 以構建大灣區空鐵聯運網絡

卻可以大大便利從深圳、東莞及廣州出發的旅客，可以通過鐵路直達香港機場。同時新走線也為未來提升港深穗三地機場間的連通性創造條件，對香港機場在區內的領先地位以及未來機場城市的發展目標，起到策略性的提升作用。

除此以外，另一個更為眼前的「空鐵聯運」機遇則在於高鐵西九龍站與機鐵九龍站的基建協同。西九龍和九龍站地理上相連，但目前僅依靠行人天橋連接，對於攜帶行李需要在高鐵和機鐵之間轉乘的乘客來說十分不便。因此，可以興建一條直接連同高鐵西九龍站和機鐵九龍站的地下行人通道，解決這一痛點，讓旅客在訪港轉乘時更為舒適。有了硬件配套，更加可以推出「高鐵—機鐵—機票」的聯程銷售模式，這樣可以充分利用國家成熟的高鐵網絡以及大灣區內便利的城際網絡，吸引更多城市和省份的內地旅客選擇「經港飛」，也方便國際商貿旅客經過香港門戶，便捷地前往內地各地。在通道硬件配套完成之前，政府亦可先行推動機管局在高鐵西九龍站設置預辦登機服務點，讓旅客可以在高鐵站便完成行李登機託運，輕裝上陣前往機場候機甚至在機場商城消費和娛樂。

香港國際機場的三跑擴建的一系列工程近年來分批完成，硬件容量將得到極大提升。然而，機場的容量不僅取決於跑道數量，亦十分受航空管制能力影響。目前，香港機場的空管功能是由香港民航處航空交通管理部所提供。

然而，隨着特區政府財政受壓，對各個部門實行人手編制的嚴格管控，令到民航處空管部門增聘新的管制人手時受到不少掣肘。這種情況將會對香港機場作為國際樞紐的發展帶來嚴重限制。新跑道的增加將帶來更多的航班量和航空交通，但如果航空管制人員數量沒有相應增加，將會導致管制能力不足，不僅可能會導致航班延誤和擁堵，影響機場的運行效率和聲譽；甚至可能會導致管制人員工作負荷過重，增加疲勞和工作失誤的風險，從而增加航空安全事故的發生可能性。特別是在繁忙時段和複雜的天氣條件下，管制人員的工作壓力更大，安全風險更高。作為國際樞紐機場，良好的運行效率、航班準點率以及嚴格安全標準均至關重要。

因此，確保航空管制人員與設施設備的相適應發展是機場擴建過程中的關鍵因素之一。特區政府凍結人手、緊控各個部門財政開支的出發點可以理解，但對民航處空管部門則應特事特辦，打開招聘空管人員的綠燈。須知道，由招聘、培訓到一名航空管制人員能有足夠經驗可以獨立執勤通常需要數年時間，現時絕對已經有需要啟動招聘程序，為機場未來的發展作出配套。

香港國際機場 2024 年再次蟬聯全球最繁忙貨運機場排名，並榮登榜首，是自 2010 年以來第 14 次被評為全球最繁忙的貨運機場。「百尺竿頭、更進一步」，除了持續提升香港在海關及物流方面的服務效率以外，特區政府也應當主動有為，帶領業界去貨源地尋找機會。雖然香港機場未必可以像其他競爭機場一樣，通過提供補貼的方式吸引貨源，但由特區政府牽頭，積極與貨源地建立聯繫，為貨源企業在港運作提供全方位政策便利措施，仍然有機會吸引更多貨物流量選擇通過香港國際機場運輸，從而增加機場的業務量和收入。這不僅有利於香港機場的競爭力，也會促進包括物流、航空貨運等領域的相關產業發展。與貨源地建立更緊密的合作關係還可以為企業提供更多的商機和合作機會，鞏固香港作為國際商貿中心的地位。

與此同時，特區政府亦應先行一步，提前佈局小型及大型無人機經濟，推出相應政策，推動香港成為全球範圍內的無人機貨運技術應用方面的創新領先地區。首先，隨着無人機技術的不斷進步，無人機在物流和運輸領域的應用潛力已經得到廣泛認可。制定相關政策可以促進無人機產業的發展，推動其在香港的應用和推廣，為香港經濟注入新的活力。其次，無人機的使用可以提高物流效率，降低成本，加快貨物運輸速度，提升香港作為貨運中心的競爭力。此外，無人機的使用還可以解決傳統運輸方式無法覆蓋的區域或環境，擴大香港貨物運輸的適用場景，確保其與傳統航空運輸的有效融合，充分發揮潛力。

正如夏寶龍主任所說，香港國際機場是享譽全球的金字招牌。香港實在需要更多具體和實際的行動和措施，分秒必爭，主理官員們也絕不能放過任何機遇，在國家的支持下，繼續「省靚」這塊金字招牌。

從智慧交通到共享出行：科技創新應真正落地

香港的交通管理正逐步引入科技因素，以提升交通運行效率。然而，解決交通問題並不僅限於收費模式的調整，更關鍵的是如何讓交通運輸系統全面升級，以滿足市民與市場的需求。

在全球智慧城市發展的大潮下，科技已經改變了我們的出行方式，特別是在「點對點」個人化交通服務方面，各地均已廣泛應用共享交通模式，如網約車與拼車服務，以提升運輸效率並降低市民的通勤成本。然而，相較於國際主要城市，香港的共享交通發展卻始終停滯不前，甚至因監管不明確而長期處於法律灰色地帶。

政府雖然在近年的政策文件中提及要提升個人化點對點交通服務，並改善的士業界的經營環境，但在共享交通的發展方向上，卻仍未有明確的規劃，甚至主要依賴加強執法與提高罰則來遏止網約車的發展，而非透過制度改革來順應市場需求。

那麼，香港的共享交通究竟應該何去何從？政府的政策方向是否真正符合市民需求？是否能夠在保障消費者、的士業界、創新企業三方利益的同時，讓市場機制發揮更大作用？

政府在最新的《立法會交通事務委員會——提升個人化點對點交通服務》諮詢文件中，提出要「改善的士業界的經營環境，同時提升個人化點對點交通服務的整體質素，以及改革的士業界」。具體建議包括的士加價、引入的士車隊管理制度、增加的士最高乘客座位數目、引入的士司機違例記分制及兩級制罰則和提高利用汽車非法出租或取酬載客用途的罰則。

其中「提高利用汽車非法出租或取酬載客用途的罰則」的建議值得關注，諮詢文件建議「提高最高罰款額，由現時就首次定罪判處的第 2 級罰款（5,000 元）及再次定罪的第 3 級罰款（10,000 元），分別增至第 3 級罰款（10,000 元）及第 4 級罰款（25,000 元）；以及延長暫時吊銷車輛牌照和扣押車輛的期限，把吊銷期及扣押期由現時首次定罪判處的 3 個月及再次定罪的 6 個月，分別增至 6 個月及 12 個月」。

按照香港法例，白牌車在沒有取得牌照的情況下取酬載客是非法行為，而香港長期以來僅有 1,500 個私家服務出租車許可證配額。毋庸置疑，在現行法例框架下，絕大多數通過網約平台提供點對點交通服務的私家車，是沒有合法經營的空間。

但值得深思的是，網約車自2014年開始在香港市場出現以來，發展日益壯大，這背後的驅動力和深層邏輯到底是甚麼？而政府僅僅通過提升對司機的罰則，又是否能夠徹底杜絕非法行為？怎樣才能在滿足社會需求、推動市場進步以及公平合理照顧從業者利益三者之間取得平衡？

不少香港市民認為香港現行的的士的服務水平仍有較大的提升空間。根據交通諮詢委員會交通投訴組的數據，關於的士的投訴從2010年的7,997宗上升到2018年的11,000宗。

不少研究和數據均顯示，香港市民認為現有的士服務水平仍有進步的空間，對點對點交通服務的突破和改革也有較大的期望。而除了「舉止」類的服務水平（如拒載及濫收車費等）無法達到市民需要之外，市民同樣點對點交通的車型舒適度、座位數、叫車方便程度等「硬件」範疇的服務水平有更豐富和多元的需求。

正是因為這樣強烈的需求客觀存在，導致即使網約車普遍價格較傳統的士為高，並且未能合法經營，但仍有大量的市民願意選擇相關服務。

上述這種情況，始終非可持續。Uber等網約車平台的出現，確實豐富了消費者的選擇，這幾年新冠疫情，對香港本地就業造成非常大的衝擊，面對就業不足及失業率攀升，共享交通亦為不少失業的市民緩解短期的就業問題。根據資料，在疫情期間，Uber登記司機數不跌反升，而最多人提出的登記原因是彌補疫情造成的收入損失。

但因為其非法經營的性質以及監管的缺失，種種問題亦隨之產生：例如在出現交通意外時對乘客（包括司機）的保障缺失，沒有法定的入門門檻而可能造成的供應過剩，「無監管成本」下對傳統受監管的的士行業造成的不公平衝擊等等。因此，政府必須認識到，單憑提高現行罰則，並不可能完全杜絕網約車的存在。事實上，即使警方在近年來加大了執法力度，Uber 在港業務仍然持續擴張，在消費者對提升點對點交通的服務質素有強烈需求的前提下，從源頭進行立法規管，讓非法業務回歸到陽光之下，會更好地實現市場良性運作。

不少的士業界擔心網約車造成更激烈的競爭，疫情期間本就客流減少，更激烈的競爭就意味着生存空間的進一步收窄。的士業界的擔憂是可以理解的，但共享交通是否就是傳統的士的敵人，只能鬥個你死我活呢？其實並不是的，借鑑其他國家和地區的經驗，消費者、傳統的士和共享交通三方是可以達成一個三贏局面。

其中一種做法是政府根據市場的實際需求空間，發放一定數量的新牌照給予網約車平台，讓加入的司機 / 車主合法載客取酬，平台必須要在各項服務指標上達到承諾，並和傳統的士提供差異化的服務（例如高端轎車、7 人車服務等），而發牌收入可轉移給現有的士牌主。

另一種做法是規定網約車平台在每次車程抽稅，稅款撥歸現有的士車主。例如澳洲新南威爾州的做法。Uber 早年在澳洲新南威爾州也遭到的士行業強烈反對，但當地政府經研究與商討後，為汽車共乘平台建立監管框架，透過向 Uber 在內的點對點交通服務徵收每程 1 澳元（約 5.69 港元）「乘客服務稅」，把所得資金用於援助傳統的士行業。有關這樣的建議，香港大學經濟及金融學院系在 2021 年 1 月 15 日發表的《香港經濟政策綠皮書》也曾提倡過。

而對網約車平台的監管，亦不可失位。事實上，所有允許共享交通合法經營的國家和地區都有相關的法例監管共享交通的汽車和平台。例如在內地，所有的網約車駕駛員都需要進行背景調查，網約車和司機都必須先登記，由相關部門發放經營許可證。共享交通平台在勞動保障、用戶信息安全、定價、支付結算等方面都有法例規管。

在 2016 年 7 月，國家交通運輸部等多部門發佈《網絡預約出租汽車經營服務管理暫行辦法》，網約車服務被納入政府監管。根據該《暫行辦法》網約車平台公司應當取得《網絡預約出租汽車經營許可證》，從事網約車經營的車輛應當取得《網絡預約出租汽車運輸證》，從事網約車服務的駕駛員應當取得《網絡預約出租汽車駕駛員證》，這也被稱為網約車業務三證。

在 2021 年 9 月，國家交通運輸部進一步印發《關於維護公平競爭市場秩序加快推進網約車合規化的通知》，要求加快推進網約車合規化進程，促進網約車行業規範健康持續發展。當中包括不得新接入不合規車輛和駕駛員，並加快清退不合規的駕駛員和車輛，並每月公佈 36 個中心城市網約車合規率情況。對因許可辦理拖延等問題導致符合條件的車輛和駕駛員未能合規化的城市，向社會公開城市名單。

而新加坡在 2017 年修例，要求所有網約車駕駛員必須取得許可證（Private Hire Care Driver's Vocational License，簡稱 PDVL），駕駛員必須先通過背景調查和身體檢查，也必須有獲得駕駛執照超過兩年（Class 3/3A）。駕駛員必須參加一個長達 10 小時的 PDVL 培訓，並通過道路和乘客安全考試。駕駛員每 6 年需要重新上重溫班，並設有一個駕駛員扣分制度。

從其他國家和地區的經驗看到，共享交通的確涉及到許多問題，而這些問題是可透過立法監管來解決的。這些問題本身並不是忽視市民對優質出行需求的借口。要擁抱創新，提升香港的競爭力，滿足市民需求，化解不同利益訴求的矛盾，政府需要扮演一個更積極有為的角色。

優質出行，是優質民生的重要一環。一個「有為政府」應當充分理解市民的需求，並以民生為重，積極求變。但政府一直以來，顯然不願真正觸及改革政策方面的落後方面，綁手綁腳，甚至將屬於經濟民生的治理問題，「推卸」給司法機構去處理，彷彿提高了罰則，就可以假裝看到不到網約車市場繼續存在的事實。結果令香港在網約車上的發展，遠遠落後於世界各大城市和內地，同時亦加劇了不同持份者之間的矛盾。

在一個良性的市場環境下，優質出行需求和傳統的士行業本不應該存在根本性矛盾。隨着香港人口增長、旅客數目持續增加，加上人口老化的趨勢，長者的活動能力受限制，點對點汽車服務的需求將不斷增加。政府需要改變思維，不要掩耳盜鈴，重新深入研究從源頭上監管網約車服務，令不斷提高的消費者需求得到滿足，亦為傳統的士行業的發展和升級創造機會。民生無小事，香港若要重新出發，執政者當須在方方面面以民為先，積極有為，絕不能再屈服於陳舊思維和利益集團之下，得過且過。

的士加價非萬能良藥：香港點對點交通服務的下一步

在全球智慧交通的發展潮流下，香港的點對點交通服務正處於變革的十字路口。前文探討了共享出行對提升運輸效率的重要性，以及政府在監管網約車方面的遲滯。但在這場關於交通創新的討論尚未有定論時，傳統的士行業卻再度成為焦點——的士業界申請加價的一系列方案，再次引發社會關注與爭議。

的士作為香港歷史悠久的交通工具，理應在智慧交通的發展中扮演更積極的角色。然而，長期以來，的士業面臨服務質素參差、行業監管滯後、經營成本上升等問題，導致其市場競爭力逐步下降。在這樣的背景下，單純的加價是否能真正解決的士司機的困境？還是只會進一步流失乘客，甚至讓市場惡性循環？

接下來，將探討的士加價對司機、乘客與整個行業的影響，並分析香港應如何借鑑其他地區的經驗，以科技與市場改革推動的士業升級，打造更高效、更公平的點對點交通服務。

業界要求的加幅不菲，紅的加價 5 元，綠的加價 4.5 元，兩者跳錶加 2 毫，大嶼山的士加價 6 元。除此之外，業界還申請縮短跳錶等時，上調行李費。面對業界的加價訴求，討論似乎陷入了司機利益、乘客負擔、投資回報和社會效益的多方博弈。如何在這個糾結的困局中尋求共贏，是擺在香港社會面前的一道難題。

作為基層勞工的的士司機，他們在快速變化的經濟環境中尤其脆弱。長期面臨車租、油價、保養等成本上漲，而車資加幅卻往往滯後。疫情更讓生意雪上加霜，在網約車等新經濟模式的衝擊下，傳統的士業更是舉步維艱。很多司機朋友辛勤工作，只是為了維持基本生計。作為一個負責任、有擔當的社會，我們理應體恤司機的辛勞，為他們爭取合理的回報。

然而，同樣要問的是，單純的加價真的能從根本上改善司機處境嗎？

恐怕未必。

近年來，隨着社會出行需求復甦，基層勞動力市場趨緊，基層的士司機的收入開始出現改善的正面跡象：一方面的士司機的實際收入增長跑贏香港整體運輸業界，另一方面則是租車司機面對牌主時的議價能力提升（車租在的士總收入結構中的佔比出現下降趨勢）。然而，在需求復甦仍然處於偏弱階段的今天，大幅度加價很可能會打斷這一正面趨勢，對司機而言效果適得其反。大幅加價後的車費，將相當數量乘客推向其他交通工具，令司機實際生意出現萎縮。而牌主已經明確表明加價後會趁機增收租金，司機反而會面臨車租增加、顧客流失的雙重壓力。因此，除了提出加價訴求外，政府更需要在運營模式、服務品質、從業保障等方面推動的士業界徹底革新，增強自身競爭力，方能為司機創造更多的增收空間。

其次，的士牌照作為一項特殊的金融投資產品，其價值和收益深受行政政策的影響。由於供應稀缺，的士牌照成為了一種稀缺資源，其價值隨之攀升。不少投資者購入的士牌，旨在通過抽取高額租金獲得穩定現金回報。因此，加價很大程度上是在為這些投資者的收益「埋單」。這種行政干預下的利益輸送，本質上是以社會公共利益為代價，來滿足部分投資者的訴求。對此，政府理應審慎對待，在政策制定上應該避免進一步傾斜牌主，以免加劇社會貧富差距，影響社會公平。的士牌照的現金流投資回報不應該通過行政加價手段，以市民的支出去埋單和維持。我們需要深思這種模式背後的社會效益，並尋求更合理的解決方案。

同時，更需正視的是，的士服務的社會屬性。服務質素是決定市民是否願意支付更高費用的關鍵。香港的士服務質素問題一直存在，並且歷年加價並未有效提升服務質量。在經濟下行周期，市民對價格更加敏感，如何說服他們支持的士加價或是更多的選用的士服務，這是一個必須面對的問題。頻繁加價對改善的士服務是否有實質助益？如果加價並未換來優質服務，公眾憑甚麼為之買單？

最後，面對當前的新經濟環境和科技發展，單靠簡單的加減價，已經很難解決當前的士業面臨的困局。從更長遠的角度看，傳統的士業只有積極擁抱互聯網時代，推動平台化、智慧化轉型，才能在新形勢下煥發生機。同時，積極推動網約車合法化也是大勢所趨。傳統的士與網約車完全可以優勢互補，實現差異化經營。通過市場化競爭倒逼服務升級，將有助於推動行業整體進步。「互聯網＋交通」所孕育的眾多商業模式和效率提升空間，也將為網約平台、車行、牌主、司機和乘客開創更多共贏可能。因此，香港社會應以開放包容的心態看待新業態，積極促進傳統的士與新模式融合發展，構建多方共贏的智慧出行新生態。

的士加價絕非萬靈藥。在考慮是否支持加價的同時，政府也應該思考如何通過政策和技術創新來促進行業的健康發展。化解當前困局，需要司機、乘客、投資者和社會各界換位思考，平衡訴求。更需要的士業直面時代挑戰，以創新求變，在轉型升級中重塑優勢，確保的士服務能夠在激烈的市場競爭中繼續為市民提供安全、方便、高效的出行選擇。

的士行業困境需要真正的改革

在的士加價爭議尚未平息的時候，又出現了的士業界「放蛇」打擊網約車的現象，引發社會廣泛關注。部分的士司機自發組織，刻意搭乘 Uber 等網約車，並在抵達目的地後報警，企圖透過這種方式打擊非法營運。然而，這種做法並不能真正解決的士業的困境，反而可能加劇與網約車司機的對立，甚至引發社會更大範圍的討論——倘若的士業界能夠透過「放蛇」來打擊網約車，那麼乘客是否也應該組織「放蛇」來舉報的士濫收車資、拒載、態度惡劣等問題？

這一事件再次暴露出香港點對點交通服務的深層次矛盾：的士行業長期依賴行政干預來維持市場地位，而非透過提升服務質素來贏得乘客的青睞。這樣的做法，不僅無助於改善的士業界的經營環境，反而可能使市民對業界的觀感進一步惡化，讓更多乘客選擇其他交通方式。

面對智慧出行的發展趨勢，政府應如何應對？是繼續透過行政手段打壓網約車，還是順應市場需求，推動的士業改革與網約車合法化？政府的選擇將直接影響香港未來的交通發展方向。

的士業界一方面屢次獲准加價，另一方面作為客運公共交通服務提供者，的士服務質素卻備受詬病，包括揀客、兜路、濫收車資、坐地起價、服務態度差，種種劣跡比比皆是。私自「放蛇」行為雖然短期內能夠嚇阻部分網約車司機，但是也容易激化矛盾，引發不必要的暴力衝突。更無法解決的士服務質量差劣的根本問題。放蛇的目的只是在消滅潛在的競爭對手，卻不能從根本上提升的士服務質素。試問，如果的士業界可以隨時放蛇去打擊網約車，那麼乘客是否也需要組成關注組，放蛇打擊的士司機濫收車資等非法行為？

香港新方向多次呼籲，作為有為政府，當局應盡快將網約車管理規範化，參考內地及其他國家的成功經驗，對網約車進行立法和監管。網約車合法化的好處在於，平台、車輛和司機三層均受到監管，包括車型、安全度、潔淨度和司機質素等，能夠讓消費者享受更有保障的出行服務。消委會總幹事黃鳳嫺亦在近期訪問中指出，網約車平台會根據需求而定價，這種市場化定價機制能夠靈活應對供需變化，避免了傳統的士價格僵化帶來的問題。此外，網約車的合法化還能促進市場競爭，倒逼傳統的士業提升服務質量。

除了推動網約車合法化，政府還應大力推動的士支付電子化，成立的士網約平台。提高的士服務的透明度和可追溯性，乘客可以通過平台預約、支付和評價，進一步保障出行體驗。同時，政府應該改革的士牌照制度，打破壟斷，適度引入市場競爭，倒逼業界提升服務水平。

的士放蛇打擊網約車，只是治標不治本的權宜之計。智慧出行的大勢已定，各方理性溝通，攜手創新，方為上策。的士業界切莫堅守陳規陋習，應順應潮流，提升專業水平。網約車則要主動作出一定讓步，承擔起必要的社會責任。而政府更應有魄力推動變革，在公平規範的基礎上，鼓勵的士與網約車良性互動，建構多元、高效、智慧的出行生態，實現多方共贏。

的士業界以「放蛇」方式打擊網約車，反映了行業面對競爭時的焦慮與無力感。然而，真正的問題並不在於網約車的存在，而在於政府遲遲未能推出清晰的監管政策，導致市場長期處於混亂與不確定的狀態。

事實上，網約車在香港已經運行十年，其便利性和靈活的服務模式，早已獲得部分市民的青睞。然而，由於缺乏法律規範，網約車一直處於法律灰色地帶，司機與乘客均承擔着法律與安全風險。政府提交的《打擊非法出租或取酬載客活動及規管網約出租汽車平台的研究》報告，雖然首次提出「服務多元，互利共贏」的方向，但內容卻流於表面，缺乏數據支持與具體政策建議，與市場發展和公眾期待存在巨大落差。

在全球主要城市早已完成網約車立法並推動市場規範發展的背景下，香港的政策仍然停滯不前，這不僅影響市民的出行選擇，也讓行業陷入無序競爭，無法真正實現公平與效率兼顧的交通發展。

要制定良好的公共政策，詳實的研究報告至關重要。作為決策依據，報告理應全面客觀地反映網約車在香港的發展現狀，例如每日乘客數量、點對點每日運輸次數、營業額、對交通的影響等，並將其與的士行業的數據進行對比分析，可以對網約車帶來的市民出行變化，與的士服務是否構成實質競爭，是否帶來了新的增量市場等問題進行深入探討。清晰的數據基礎，可以對香港點對點交通服務的現狀有更清晰的認知，為政府制定更貼切的政策提供有力參考。可惜，報告對此隻字未提，反而仍然在泛泛而談各地規管情況和立法進程，而這些地區早在多年前就已經完成了網約車的立法規管。

另外，對於供求關係的評估，亦即現有的士運力是否能夠滿足市民實際需求，報告雖然提及會考慮這些因素，但並未提供任何數據或研究結果。在現實中，的士業界實際運力和市民的合理需求之間是否可以完全匹配，如果不能，差距有多少，這是網約車立法時的重要考慮因素，甚至可以說是制定合理政策的基石。了解市場供需關係，以公眾利益為第一優先，才能制定出合理的網約車政策，實現多方共贏。

報告在政策建議方面更是含糊其辭，除了提出要「繼續探討」、「繼續聆聽意見」之外，並沒有提出任何具體的規管框架或時間表。相比之下，早在 7 年前消費者委員會發表的《個人化點對點交通服務市場競爭研究》就已經提出了一系列清晰而詳盡的建議，包括發放三種不同的許可證、分階段實施新體制、明確各方權責等。消委會的報告不僅提出了明確的政策建議，還詳細分析了引入網約車的好處和可能的衝擊，並建議政府採取循序漸進的方式進行監管。該報告強調，通過引入競爭，改善服務質量，最終實現市場的良性發展。與運輸及物流局最新提交的報告相比，消委會的報告似乎更加清晰和完善，並且較為有操作性。

香港需要通過立法，明確網約車的定位，這不僅是對現有服務的規範和釐清，更是創造一個健康有序的競爭環境。良性的制度環境有助於吸引更多企業進入市場，避免網約車市場的壟斷，營造公平競爭的氛圍。這不僅讓司機獲得更多就業機會，也能為乘客帶來更優質的出行選擇。

網約車規管，是香港交通運輸體系改革的重要一環。香港作為國際大都會，不應在這一領域落後於人。公眾期待一個明確的政策導向和時間節點，政府的研究報告，除了應該包括詳細的市場數據、深入的政策分析以外，更應該盡快拿出具體的方案和時間表，不能再一味「繼續探討」。政府應以公眾利益為先，盡快制定完善的法律法規，規範網約車平台的運營，為市民提供更便捷、安全、高效的出行服務。唯有如此，香港才能在這場點對點交通的革命中迎頭趕上，成為真正的「智慧城市」。

的士網約化難以取代網約車

在網約車合法化的討論中，政府遲遲未能提出具體監管方案，導致市場長期處於灰色地帶。前文提及，政府的研究報告缺乏足夠的數據支持，導致政策方向與市場需求脫節。然而，在這場爭論中，另一個常見的觀點則是：只要讓的士「網約化」，市場就不再需要網約車。

就近期推出的「的士車隊」計劃，部分人認為這將是「力挽狂瀾」的改革措施，能夠填補市場空缺。然而，問題並非如此簡單。的士網約化，雖然能提升服務質素，但無法解決的士運力的結構性問題。即使網約車平台暫時被壓制，香港高峰期的「打車難」現象依然存在，並不會因為的士可以被「網約」而消失。

此外，另一個備受爭議的觀點是：網約車可能會衝擊公共交通，影響道路運力。然而，從過去十年的市場發展來看，這一說法並無實際數據支持。反之，網約車的存在主要是提供運力彈性，補足的士無法應對的高峰需求，而非削弱公共交通的承載能力。

點對點出行的需求，本就存在明顯的彈性，高峰期和平時的需求可以相差甚遠。市場其實像一塊神奇的海綿，以杭州為例，亞運期間最高可以有 165 萬單的點對點出行訂單，平日則大概在 80 萬到 100 萬單水平。的士屬於固定供應，不具彈性，倘若 165 萬單的需求，全部通過增發的士牌照滿足，就會出現平日的士「無單可接」的情況；但倘若的士運力規模釐定在 80 萬單的水平，則會出現高峰期市民「無車可截」的問題。因此，網約車最大的價值在於提供彈性的供應，以配合變化的需求。香港缺乏相關供求關係的直接數據，但原理大致相同。

政府最新提交的立法會報告雖然總算踏出了第一步，但仍需一年時間才能完成相關研究，立法進程恐怕要拖延至下屆立法會才能啟動。這與市民對網約車合法化的期待相去甚遠，立法進度亟待加快。

另一個近期流行的觀點則是：網約車可能會吸引更多小車上路行駛，影響道路承載力，甚至衝擊香港公共交通。這個觀點得到政府官員在不同場合引用，然而細看卻問題叢生。香港網約車政策的制定，並不是一個純假設性的「學術討論」。私家車加入網約平台提供點對點服務，已經在港發展了 10 年，一直缺乏有效的監管，業態幾乎處於「自由發展」的狀態。即便如此，香港公共交通系統在同一期間並未見到任何實質性的衝擊。日後一旦對平台實施監管，准入門檻和供應總量相較現狀只會更嚴格和更受控，很難想像為何公共交通會反而受到衝擊。

而從交通經濟學而言，網約車、的士及私家車屬於同一範疇，與公共交通工具分屬兩個完全不同的市場。以香港實際情況為例，過往新發展區的鐵路通車後，幾乎都是影響同為公共交通的巴士和小巴客流，從未出現過道路私家車車流顯著減少的情況。同理，網約車的存在，最主要是減低了自駕私家車的慾望以及分薄了的士的需求。除非香港未來顛覆性地改變全港運輸策略和基建設施，否則僅僅因為網約車規管這一個變量，就輕言會影響香港公共交通，實屬誇張。

政府最新在立法會交通委員會提交關於規管網約車的諮詢文件，可謂無驚無喜：「加辣」了一些打擊非法載客取酬的措施，算是回應了的士牌主的訴求；同時也第一次明確提出，要研究點對點交通的供求關係，並討論未來發牌路向，總算踩準了方向。但相關研究卻要額外一年的時間去完成，按此進度，很可能要留待下一屆立法會才能正式開展立法進程，和市民期待相差甚遠。不少立法會議員均要求政府加快進程，努力在本屆立法會任期內便拿出具體監管方案，啟動實際立法程序。

在整個網約車立法過程中，在保障市民利益的前提下，原則上可為的士行業提供適度的政策傾斜，但牌主投資收益絕不應該成為阻礙政策制定和社會發展的絆腳石。在具體規管層面，應當設計全新具針對性的網約車牌照條件，讓網約車能以較低的門檻加入市場，但同時做好網約車「全職化」的總量控制，以維持網約服務在供應方面的彈性，實現網約車和的士的互補促進，最終推動網約車服務在香港的合規化。

市民對於網約車的合法化與規範發展早已翹首以盼，這道關乎出行便利與交通未來的考題，已經積壓許久，如今更是到了不得不解決的關鍵時刻，刻不容緩。

擁抱共享經濟，推動香港創新發展

網約車的規範化只是香港邁向共享經濟時代的一個縮影。隨着科技的進步和市場需求的變化，共享經濟正以前所未有的速度滲透進我們的日常生活，從出行到餐飲，從物流到住宿，各行各業都在經歷着一場深刻的變革。

近年來，內地科技巨頭紛紛進軍香港，帶來了更加多元化的服務模式和市場競爭，進一步推動了本地共享經濟的發展。從外賣平台 KeeTa 到網約車服務高德打車和滴滴出行，這些企業憑藉創新的商業模式和強大的技術實力，在短時間內迅速佔據市場，改變了香港市民的消費習慣。共享經濟的浪潮正在這座國際都市掀起新的波瀾，不僅為消費者帶來更多選擇，也讓傳統行業面對新的挑戰與機遇。作為科技創新時代的產物，共享經濟模式正在影響着香港的產業格局和消費習慣。這既給傳統行業帶來了轉型升級的壓力，也為消費者創造了更多便利和實惠的選擇。

共享經濟的核心理念是資源的高效利用和價值的最大化。以 KeeTa 為例，其推出的一系列優惠活動，如免運費、一人飯堂等，大大降低了消費門檻，填補了市場空缺，解決了單人餐飲的外賣需求，也成功打破了原有外賣平台對市場的壟斷，讓更多市民能夠享受到高質量的外賣服務。而高德打車和滴滴出行的進入，則有望進一步優化香港的點對點出行體驗，為乘客提供更便捷的預約方式、多樣的支付選擇，以及靈活的服務模式，也為港人北上和內地旅客南下提供了一鍵 Call 車的便利，可以預見，充分的市場競爭，將使消費者將成為最大的受益者。

香港作為國際金融中心和東西方文化交匯的樞紐，擁有獨特的地理位置和市場環境，是內地企業出海的理想實驗場。KeeTa、高德打車和滴滴出行等內地企業在香港市場的成功，為其進一步開拓國際市場積累了寶貴經驗。同時，香港獨特的市場環境和消費特點，也為這些企業提供了豐富的本地化創新機會。

然而，對於傳統行業而言，共享經濟的衝擊卻是不容忽視的。面對科技巨頭的強勢進攻，一些本地企業可能會陷入競爭劣勢，甚至面臨被洗牌的風險。這就要求傳統行業必須加快轉型升級的步伐，通過技術創新、服務優化等方式，提升自身的競爭力。只有主動擁抱變革，才能在新一輪的市場競爭中佔據有利位置。

在共享經濟的快速發展中，特區政府也不能成為「旁觀者」，而是需要扮演好「引導者」、「規範者」和「促進者」的角色，以確保這一新興經濟模式能夠健康、有序地發展，為共享經濟的健康發展創造良好的政策環境。

作為引導者，特區政府制定前瞻性政策，鼓勵本地的共享創科企業發展，協助傳統企業轉型，引導共享經濟向有益於社會和經濟的方向發展。在規範市場秩序方面，目前香港在一些新興領域方面的法律法規還相對滯後。以網約車為例，現行的監管框架已經不太適應行業發展的需求。因此，特區政府應該與時俱進，加快相關立法進程，為共享經濟營造一個更加明確、規範的政策環境。作為促進者，政府也應該發揮更大的協調作用，促進政府、業界、社會各方的溝通合作，探索出一條兼顧各方利益，推動共享經濟健康發展的路徑。在鼓勵共享經濟企業發展的同時，也要保護消費者權益，防止壟斷和無序擴張；在促進公平競爭的同時，也要尊重傳統行業的合理訴求。唯有在協調中尋求平衡，在共贏中謀求發展，香港才能真正擁抱共享經濟時代的機遇。

面對共享經濟大潮，無論是企業還是政府，都必須以開放、務實的態度去應對。只有主動求變，積極創新，才能在未來的競爭中立於不敗之地。以科技之力，共創共享，香港才能成為開放，創新和智慧之都。

提升跨境鐵路交通的靈活性與效率

隨着新的交通方式不斷湧現，香港市民的出行選擇日益多元且靈活，不僅局限於本地，更延伸到跨境領域。在此背景下，跨境交通的重要性日益凸顯，成為值得關注的發展方向。

高鐵「靈活行」的推出，為短途跨境出行帶來了更大的彈性，進一步提升了香港與深圳之間的聯通效率。雖然與真正的「地鐵化」仍有一定距離，但這一務實的改進，已經能夠解決大部分乘客在通關時間不確定性下的痛點，使高鐵在短途跨境出行市場中更具吸引力。

分析「靈活行」的效益，首先需要準確理解目前運作所存在的痛點到底是甚麼。香港和內地恢復正常通關後，在香港乘搭高鐵，最大的不確定性就是完成一地兩檢通關時間：最快時，可能無須 10 分鐘便能完成整個通關流程，變成需要白白在候車大堂等待；人多時，通關時間需要近一個小時也時有發生，導致錯過了原定班次，也只能重新購買至少一個小時之後的班次，更是費時誤事。

與同樣是前往福田的東鐵落馬州支線比較，儘管東鐵車程較高鐵慢 30 分鐘，過關體驗更為擁堵，本身班次也並不算頻密，但高鐵一旦錯過指定班次，所需時間就會遠超乘搭東鐵；如預留過多提前候車時間，也同樣削弱了高鐵的時間優勢。因此，不少前往深圳的市民，情願乘搭東鐵前往福田口岸。

在「靈活行」新機制下，乘客幾乎可以在同日內不受時間限制的改簽，基本實現「有車即走」，上述困境將會得到解決。相比絕對意義上的「地鐵化」，新機制多了一道改簽的手續，但完全的「地鐵化」，需要設立一套全新的票務系統和相關閘機設備，並且可能要將候車大堂分隔為長途區和短途區，影響月台調度的靈活性，並涉及昂貴的改造開支，完成的工期更是可能以年計算。因此，權衡之下，「靈活行」的方式，顯然是更為務實有效的方法。

當然，目前階段的「靈活行」，仍然有相當大的提升空間。關鍵需要配合改善的，就是往返福田班次過疏的問題。香港與福田之間目前每日單向僅有不到 20 班車次能夠適用「靈活行」安排，平均近 50 分鐘才有一班，明顯仍無法配合乘客所需。相比之下，每日香港與深圳北之間單向班次已經達到 65 班，平均不需 15 分鐘就有一班車，在運力最高的一個小時內，平均 7.5 分鐘便有一班車由香港開往深圳北，在班次上真正已經做到可以媲美地鐵。因此，只需讓往返深圳北的列車，盡量經停福田，已經能夠大幅提升高鐵短途服務的競爭力，相信能夠對東鐵落馬洲支線起到明顯的分流效果，緩解本地客運壓力，並為高鐵吸引新的客源，真正發揮出這項重要基建的優勢。

港深西部鐵路，為何創新與如何創新

隨着「高鐵靈活行」等措施提升了跨境出行的便利性，市民往返粵港兩地變得更加高效靈活。然而，為了進一步加強香港與深圳間的聯繫，單靠現有的高鐵網絡仍難以完全滿足未來區域發展的需要。在這樣的背景下，港深西部鐵路的規劃應運而生。

2025 年 3 月 31 日，政府在立法會鐵路事宜小組委員會介紹，港深西部鐵路已進入關鍵推進階段，目標 2035 年實現香港北部都會區和深圳前海 15 分鐘直達通勤。運輸及物流局陳美寶局長自上任以來多次強調，將以「技術創新＋政策創新」雙軌並行，破解過往交通基建項目存在的痛點難點。值得關注的是，政府首次提出「同步建設、統一運營」及公開招標的新模式推展項目，使港深西部鐵路項目具有制度突破的示範意義。

創新需以問題為導向，只有首先釐清「為何創新」，才能科學設計「如何創新」。工程效率是香港鐵路項目出現的最大痛點，高鐵和沙中綫等多個項目的嚴重超支和延誤，對於香港市民而言仍然歷歷在目。與此同時，香港鐵路的運營水平仍然全球頂尖，雖需精益求精，但顯非政策核心針對問題。基於此，提升工程效率才是政策創新的首要目標。

因此，主張在港深西部鐵路採用「建造—運營一體化」的 BOT（Build-Operate-Transfer）或類 BOT 模式公開招標的建議並不可取。此類全鏈條整合的機制看似簡單方便，實際卻存在難以調和的結構性矛盾。鐵路項目建設階段一般在 10 年以內，運營周期卻可長達 50 年以上，投標者的長期運營能力（票務管理、設備維護、服務水準等）至關重要。在此背景下，評標權重必然會產生「重運營輕建造」的偏好。這將導致一個悖論：即使某企業 / 財團擁有卓越工程效率，若缺乏數十年計的運營經驗，仍難以在評標中勝出；而真正具備世界級運營能力的企業屈指可數，但運營強又不代表建造強，政府最終選擇的空間仍會極為有限。

實際上，現行港鐵模式本身就是一種類 BOT 的模式：由港鐵作為單一主體，包攬鐵路融資、設計、建造、運營的全流程。港深西部鐵路若採用「建造—運營一體化」招標，無非僅僅是在現行港鐵模式上加入一層招標程序，鐵路建造和車務運營仍然無法做到各自「擇優取用」，可謂「換湯不換藥」，很難實現「制度創新」的真正目標。

針對性地改善鐵路工程效率問題，恰恰在於避免全包式 BOT 或類 BOT 模式，轉向「建造與運營拆分」的專業化路徑。土木及結構工程涉及數百億元規模資金投入，但市場化程度高，宜進行獨立招標引入內地及國際頂尖基建能力，並可通過 BT 模式（建造—移交）吸引具備資金實力的建造商參與，有效分攤政府財政壓力。至於通車後的經營權，以及軌道、列車、信號等直接牽動車務運營的核心系統（此類板塊資金佔比相對較小但專業門檻高），則可以指定由港鐵主導（或結合項目跨境屬性，與深圳鐵路部門成立聯合運營體），以保障政府對長期服務可靠性及公共利益的掌控權。針對拆分後的建造與運營板塊，政府可分別配置沿線土地開發權作為成本補貼工具。如此制度創新，能夠對症下藥地解決香港交通基建痛點，真正實現「強強聯合」。

「建造分離、運營一體」的新模式，正是充分釋放港深兩制之利：當深圳盾構機突破行政邊界高效穿越后海灣，當港鐵擺脫工程負荷專注車務服務，當灣區標準消弭技術壁壘，當「專業的人做專業的事」，工程降本所釋放的財政空間，可直接轉化為民生領域資源投入，形成「基建提速—土地增值—民生改善」的良性循環，使市民切身感受制度改革實效。

動臥列車：長途跨境鐵路運輸

中國鐵路於 2024 年 6 月 15 日起，將往來香港紅磡站至北京西站、上海虹橋站的普通速度直通車升級，改用具睡眠設施的高鐵動臥列車，並於每周五至周一開行。

D908 次動車在晚上 7 時 49 分由香港西九龍出發，這個時間西九龍站的「一地兩檢」通關十分順暢，不到 15 分鐘便可完成所有程序，抵達候車大堂準備登車。臥鋪車廂寧靜平穩，車廂熄燈後大家很快便進入夢鄉。當早上約 6 時半醒來時，列車已經進入上海境內，正在減速準備進站。大家最後完成出站手續走出上海虹橋車站時，也不過是早上 7 時。

這樣的出行模式，尤其對商務公幹旅客來說，極具效率，亦更加舒適。作為直接對比，同樣是前往上海，若周五晚上 8 時的港滬直飛航班，則大約下午 5 時半便要由市區出發趕往機場，所幸沒有晚點，晚上 11 時到達上海機場後，仍要繼續進行通關手續和等候寄艙行李，最終到達市區入住酒店時，已經是近淩晨 1 時，實在舟車勞頓。

儘管高鐵動臥的運行時間需要約 11 個小時，但由於當中大部分其實是睡眠時間，高鐵真實佔用的「實際旅行時間」只不過是 4 至 5 個小時。直飛上海航班的航程約 3 個小時，所費時間本身雖然較短，但如果加上往返機場、過關、候機等時間，「實際旅行時間」卻佔 7 至 8 個小時。乘坐高鐵動臥，不僅節省了寶貴的白天時間，還免除了額外的酒店住宿費用。因此，高鐵動臥「夕發朝至」的模式具有相當大的競爭優勢，大大豐富了出行選擇和時間安排。

除了對商務旅客來說是極佳選擇外，「夕發朝至」列車對休閒遊客同樣吸引。北京或上海的上班族可以利用周末來港旅遊，周五下班出發，周日晚上返回，有接近兩日完整的時間在港消費而無需額外申請工作年假，反之香港居民亦然。同時，這一模式讓旅客節省了在目的地的住宿費用，對於預算有限的遊客尤其具有吸引力。例如背包客以及學生群體便可以成為高鐵動臥列車的捧場客源。這類群體通常預算有限，高鐵動臥列車的舒適性和經濟性對他們來說是十分理想的選擇。這種新穎、有趣的出行方式，將吸引更多年輕人走出家門，領略內地的大好河山和維港的瑰麗風光，促進內地和香港之間的文化交流。

若新模式反應理想，可以考慮如深圳一般，在周末加開更多往返京滬的動臥班次。同時，考慮到香港商務客群體具有較高的消費能力和體驗需求，高鐵動臥列車的內部設施可以進一步升級，例如提供更高端的商務臥艙，以及考慮在車廂內或高鐵站提供收費淋浴設施等。港鐵甚至也可以考慮推出自家品牌的長途動臥列車，為旅客提供更多「港味」服務和高端產品。期待特區政府持續與內地相關部門協調，不斷優化服務，提升出行體驗，推動香港更好融入國家發展大局。

北環綫南延：為屯馬綫分流

隨着高鐵「靈活行」的推出和動臥列車的引入，以及港深西部鐵路的興建，跨境鐵路運輸的靈活性與便利性獲得了進一步提升。然而，在跨境運輸不斷優化的同時，本地鐵路網絡的負荷問題仍然不容忽視。特別是屯馬綫作為全港最長的鐵路，連接新界東、新界西及九龍多個地區，早已接近飽和。

近期的屯馬綫信號故障，導致新界西北一帶居民的通勤嚴重受阻，進一步凸顯了屯馬綫在運力上的脆弱性。隨着北部都會區的發展，新界西北及北環綫沿線人口將大幅增長，屯馬綫的運載能力將面臨前所未有的挑戰。在加長車卡和加密班次的空間極為有限的情況下，興建一條新的南北鐵路，成為解決屯馬綫運力危機的唯一可行方案。

在這一背景下，北環綫南延方案應運而生，成為坊間關注的焦點。這條鐵路不僅能有效分流屯馬綫及東鐵綫的客流，更能夠提升東北葵一帶的交通可達性，為新界西北與九龍提供更快捷的通勤選擇。接下來，將深入探討屯馬綫的運力挑戰，以及北環綫南延方案如何成為解決問題的關鍵。

2022 年國慶假期後第一個工作日（10 月 3 日）早上繁忙時間，屯馬綫出現故障，鑽石山至第一城段需要停駛，但遠在新界西北的天水圍和元朗居民出行亦大受影響，多個車站擠逼人山人海，連進站都十分困難。全因屯馬綫目前是全港最長的鐵路，連繫新界東、九龍和新界西，是全港重要的交通命脈之一，牽一髮而動全身。但又有多少人知道，這條交通命脈，在可見的將來就會出現嚴重的運力危機。

每天運載幾十萬人，2021 年全線通車的屯馬綫連接了昔日馬鐵、西鐵和沙中綫東西段，貫穿屯門、元朗、荃灣、深水埗、油尖旺、九龍城、黃大仙、沙田總共八區。但是根據運輸及物流局（前運輸及房屋局）向立法會提交的公開資料，在 2018 年時，西鐵（屯馬綫前身）最繁忙路段，荃灣西至美孚站方向，早已達到了 101% 的運載量。即便在新冠疫情下，該路段 2021 年在繁忙時間還是達到 86% 的運載量。

隨着未來十年的都會發展，屯馬綫西北段沿線的人口增長十分驚人。首先，在 2030 年將會同時有三個新的屯馬綫車站落成，分別是洪水橋站、屯門南站及第 16 區站。三站陸續投入使用後，勢必大幅增加客量，而在天水圍、洪水橋、錦田附近，特區政府也已經規劃了最少約六萬個新住宅單位，合計約 17 萬人口。我們能夠想像，屆時早上和晚上繁忙時間，往返市區到新界的上班族又要多等幾班車才能開展旅程。

而雪上加霜的是，預計 2034 年通車的北環綫，沿線將會覆蓋約七萬多個住宅單位，合計約 20 萬人口。而當中不少的居民都需要在錦上路站轉乘屯馬綫，再前往港九市區。倘若政府不及早規劃和採取行動，屯馬綫勢將會徹底逼爆。錦上路、元朗，以至天水圍的居民在繁忙時刻難以擠上列車將會成為常態，大家可以想像當年荃灣綫金鐘站的情況搬到新界。

通常在鐵路營運層面，要提升一條現有線路的整體運力，可以選用兩種辦法：第一，加長車卡；第二，加密班次。屯馬綫在全線通車前，已經完成了西鐵由七卡加長至八卡，馬鐵由四卡加長至八卡的改造，沒有具備進一步加長的條件。而受限於錦上路站至荃灣西站之間隧道通風的消防條例要求，屯馬綫能夠進一步增加班次的空間亦十分有限。顯然，單靠營運手段，政府和港鐵不可能解決屯馬綫的運力危機。而通過新建線路進行分流，就是避免屯馬綫爆滿崩潰的唯一選擇。

香港新方向團隊早在 2021 年立法會競選期間，就已經在競選政綱中提出，應該將北環綫，由錦上路站繼續向南面延伸，連接九龍市區主要車站。這個建議能夠把北環綫全面升級至一條新的南北鐵路，為新界居民提供分流選擇，讓大家生活和工作出行舒適和暢達一點。

之後，不同團體均就鐵路規劃提出意見，不少也有提到，香港極之需要興建東鐵和屯馬綫之外的第三條南北鐵路。香港新方向團隊藉此機會，實地考察過不同潛在走線所經過的社區。新方向團隊一步一步思考，一步一步研究，最終認為，北環綫南延可以通過隧道模式，由錦上路站穿越大帽山，在城門谷或東北葵一帶設站，將鐵路帶入九龍區。之後可以進一步延伸至九龍塘站，並將它定為總站，與東鐵綫和觀塘綫換乘。這樣的走線具有不少優勢。

首先，北環綫南延後能夠直接緩解屯馬綫運力危機，同時做到分流東鐵，把乘客轉到新線。北環綫古洞至錦上路一段，本身將覆蓋約七萬多個住宅單位，約 20 多萬人口。根據新方向建議的走線，可以估算出由古洞、新田一帶，抵達九龍塘站的車程大約為 25 分鐘。對比目前經東鐵，由古洞站至九龍塘站的車程則為 31 分鐘，可見新建議的北環綫南延方案，不論是車程還是走線，均極具吸引力。這個建議能夠有效吸引北部都會區所帶來的客流，尤其是能更好服務新田科技城和河套創科園等新產業區域的商務客流。而對於屯門、元朗和天水圍的客源來說，在錦上路站轉乘北環綫南延段，將會是前往九龍東及九龍中地區更為快捷的路徑。

其次，北環綫南延在城門谷或東北葵一帶設站，同時也能夠解決困擾當區居民多年的交通問題。根據政府公開的資料顯示，該區未來有不少新建房屋和重建屋邨項目，將會額外新增數萬人口。這樣粗略估算東北葵未來的人口將達到 20 萬，絕對足以支持設置鐵路車站。在鐵路建成後，由東北葵出發，無論南下約 10 分鐘內便可直達九龍塘，還是北上約 20 分鐘車程到達港深口岸，乃至連接新界西北後帶來的便捷（僅需在錦上路轉車一次），對當區居民來說都是喜訊。

北環綫南延方案另一項特別的優勢在於，延長線在規劃和設計層面更易啟動項目，而由於在客量上有保障，亦較易符合成本效益。根據最新規劃，北環綫古洞至錦上路段預計在 2034 年方可通車，目前完全有條件可以同步展開南延綫的設計工作，爭取實現古洞至九龍塘段同期通車。這樣比起由零開始研究，規劃和設計一條全新走線的鐵路，能夠節省大量時間，並及早令居民和城市發展受惠。

總結而言，香港確實有需要盡快興建新的一條南北鐵路。而從需求和技術角度出發，利用北環綫即將興建的契機，將其由錦上路站向南延伸至九龍塘站，以實現新南北鐵路的願望，解決屯馬綫運力危機。新建議同時做到分流東鐵綫，順帶解決東北葵居民呼籲多年的鐵路覆蓋，是十分可行和具備效益的走線方案。

改革港鐵新線工程是必經之路

第三條南北鐵路的討論凸顯了香港對大型交通基建的迫切需求，但更深層的挑戰在於現有鐵路建設和運作模式是否能夠支撐未來的發展。面對新一輪鐵路擴展計劃和龐大工程投資，單靠以往「鐵路＋物業」的傳統模式已難以應付當前和未來的財務壓力。因此，推動新一輪鐵路發展，改革港鐵新線工程的財務及分工模式，已成為不可迴避的重要課題。

首先需指出，港鐵所面臨的財務挑戰其實並非單純信貸或融資問題，真正難解的是未來新鐵路建項目財務投資的可行性問題。在項目可行情況下，融資問題其實只會是「幸福煩惱」。港鐵可透過發行債券、銀行貸款等多種融資渠道籌集資金，滿足建設資金需求。然而，若項目本身缺乏投資價值，單純討論融資方案只是治標不治本。沒有良好財務可行性支撐，融資而來資金難以發揮應有效益，甚至可能加劇港鐵財務負擔，使其陷入債務困境。

近年來，隨着建造成本急劇上升，新鐵路項目造價不斷攀升，即使計入車站周邊土地增值回報，這些項目也幾乎沒有可能覆蓋建造成本，導致財務上不可持續。例如，未來一些大型新線路建設成本很可能高達過千億元，而香港正值整體房地產市場估值結構性調整期，以 2024 年為例，香港特區全年地價收入亦不過是區區幾十億元水平，即使以最高峰期賣地收入做參考，也是千億元左右。如今一條鐵路造價就大約等於政府好景時全年賣地收入，顯然通過將車站附近土地開發撥予港鐵的方式，無法再彌補鐵路建設成本缺口。

因此，必須從根本上重新審視未來新鐵路項目財務模式，以確保鐵路項目投資可持續性。鐵路項目本身具有很強的公益性，不能簡單用商業價值衡量。它們不僅是城市交通的重要組成部分，還承載着促進區域經濟發展、改善市民出行條件等多重使命。特別是對於北部都會區發展而言，相關鐵路項目做到「基建先行」，是北部都會區能否如期順利發展的前提和關鍵。沒有完善的交通基礎設施，北部都會區的經濟活力、產業佈局、人口聚集等都將受到嚴重制約。

鐵路項目有必要性和迫切性，但傳統的「鐵路＋物業」模式又難以持續，要打破這個困局，需「跳出港鐵看港鐵」，從根本制度上改革鐵路項目模式。

具體而言，港鐵未來應集中資源投資在鐵路核心範疇，工程發展，包括軌道、列車、信號、供電等，以及後續運營及維修。這些核心工程是鐵路正常運行的基礎，港鐵憑借其在鐵路運營方面的專業優勢，能夠高效管理和維護這些設施，確保鐵路服務的穩定性和安全性。與此同時，政府則應承擔興建隧道、橋樑及車站等非鐵路核心的土木工程部分，體現鐵路項目的投資公益性和社會性。重構鐵路項目分工模式，不僅可減輕港鐵財務壓力，還能更好統籌規劃城市基礎設施建設，而鐵路項目落成後對整個新區土地帶來增值效應，能夠讓政府較長線獲益，避免新區土地在價值處於較低階段時，便作為鐵路項目的直接融資渠道，導致土地資源「賤賣」，實現資源更合理的配置和利用。

根據《香港主要運輸基建發展藍圖》提出的鐵路基建時間表，未來十五年若按照所建議新模式推算，特區政府平均每年將新增約 130 億元工程支出，用於鐵路項目隧道、橋樑及車站等土木工程建設。而港鐵則每年需承擔約 50 億元鐵路核心項目投資，用於軌道、列車、信號、供電等核心工程發展。以港鐵目前財政能力而言，應當不難應付這樣的投資規模。同時，在剝離土木工程初始成本後，港鐵也能夠繼續保持鐵路資產自負盈虧的可持續模式，通過優化運營、提高效率等方式，實現鐵路業務盈利和財務平衡。

更根本而言，香港必須解決基建工程成本過高問題。港鐵財務問題只是一個縮影，反映出香港在基礎設施建設方面存在的成本控制難題。高昂的建設成本不僅給港鐵帶來財務壓力，也同樣會制約香港其他基礎設施項目推進。只有敢於自我改革，破除藩籬，從制度、管理、技術等多方面入手，降低基建工程成本，才能為北部都會區建設以及香港其他區域發展創造更多空間和條件，使其能夠如期落實，為香港繁榮穩定和長遠發展奠定堅實基礎。從這個角度看，政府直接執行土木基建部分，由於具規模效應和政策制定優勢，也更有機會達到降本增效的目標。

總而言之，港鐵所面臨的財務壓力，不僅是一間公共機構面對的挑戰，更是對香港特區政府治理能力的考驗。政府需加強與港鐵的溝通協作，共同探索創新鐵路建設和運營模式，同時也要加大對基礎設施建設的支持力度，優化相關政策和制度環境，為鐵路發展的財務可持續性提供有力保障。以改革思維，才能實現鐵路項目提速發展，為香港市民提供更加優質、便捷的軌道交通服務，助力香港繁榮進步。

檢討港鐵票價機制：公平與可持續

在鐵路網絡不斷擴展的同時，港鐵票價調整機制的公平性與可持續性亦成為公眾關注的焦點。港鐵公司 2024 年公佈了新一輪票價調整，根據「可加可減機制」，2024 年票價上調 3.09%，並將 1.96% 的加幅延後至未來年度計算。這一結果反映出，即使經過上一年度的方程式修訂，票價仍然達到封頂機制的上限，未能充分考慮港鐵的盈利水平與市民的負擔能力。

目前，票價調整機制中的「生產力因素」設計，原本應該發揮盈利扣減作用，讓市民共享港鐵的經營成果。然而，現行門檻過高，導致該機制實際難以生效。以過去十年為例，只有三個年度的「香港物業發展利潤」達到 50 億元以上，觸發了額外 0.1% 至 0.2% 的折扣。而在當前樓市調整周期下，物業發展利潤難以維持高水平，這意味着「生產力因素」實際上已形同虛設。

相比之下，舊有的「利潤分享機制」曾以港鐵的基本業務利潤作為指標，雖然無法直接降低票價，但能夠提供最高 3.25 億元的票價優惠，2012 年至 2022 年間，平均每年實際優惠達到 2 億元。然而，現行機制下，即使物業發展利潤超過 100 億元，可觸發的額外扣減最多僅 0.2%，換算後實際金額僅約 3,000 萬至 4,000 萬元，遠低於過往水平。

為確保票價機制的公平與可持續性，有必要進一步修訂現行方程式，讓市民能夠更直接地受惠於港鐵的盈利表現。具體而言，應將「生產力因素」與港鐵的基本業務總利潤掛鈎，並採取更具進階性的扣減機制，例如：

利潤低於 50 億元：扣減 0.6%（維持現行水平）；

利潤介乎 50 億至 100 億元：扣減 0.9%；

利潤介乎 100 億至 150 億元：扣減 1.2%；

利潤超過 150 億元：凍結票價，避免進一步加價。

這樣的安排能夠更合理地反映港鐵的盈利能力，確保票價調整機制不會過度偏向營運方，並提升市民對票價政策的信任度。

此外，一個可持續且有效的票價機制，不應該經常觸及封頂上限，或是讓加幅累積至往後年度實施。以 2024 年為例，3.09% 的加幅中，有 1.85% 來自上年度的延後加幅。這種做法變相讓港鐵擁有「保證加價」的權利，使得市民即便在某一年暫時未受影響，最終仍需支付累積的加幅。在當前經濟環境下，市民面對各種公共服務價格的上調，生活負擔日益加重。政府與港鐵應該重新檢視票價機制的設計，確保調整方式既能反映成本變動，也能兼顧市民負擔能力。

除了票價問題，港鐵的服務質素亦與員工待遇密切相關。近年來，有不少資深專業技術員工流失，影響到車務運行的穩定性。因此，在檢討票價機制的同時，亦應考慮提升港鐵員工的薪酬待遇，增加人手，改善工作環境，以確保鐵路服務的長遠發展。

鐵路作為香港公共交通的骨幹，其票價政策不僅影響數百萬市民的日常生活，也關係到整體經濟發展與社會公平。為了讓票價機制更具透明度與可持續性，政府與港鐵應積極檢討現行方程式，降低「生產力因素」的啟動門檻，提升扣減幅度，避免累積加幅的做法，並同步改善員工待遇，以提升整體服務水平。只有這樣，才能在保障港鐵財務穩健的同時，真正做到讓廣大市民受惠。

張欣宇認為政府與港鐵應重新檢視票價機制的設計

港鐵引入寵物車廂的探索

在深入分析港鐵的經濟狀況與票價調整機制後，不難發現，鐵路服務除了追求財務可持續和營運效率，亦需回應市民生活方式的變遷與新需求。近年來，隨着寵物文化日益普及，社會對於打造更寵物友善的出行環境的呼聲亦逐漸加強。在這個背景下，港鐵研究引入寵物車廂措施，正好反映了營運者在提升服務多元性與包容性方面的積極回應。

多年來，香港的公共交通系統以高效、準時和安全見稱，港鐵更是其中的骨幹。然而，隨着城市生活型態的變化，「人與寵物共融」逐漸成為社會關注的新焦點。過去，攜帶寵物乘搭港鐵對於許多寵物主人而言是一大難題，相關規定既導致寵物主人出行不方便，也限制了「毛孩」能夠融入城市生活的機會。

張欣宇早於參政之初，便意識到這一民生痛點，率先在政綱中提出應該引入「寵物車廂」，讓寵物家長和毛孩能夠一同搭乘鐵路，擴闊出行選擇。這一倡議獲得不少市民共鳴，也反映出公共服務需要與時並進，回應不同群體的實際需要。

近日，港鐵公司主動回應社會訴求，表示正積極研究推行寵物車廂措施。這是香港在寵物友善政策上邁出的重要一步。落實這項措施並非難事，行政上可先行試行，例如在特定時段、特定列車設立寵物專用車廂，讓大眾逐步適應，積累經驗。

另外，法律層面上修改港鐵附例並不困難，若能以行政安排先行推行，更可爭取在短期內見到成效。營運上，只需加強標示、做好溝通，便能有效引導寵物家長和一般乘客分流。由於大部分寵物主人並不會在繁忙時段攜帶寵物外出，安排在假期或非繁忙時段推行相關措施，相信能取得社會共識，減少對其他乘客的影響。

當然，在推行過程中亦需審慎考慮社會接受度及安全衞生等細節。例如，初期可優先針對體積較小、可放於寵物袋或推車內的寵物，對於大型寵物則可日後再檢討放寬空間。透過循序漸進的推行策略，不僅能保障乘客權益，也能讓寵物友善文化逐步融入香港的城市生活。

港鐵引入寵物車廂的探索，是公共交通服務理念轉變的縮影——從單一功能導向，走向更包容、多元和人性化。正如張欣宇所言，「一個城市的進步，往往體現在細節之中。」未來，隨着政策完善和市民習慣養成，讓毛孩與家長一起安心出行，將不再只是期盼，而是香港城市文明的日常風景。

（五）與民同行

每一天，張欣宇立法會議員辦事處都會接待來自不同地區的市民，他們帶着各種生活中的難題前來求助。有時是繁瑣的社區設施維修，有時是房屋管理的糾紛，甚至只是想確認一個政策細節如何影響自己的權益。這些問題或大或小，卻都是市民真切面對的困難。

真正的社區工作，不僅是選舉時的承諾，還是每日與街坊同行，傾聽他們的聲音，尋找可行的解決方案。許多時候，解決問題的關鍵不在於施加影響力，而是在於耐心梳理問題、查閱資料，幫助市民理解自身的處境，讓他們知道可以如何選擇。當一個求助者帶着困惑而來，最後能夠釋然滿意地離開，這正是所有社區工作者努力的價值所在。

「與街坊同行」，不只是口號，而是一種堅持。相信透過一次次的交流與協助，社區能夠變得更好，市民能夠真正感受到有人在關心、有人在行動。

「乘興而來亦偶然，誰將陰壑作晴川」

「乘興而來亦偶然，誰將陰壑作晴川」，這句話，或許能夠形容無數次議辦裏的會面。每一天，議員辦事處都會迎來不同的市民，他們懷抱着期待而來，或許偶然經過，或許輾轉打聽。無論是事關公屋、交通、環境衞生，還是土地運用，每一宗個案的背後，都是一個市民的切身困擾。

協助市民去解決問題，真正需要動用議員的公權力或影響力的案例反而只是佔少數。很多時候需要的，其實更是耐心傾聽，仔細研究各種不同的資料文件，最後整理分析出事情的來龍去脈。當求助人清楚理解自己所面對的情況，以及眼前的選項，往往就已經能夠釋然或滿意而歸。

一個普通市民想要真正面對面見到立法會議員，並不像大家曾經想像的那麼理所當然和那麼容易。一個選區大則幾百平方公里的面積，小則也有近百萬人口，市民真若有事求助，實在不可能依靠和議員在街站偶遇。即便走去立法會議員辦事處拜訪求助，也很可能就被議辦職員簡單記錄了事，尤其遇上棘手問題，真正能夠被安排到面對面的機會，少之又少。

歷經 21 年終解決，取締非法豬油廠

在議辦的日常工作中，許多個案都是短時間內能夠獲得解決的，或是透過協調政府部門、解釋政策細節，讓市民找到合適的解決方案。然而，也有一些問題，並非一朝一夕能夠化解，甚至會成為長達數十年的拉鋸戰。

議員辦事處經常有市民來求助，反映某些長期未解的社區問題，無論是環境衞生、土地用途，還是非法經營活動，這些問題往往已經存在多年，居民投訴無數次，但仍然遲遲得不到解決。這些個案最棘手之處，不是缺乏關注，而是牽涉到錯綜複雜的法規、土地規劃，甚至政府部門之間的權責分工，使得問題長期懸而未決。

沙頭角大塘湖村的非法豬油廠，正是其中一個典型的案例。這是一場長達 21 年的抗爭，當地居民飽受惡臭困擾，透過投訴、示威、媒體曝光等方式爭取改變，但問題始終無法解決。直到張欣宇議辦團隊介入，透過深入調查與策略分析，才終於找到突破口，成功推動政府採取行動，令豬油廠最終被取締。這個案例，不僅是一場漫長的抗爭，更是一個關於堅持與耐心的故事。

豬油廠在香港屬厭惡性行業，因用生豬膏豬雜提煉豬油時會產生不良氣味，需向政府申請厭惡性行業牌照，經批准後方可經營，以保障附近居民不受影響及干擾。然而位於沙頭角大塘湖村的一間豬油廠，其生產時散發的臭氣一直困擾着附近至少九條村落的村民。長達 21 年來，村民始終質疑豬油廠運作並非合規合法，並通過投訴、傳媒曝光甚至遊行示威等方式要求政府取締相關運作，但由於新界複雜的土地背景，政府與豬

油廠之間的拉鋸已糾纏為一團亂麻，剪不斷，理還亂。

時間回到 1992 年，原本從事磨碎牛骨製成飼料生意的牛骨廠轉業為豬油廠。此前該幅土地的核准土地用途為進行碎牛骨工序，轉業豬油廠後，更改土地用途的申請始終未得到批准，但與此同時，豬油廠仍能以未更改的核准土地用途向政府續簽短期土地租約，並多次獲多個政府部門續租和續牌，如《水污染管制條例》、《空氣污染管制條例》等相關牌照，以及准許經營的厭惡性行業牌照。

2018 年，迫於附近村民的長期抗議，地政總署向豬油廠發出遷出令，但隨後豬油廠便向地政總署提出民事訴訟。這場訴訟成為新一場拉鋸的起點，由於豬油廠和地政總署的民事訴訟遲遲不能完結，政府認為難以對豬油廠展開下一步行動。於是吊詭的一幕出現了：政府一邊確認豬油廠在未經許可佔用政府土地，一邊豬油廠又可以大搖大擺繼續經營了 5 年。

在「香港新方向」的努力下，非法豬油廠終告停運遷離

2022 年新冠疫情緩和後，張欣宇議辦團隊收到當地村民就此事的求助，多次與受影響村民見面、實地考察、查閱大量歷史檔案文件、組織與政府官員會見。數個月之後，大塘湖村豬油廠終於完成拆遷，事件終告完結。21 年的拉鋸戰，在幾個月之間取得了突破性進展，突破點為何？

在研究各項歷史檔案文件時，議辦團隊發現豬油廠主體廠區原屬寮屋區，其租金按寮屋差餉繳付，但豬油廠的運作涉及多項明顯違反寮屋牌照規定的情況。因此，政府實則不必糾纏於民事訴訟的牌照問題，而可從相關的寮屋用地入手，先將部分違規寮屋除牌並收回相關的政府土地，從而令到豬油廠停止運作，倒逼豬油廠拆遷。

事實也是如此，北區地政處諮詢律政司後，認為這一理據相當充分，可以對豬油廠行使土地重收權。2022 年 12 月，地政署發出通知書，對豬油廠作出圍封，及後亦派保安員在原地駐守，確保豬油廠停止運作。2023 年 3 月，豬油廠廠房設備全部清拆完畢，唯有地上殘留的大片污漬能證明曾經有關豬油廠的不快回憶。

21 年的糾葛中，事件經歷了質詢政府、傳媒曝光甚至遊行示威等，幾乎各種手段用盡，但都不得要領。事情似乎陷入僵局，但好在功夫不負有心人，議辦團隊接手後找到了豬油廠的致命漏洞，最終解決問題。作為從政者，以結果為目標，真正為市民把一個個問題解決落實，才能算使命必達。往往，沉下心來對問題抽絲剝繭、耐心和各方溝通斡旋，總能找到問題的轉機。

沙頭角大塘湖村的非法豬油廠問題，是一場長達 21 年的抗爭，最終透過細緻的調查與策略性行動，香港新方向成功推動政府採取行動，令問題得以解決。這樣的案例凸顯了堅持的重要，也證明了只要沉下心來分析問題、尋找突破點，就能推動社區改善，讓市民擁有更好的生活環境。

然而，除了處理當前的民生問題，我們更應該思考——香港的未來發展方向是甚麼？在解決歷史遺留問題的同時，我們亦要關注長遠的經濟發展，尋找新的增長點。在這方面，香港本地漁業的發展潛力值得關注。漁業，作為一個與香港歷史淵源深厚的產業，近年來逐漸被忽視，但實際上，香港擁有世界一流的天然海洋資源，只要能夠善加利用，結合科技創新，便有機會打造成為高增值的新興產業。

漁業或成香港未來經濟的重要領域

張欣宇曾經前往西貢榕樹澳的一處本地養殖魚排，與業界代表交流，探討本地漁業的發展前景。數月前該魚排仍處於魚苗培育階段，當時魚苗體型細小，而經過一段時間的養殖，如今已成群長成，魚體健碩，狀態良好。這一變化充分體現了本地養殖業的潛力，亦印證了在適當技術支持與資源配合下，香港漁業具備更廣闊的發展空間。

此外，本地養殖業品牌「本土養殖」自主研發的臭氧機不僅榮獲「日內瓦國際發明展」金獎，更接連獲得其他國際獎項，這一成就令與會者深受鼓舞，亦進一步肯定了本地漁業科技的發展潛力。

漁業的可持續發展離不開新一代的傳承與投入。「本土養殖」創始人林先生提出成立漁業學校的構想，以培養更多具專

張欣宇（右一）參觀本地魚類養殖區

業知識的年輕人才。政府未來在海洋養殖方面的發展方向亦相當清晰，包括計劃於北部都會區三寶樹濕地公園推動科技養殖產業，為本地漁業開拓更多發展機遇。

希望未來年輕人能夠更容易獲取相關知識並投身漁業，讓這個產業能夠持續發展，並在國際市場上打響香港本地漁業的品牌。

在討論香港未來的發展時，不難發現，許多本地產業的成長，除了依賴政策支持，更需要社會的關注與參與。無論是推動本地水產業，還是改善社區環境，這些議題的核心，始終圍繞着人——市民的需求、行業的未來，以及政府與社會如何共同努力，讓香港變得更好。

新界北大停電，積極監督與制度完善

回顧過往，無論是應對社區內長年未解的民生問題，還是思考本地產業的未來出路，香港在不斷解決歷史遺留挑戰的同時，更需建立一套能面向未來、具備前瞻性的治理思維。這種能力，不僅體現在產業政策的創新與推動，更見於城市基建、公共安全等關鍵領域的應變與提升。

香港曾發生多宗大規模停電事故，當中近期以新界北的事件最為嚴重，受影響居民逾十六萬人。這些事故不僅對市民日常生活造成巨大干擾，更暴露出本地基建在突發情況下的脆弱。事故發生後，各界高度關注調查進展、事故成因、應急安排及監管制度。

調查顯示，事故主因來自電纜橋設施起火，火種最初由螢光燈引發，經結構蔓延至下方通訊及高壓電纜，最終燒毀整條電纜橋，導致大範圍停電。雖然事故未造成重大人命傷亡，但規模之大，使社會普遍要求檢討整個城市供電系統的安全性及應變能力。

事故後續處理中，最受爭議的是後備供電系統的失效。原本受影響地區設有兩套緊急供電系統，但其中一套因長期失修，在事故發生時無法運作，導致復電需靠人手逐座大廈操作，復電時間大幅延誤。調查過程也揭示，相關後備電纜損壞已持續數月，卻未有及時通報監管部門，反映出監督機制存在明顯漏洞。

針對上述問題，社會各界對調查報告的透明度提出更高要求。調查不僅要解釋事故原因，更要詳細披露各方在應急期間的決策、執行效率、資訊發佈等細節。根據國際間事故調查

ROSE 標準（穩健、有序、迅速、有效），事故處理的每一環節都需要接受專業和公眾的檢視。事故亦提醒後備系統維修和風險檢查機制需要加強。電力公司應定期檢視和報告關鍵設施狀態及維修記錄，減少因設備失效導致的系統性風險。

在制度層面，停電事故推動了若干重要改進。其一，事故通報機制獲得完善，電力公司現需就所有計劃維修、突發損毀及其他任何可能影響供電的情況，及時通報政府監管部門，即使未即時影響香港供電的情況亦需通報；其二，要求跨部門預先制定應急協調方案，包括動員消防、民政、社福等部門，為受影響居民（如獨居長者或有醫療需要者）提供支援；其三，推動更多運用即時通訊軟件和社交媒體，確保資訊迅速傳達至受影響社區。

這些改革帶來的成效逐步顯現。制度上更明確的通報與協調流程，提升了事故應變效率，保障了公眾知情權。市民獲取資訊的途徑更為多元，緊急應變支援更及時，對特殊需要人士的保障也有所提升。

從這一系列停電事故看，香港的基建安全與城市治理能力，正是在真實危機中接受考驗。每一次事故的調查與檢討，都推動着制度進步。未來，隨着極端天氣增加及城市複雜度上升，只有不斷完善機制、強化監管、提升透明度和應急能力，香港才能真正邁向韌性城市，為市民提供更安全可靠的生活環境。

以人為本的危機管理：黃大仙站水浸事件的反思

2023年秋天，一場罕見的暴雨席捲香港，多區嚴重水浸，連通全港的鐵路網絡亦未能倖免。黃大仙站，這個地勢較低且歷來水浸風險較高的車站，在短短數小時內成為重災區。大量雨水湧入車站及隧道，加上外圍水流壓力，導致防洪設施失效，最終不得不全面暫停服務。

在這一夜，港鐵前線員工表現出極高的專業精神和責任感。他們臨危受命，在極端惡劣天氣下堅守崗位，協助乘客撤離、維持秩序、啟動搶修。無論是身處現場的同事，還是透過各種渠道表達意見的專業人員，他們的熱誠與承擔，展現出香港鐵路人的共同信念——把乘客安全和服務承諾放在首位，無論遭遇怎樣的困難和壓力。

然而，這場災難同時暴露了管理層在危機決策上的困境與盲點。事發時，部分管理層要求前線員工於暴雨高峰期間進入已嚴重水浸的隧道，協助清理積水。這一決策不僅在專業上缺乏科學依據——因為當時的積水是大自然之力，外湧內灌，非人力短時間可控——更在現實中對員工安全構成巨大威脅。幸運的是，這次事件最終沒有釀成人命傷亡，否則後果難以想像。

這種「過度承諾」（Over Deliver）的文化，來自港鐵一直以來強調「Can-do」精神和「Keep City Moving」的服務承諾，這一文化確實推動了高服務效率和高標準的運營。但日積月累，也讓部分管理層過於追求「最短時間恢復服務」，在個別時刻容易忽略中基層員工的安全觀感，甚至忽視了極端天氣下「以人為本」的底線。市民、議會和政府對港鐵的高要求固然推動進步，但如果對效率和通車速度過度執着，反而可能帶來反效果。

面對如此天災，鐵路網絡一旦有一處出現缺口，重點應是及時停運和保障現場人員安全，而不是盲目在惡劣環境下搶修。無論是技術人員還是前線員工，他們的生命安全都應被視為首要。黃大仙站因水浸被迫關閉，此時能迅速作出停運決定，已是危機應對的成功案例。相比之下，過於追求在最短時間內重開全線，反而可能導致更大的人命和財產損失。

這一夜的經歷再次證明，前線員工願意挺身而出，是出於對工作的熱愛和責任感，而管理層則需要承擔起全盤風險管理的責任——不應將前線的勇氣和承擔視作理所當然，更不應將這種精神變成無盡的壓力或不合理的要求。

黃大仙站作為水浸黑點，雖然配備防洪板，但在洪峰來臨時，職員根本來不及手動安裝。這顯示傳統設施與應急流程需與時俱進。事件過後，社會各界普遍建議港鐵應投資自動化防洪系統，例如一鍵啟動的遙控防洪板，並加強水中操作的應急訓練。這些措施雖需投入資金，但對高風險車站而言，正是提升整體防災能力的關鍵。

此外，政府在資訊發佈與部門協調上的不足同樣顯而易見。暴雨當晚，大量市民因交通癱瘓被困巴士或棄車求生，但各部門如民政處的資訊分散，市民難以獲悉哪裏有臨時庇護中心、哪些路段已封閉、何時恢復交通等實用信息。這次事件反映出必須設立統一的應急指揮平台及緊急通報系統，讓市民在第一時間獲得正確指引，減少災難中的混亂與焦慮。

災難過後，有市民對港鐵「太早收車」表示不滿，事實上正是前線車務控制人員果斷停運、及時疏散乘客，才避免了更嚴重的後果。這類臨危決策，未必符合所有公眾即時的期望，但背後是專業判斷與對生命安全的堅持。極端天氣日益頻繁，現代城市管理不僅要追求效率，更要在每一次危機中反覆檢討，將「以人為本」的價值牢牢植根於制度設計與日常運營。

回顧黃大仙站水浸事件，無論是技術短板、管理文化還是部門協調，都是現代城市不可忽視的挑戰。只有在多方持續努力下，公共服務才能真正實現以人為本，城市整體的災害應對及韌性才會不斷提升。

南丫海難：社會修復與信任重建

南丫島海難，作為香港近年最嚴重的公共安全事故之一，至今已過十數載，卻依然是許多家庭和整個社會難以釋懷的集體創傷。這場悲劇，不僅奪去了數十條寶貴的生命，也暴露了制度上的漏洞和管理上的失誤。十數年過去，傷痛未被沖淡，許多家屬仍未等到一個真正的交代，而社會在回望這段歷史時，也在思考：法治、公義與人情，應當如何共存？

作為一名工程師出身的立法會議員，南丫海難對張欣宇來說尤為刻骨銘心。當年他剛步入職場，事故中有數位遇難者就是他工程界的同行和朋友。這份個人情感讓他始終放不下這宗事故，也更加明白家屬的痛苦和社會對真相的渴望。十年來，不少工程師培訓課程都以這次海難作為反面教材，提醒大家安全和制度監督的重要性——而南丫海難之所以成為「反面教材」，正是因為它暴露出太多可以避免的漏洞，卻未能及時修補。

遺憾的是，直至今日，政府仍未公開完整的調查報告。當張欣宇在立法會及不同場合要求政府回應時，得到的卻多是

「向前看」的說法。這種態度，雖說反映了社會要走出陰影、繼續前進的渴望，但對於傷痛未癒的家屬來說，卻始終無法釋懷。家屬希望得到的不僅僅是一份報告，更是對逝者的尊重、對事故真相的交代，也是對制度改進的期許。

過去，部分案件可以透過民事索償程序查閱調查資料，但南丫海難的相關民事程序已經完結，家屬難以再循法律途徑取得完整真相。正因如此，政府是否願意主動公開調查細節，已不只是法律問題，更是人情的抉擇。讓家屬知悉真相，是對生命的尊重，也是對社會信任的回應。

法治是香港社會的根基，但法治不代表冷漠。在制度和程序之外，政府也需要以人情和體諒去回應受難者的心聲，才能讓這座城市真正變得強大和有溫度。願南丫海難的啟示，不只是悲劇的回顧，更是推動制度進步與重建社會信任的一個起點。

的士行業：公共利益與政策理性

不僅基建和交通安全領域存在改革的必要，香港在交通出行方式的創新與監管上，也同樣面對來自傳統產業與新興模式的張力。近年，隨着網約車等共享交通服務的興起，的士業界與新型平台之間的矛盾日益明顯，甚至衍生出罷駛等極端行動，成為公共政策討論的焦點。先前，部分的士團體因應網約車發展，揚言以罷駛行動施壓政府，引發了社會廣泛關注，這也反映出不同持份者對公共交通服務角色的多元期待。如何在保障市民出行權益、維護行業穩定與推動制度創新之間取得平衡，成為香港交通政策需要面對的現實課題。

首先，從公共服務角度來看，的士行業作為城市出行的重要組成部分，無可避免地承擔着一定的社會責任。罷駛行動無疑會對市民日常出行造成直接影響，尤其是對於依賴的士服務的長者、行動不便人士及需要深夜交通的市民而言，影響尤為明顯。此外，罷駛也會影響大量前線司機的收入，並不一定能反映行業內多元持份者的整體利益。

其次，從法理基礎分析，要求政府全面取締網約車平台，並無現行法律依據。現時規管主要針對個別違法營運行為，並非針對整個網約車科技平台。若單憑行業壓力要求政府繞過法律框架進行取締，將有損法治精神，亦有違香港一貫的核心價值。

更重要的是，這種以罷駛施壓的策略，未必有助於行業長遠發展。面對新科技和市場變化，行業內部更應回歸理性討論，透過參與政策研究、提出具體改革建議，尋求制度上的解決方案。單靠對立和對抗，不但無助於行業重建競爭力，反而可能加深市民對行業服務質素和應變能力的負面觀感。

值得注意的是，的士從業員並非鐵板一塊。事發後，的士從業員總會等主要行業組織已明確表態，反對罷駛行動，強調行業發展應以理性溝通為主導。同時，部分業界代表與政策制定者亦積極展開對話，期望共同探索平衡市民需求、保障從業員生計及促進市場創新的可行道路。

的士服務是公共服務的一部分，而規管包括網約車在內的點對點交通更是屬於公共政策。政策的制定離不開民意的基礎，所以小部分的士牌主企圖以公眾利益作為要挾籌碼，實際上只會令整體業界在政策制訂過程中的位置更加不利。

總結來說，點對點交通服務的改革，涉及市民、從業員與創新企業三方利益。政策的制定應以民意為依歸，並兼顧行業長遠健康發展。只有在理性的討論和多方參與下，香港的個人化交通服務方能真正邁向現代化和可持續發展，而不是在對立與對抗中停滯不前。

創新交通模式與基建樽頸：港珠澳大橋假日擁堵

隨着科技發展與生活需求轉變，香港社會對交通運輸的期望日趨多元，不僅要求更高的效率，也渴望更大的靈活性。網約車的崛起正是這一趨勢的縮影，帶動本地出行模式的變革。然而，無論是新興的網約車服務，還是傳統的跨境交通基建，當公共服務創新遇上現實運作的樽頸，管理與協調的複雜性便隨之浮現。

港珠澳大橋作為粵港澳大灣區最具標誌性的跨境基建，自通車以來一直被寄予厚望。這條耗資千億元、設計容量高達每小時單向 4,000 至 5,000 輛車的超級大橋，理應大幅提升區域人流物流的流轉效率，成為大灣區互聯互通的重要樞紐。然而，隨着「港車北上」政策的實施，愈來愈多市民選擇自駕跨境，基建本身的樽頸問題迅速暴露，特別是在節假日高峰時期。

2024 年端午節期間，港珠澳大橋珠海口岸區的擁堵情況尤為嚴重。有報道指出，回港車流在內地口岸外排隊長達四小時，不少車主車內有長者或兒童，因無法下車如廁而苦不堪言。這種現象並非偶發，而是假期高峰的常態。雖然大橋本身通道暢順無阻，真正的瓶頸卻出現在內地口岸區。據觀察，假期最後一天的傍晚至夜間，回港與回澳的車流量達到高峰，珠海的口岸處理能力遠遠無法應對此等車流量。

拆解問題根源，無論是網約車還是跨境自駕，最終都需依賴基建與制度的協同運作。港珠澳大橋的設計容量遠大於現實口岸所能負荷。即使珠海口岸現時每小時可處理 950 輛小客車，假日高峰時段的車流量依然被「瓶頸」完全堵死。這種情況下，千億基建的運力大打折扣，市民寶貴的休息時光也因此被消耗在漫長的車龍中。

其實，內地、香港和澳門政府早已意識到問題的嚴重性。隨着「港車北上」政策逐步推行，車流結構和時段分佈發生變化，日益集中的回程需求對口岸造成極大壓力。部分意見倡議在港珠澳大橋實施「一地兩檢」以提升通關效率，惟受制於地理環境與設計限制，對車流疏導成效有限，對於以私家車為主的自駕過關，無論採用「一地兩檢」或「兩地兩檢」，實際通關車程並無明顯差異。

針對此一現象，內地、香港和澳門政府已啟動優化措施。珠海市政府公開表示，將分兩階段擴建及優化口岸車輛通道，預計小客車單向通關能力可提升至每小時 1,500 輛，較先前增加五成以上。此外，假日高峰時段，已嘗試將部分貨車通道臨時改作私家車通行，釋放了通關能力，短期內有助緩解擁堵。但即便如此，與大橋本身的設計容量相比，現有口岸處理能力仍有明顯差距。

從管理與科技層面考量，未來的重點必須放在提升單車通關效率上。例如可藉科技手段將每輛車的通關時間由現時平均 80 秒壓縮至 40 秒，理論上即可將通關能力倍增。此外，應加強三地資訊互通，實時發佈口岸擁堵情況，協助駕駛者分流和調整行程，更好地利用高鐵等其他跨境運輸資源進行分流。

港珠澳大橋假日擁堵現象，正好映照出當前香港及大灣區在交通現代化進程中遇到的集體課題——創新模式的推廣，離不開基建承載力與跨部門協調能力的同步提升。未來，隨着內地、香港和澳門人流車流往來更加頻密，單靠政策調整與局部技術升級已難以根本解決樽頸。唯有以整體視野，強化口岸設施、優化智能管理、推動大數據協作，並持續檢討與優化現有制度，才能真正將大橋的地區潛力釋放出來，讓市民與整個區域的生活與經濟發展受惠。這一過程也提醒決策者，所有交通創新最終都需回歸以人為本——讓出行更高效、更有尊嚴，才是現代城市交通治理的終極目標。

從茶果嶺校舍項目看基建規劃的反思

茶果嶺職訓局新校舍項目是一個典型的基建項目因受到政策慣性、部門協調不足及公眾參與不足等因素影響，而導致決策未能真正回應社會需求的例子。該地段最初規劃為休憩用地，其後卻在缺乏充分論證與公眾共識的情況下，改劃為校舍用地。最終，政府選擇了一個並非最優的選址方案，不僅犧牲了寶貴的海濱空間，也忽視了更契合未來發展方向的替代方案，如北部都會區的創科教育機遇。這一案例反映出，當前香港的基建決策仍然存在不少值得反思和改進的地方。

在本部分，將以茶果嶺校舍項目為切入點，探討公共工程在選址、規劃及決策過程中的關鍵挑戰，並進一步分析如何透過更嚴謹的成本效益評估、更透明的公眾參與機制，以及更靈活的規劃策略，確保未來的基建項目能真正回應市民所需，推動香港的可持續發展。

近日，立法會財務委員會通過了對職業訓練局（職訓局）九龍東（茶果嶺）新校舍發展計劃的撥款4.593億元，未來將會在觀塘優質海濱地段上，興建佔地42,000平方米的新校舍。由於該計劃在原則、設計和技術上都存在重大的缺陷，因此在席議員中，包括張欣宇在內的四位立法會議員投下反對票，另外也有五位議員投下棄權票。

投票結果已定，但是專業人士仍然追問，這樣一份由跨部門準備，但是質量欠佳的發展計劃是怎樣拼湊出來的，背後又折射出哪些公共決策的問題。

翻查資料，該黃金地段的最初指定用途是「休憩用地」，在2006年的《啟德規劃檢討》中被規劃用於建設茶果嶺公園，與毗鄰的海濱長廊融合，優化社區環境。這項規劃明顯是希望為當區居民預留公共空間，讓大家享受優美的環境。然而，政府在2018年突然將有關土地用途改劃作「政府、機構或社區」，並「順理成章」地用於重置職訓局校舍。

但是，當大家看看規劃內容，以及香港用地的情況，作為興建校舍的地點的選擇仍有很多，可海濱公園的位置卻是無法替代。現時通過了的規劃，等於宣佈居民對更多公共開放空間的盼望成為泡影。另一邊廂，職訓局卻表示從未要求海濱地段，一切只是政府單方面「拉郎配」。那麼到底是甚麼原因造成這個羅生門？

回顧梳理事件脈絡，2016年《施政報告》首次提出政府將在市區預留一幅土地，供予職訓局興建具規模及現代化的校舍。2017 年《施政報告》進一步明確「政府已選取一幅位於茶果嶺的土地，供職訓局興建校舍，並正進行有關的規劃工作」。該地塊在當時仍屬於「休憩用地」，即不能用於興建校舍。此後，城市規劃委員會（城規會）在 2017 年底至 2018 年中舉行數次會議，討論修改土地用途。當區居民雖然強烈反對，並從交通負荷、生活環境、居民健康、通風、視覺通透性、不可替代性等多個角度提出反對理據，但城規會最終同意將該土地用途改劃作「政府、機構或社區」，居民爭取海濱公園的意見不被採納。

新一屆政府就任以來，官員們言必稱「以結果為目標」，但是到底甚麼是正確的目標、要追求怎樣的結果？以習主席七一講話為依歸，那就是「切實排解民生憂難」。同樣，要做到「民有所呼，我有所應」，以這一標準衡量，職訓局校舍重置的決策，政府的表現絕對是不合格的。首先，當局既不能提供堅實理據論證在海濱建校的必要性；第二，漠視了恢復海濱公園的民意；第三，局方更沒有適時調整政策以適應最新民情。自從 2017 年宣告校舍用地位於茶果嶺後，一切都循着既定軌道，按本子辦事。在慣性下徐徐向前而「不問世事」。說真的，假若不是幾位議員為民發聲，這個項目絕對不會在財委會上掀起半點浪花。

新任發展局局長在網誌中表示，土地發展工作要做到提速、提量、提質、提效。在「提質」方面，特別提到要持續優化維港兩岸海濱，為市民提供優質的休憩用地。既然如此，為何局方還會做出與目標相悖的決策？為何不作出重新審視的決定？不難想像的是，現有決策機制缺乏自我糾偏能力，變相大家就各自各看着既成定局的事自行運轉。自 2017 年政府宣佈在海濱預留土地，後續的公眾諮詢、技術研究都只是例行公事，而唯獨欠缺為何必須在此選址的論證和解說。當海濱校舍這一「目標」本身缺乏科學基礎和民意支持，又何來好的「結果」？

新一屆政府立志加快土地房屋開發、改善市民居住水平，精簡法定程序將是「提速」的有力武器，但不應滿足於此。政府更應檢討決策系統的沉痾，消除組織慣性，勇於自我糾偏。例如，具有土地資源和區位優勢的北部都會區，將是香港未來發展重鎮。決策者若是真心為市民福祉考慮，本應因勢利導，將校舍建在北區，一則配合創科產業發展——提效，二則保留海濱優質公共空間——提質。正如張欣宇所倡議，職訓局根本不需要也沒有追求過海景校舍，而新田科技城遠比市區更適合開展 STEM 教育，方便師生與初創企業建立聯繫，與大灣區連通互動，推動產學結合。這樣一舉多得的良政，不正是廣大市民希望看到的「結果」嗎？

「以結果為目標」表達的是新一任政府做事的決心。坐而言不如起而行，民眾更期待看到管治團隊變革的信念、勇氣、智慧和實質成效。如果說「海濱校舍」源於舊任政府的積弊，那麼新一任政府更應引以為鑑，破舊立新，方能推動目標、結果、路徑和成效相結合，經受得住歷史的檢驗。希望各個政策局能夠做到急市民所急，以及確切聽取各方意見，作出最理性和科學化的決策。

從 T4 主幹路爭議看基建投資的取捨

茶果嶺校舍項目的經驗提醒我們，公共工程規劃必須回歸理性決策、科學評估與民意回應。其實，類似的挑戰在其他基建項目上同樣存在。交通基建作為城市發展的動脈，更加需要審慎考慮長遠效益與社會回報。在這樣的大背景下，圍繞 T4 主幹路的規劃和投資爭議，再次引發了香港社會對於基建取捨、規劃前瞻性與公共利益的深層次討論。

大埔公路沙田段作為目前整個新界東北（包括北區、大埔、沙田、馬鞍山）與九龍西道路連接的必經之路，幾乎每日早上繁忙時段，均出現塞車。根據政府數據，T4 建成後能夠令大埔公路沙田段最繁忙時段車流減少約 15%。

而為配合北部都會區發展，新一屆政府在 2022 年提出興建一條直接連接大埔和九龍西的快線，亦即是沙田繞道。沙田繞道通車後，能從源頭上吸引大埔及北部都會區前往九龍的車流。從數據上來看，單憑沙田繞道便足以令大埔公路沙田段最繁忙路段行車量回落至容車量以下，根本性解決多年困擾新界的南北向交通塞車問題。

T4 大約需要 6 年的施工期，撥款後按計劃能夠在 2030/31 年通車使用。沙田繞道目前仍處於前期階段，走線隧道多（12 公里），工程規模大，按香港速度可能則需要 6 至 7 年工期，外加香港動輒需時 8 至 9 年的前期準備工作，沙田繞道的整個落成期可能需要 15 年以上。換言之，若以香港今天的基建效率估算，T4 將早於沙田繞道約 10 年落成。

但在沙田繞道通車後，T4 便不再具備關鍵的交通分流功能，歸根到底，屬於一項權宜之計。有意見指，T4 能夠解決區內數個主要路口擠塞問題，具有不可取代性。事實上，若僅僅是擔心馬鞍山跨區車流影響沙田區路口，更好的辦法是在馬料水上游，利用 T6 橋擴闊之機加建南行支路，便足以在上游進行疏導，避免馬鞍山南行車流進入沙田市區，效果比起在下游受制於大老山隧道和獅子山隧道交通狀況的 T4 更為直接。而在沙田繞道落成前的時間，可以通過電子道路管理（ERM）或者設立巴士專線等手段，引導私家車減少在繁忙時間使用相關路段，甚至可以考慮額外津貼馬鞍山居民公共交通費用，作為短期緩解方案。因此，討論 T4 的交通價值，還是要聚焦在整體新界東北和九龍連接的層面。

評估一項公路基建項目效益，為客觀的進行比較，一般主要考慮其建成後所節省的時間價值。政府估算 T4 通車後，繁忙時間每小時會有約 1,000 小客車單位從大埔公路（沙田段）分流，讓大埔公路（沙田段）整體行車時間減少 8 至 16 分鐘。將所有受益的道路使用者人數乘以節省的行車時間，便能夠得出道路使用者節省行程的總時間，政府最終計算結果為每日 15,300 人次小時。道路使用者的平均時間價值為每分鐘 1.55 元，因此以金錢量化，年計 T4 應帶來約 5 億元經濟效益。

以上大概解釋了公路基建經濟效益的計算過程，綜合全周期效益和成本後，最終能得出一項客觀的回報率指標（EIRR）。按照政府計算方法，推算出 T4 在通車 40 年後（2069 年）的回報率可達 6%，看似不俗。

然而，T4 所帶來經濟效益具有明確時限性：一旦沙田繞道完工，即使沒有 T4，新界東北和九龍之間亦不再會出現塞車情況，而通過 T6 橋進行南行分流，亦能解決沙田區內的燈位和路口擠塞。考慮到 T4 大約能分流 15% 車流，換言之，在沙田繞道通車後，T4 可節省的時間價值將大幅降低八成以上。保守假設沙田繞道在 T4 落成後 10 年通車，屆時 T4 回報率僅為 -4%。即使拉長周期計算，T4 通車 40 年後（2069 年）的整體回報率仍為負數（約為 -2%）。若用淨現值法（NPV）作評估，以折現率 4% 計，T4 總回報在 2040 年為負 28 億元，通車 40 年後為負 30 億元。當全盤考慮運輸基建藍圖的未來發展後，T4 並非一項具經濟可行性的投資。

政府既然已經明言不會放棄沙田繞道，倒不如真正展現決心魄力，就由沙田繞道這個大項目開始推動全過程的改革優化。倘若沙田繞道能夠在未來 10 年內落成（4 年設計規劃＋ 5 至 6 年施工），不僅剛好解決大埔公路沙田段預計在 2034 年出現難以管理的擠塞情況，同時為北部都會區的發展基建先行、創造容量、增加韌性，更加展現給全世界：香港做基建，同樣可以又快又好，不是必定要遠落後於內地速度。

政府官員曾稱在估算未來交通流量時已經充分考慮香港整體人口的變化，以及產業發展重心北移的影響。但翻查人口推算資料，香港未來 15 年總人口雖有上升，但隨着人口老化，65 歲以下的人口，亦即是一般需在繁忙時間出行返工返學的群體，實際上將會顯著下降約 60 萬，疊加整體就業北移，T4 在宏觀規劃層面的需求推算基礎並不牢靠，更加令能夠創造的真實效益蒙上一層陰影。

雖然社會投資未必完全只考慮估算數字，某些情況下，若有足夠的社會共識和民意基礎，即使數字上未必支持，一些項目也值得推行。但 T4 主幹路本身不涉及價值觀判斷，卻不僅在效益數字上存疑，民意基礎亦存在相當分歧和爭議，是否仍然值得強力推進，答案已經躍然紙上。

「港深湘連睇條鐵」：青年綠皮火車行

近年來，粵港澳大灣區的交通建設突飛猛進，但即使是最現代化、最昂貴的基建，也難以完全避免樽頸與挑戰。港珠澳大橋的假日擁堵，不僅反映了區域協調與基建容量的極限，也提醒人們，無論公路還是鐵路，交通體驗始終與制度、管理、文化緊密相關。

與此同時，另一批交通愛好者則將目光投向鐵路的多元風貌。2023 年，一個由鐵路迷組成的團隊，在港鐵和張欣宇的安排下，實地走訪了港深湘鐵路沿線的車站、車廠與控制中心，親身感受港鐵近年在深圳發展的成果。當港式鐵路服務以「原汁原味」的形態，在內地城市複製出現，這種熟悉與新鮮交織的體驗，讓參觀者不禁感到驚奇與自豪。

然而，計劃往往趕不上變化。這趟行程的重點——由深圳開往株洲的「綠皮火車」之旅，從一開始便充滿了意料之外的插曲。原定晚上九時出發的班次，直至凌晨近十二時才緩緩啟程。夜已深，車廂內的氣氛與傳說中的熱鬧截然不同，無論是帶着孩子的家長、攜帶重行李的工人，或是普通旅客，臉上都寫着一絲疲憊。

如果說出發時的延誤已讓人錯愕，途中更經歷了「經典」的綠皮火車慢行與臨時停靠。火車在東莞附近一個小站停下，時間彷彿凝固。窗外景色靜止不動，偶爾經過的列車長，也無法給出明確答案。漫長的等待中，乘客們陷入了混沌的睡眠，醒來時才發現列車尚未駛離廣東，湖南的邊界仍未抵達。

儘管如此，車廂內卻有一種難以言喻的氛圍，讓人對旅途中種種突發狀況迅速釋懷。隨着火車緩慢停靠各站，旅客臉上

「港深湘連睇條鐵」綠皮火車之旅

的疲態漸褪，離開的人嘴角帶笑，上車者眼神堅定。窗外流動的河山風景，陌生卻又親切，見證着一列列綠皮火車載着不同的人生故事，緩慢而堅定地朝着目的地前行。

鐵路與公路、現代與懷舊、效率與詩意，這些看似對立的元素，卻共同構成了今日大灣區交通的多重樣貌。無論是因擁堵而焦灼的駕駛者，還是體會綠皮火車慢節奏的旅人，大家都在路上重新思考，何為真正理想的出行體驗。未來的區域交通，或許正需要在速度與從容、科技與人情之間，找到新的平衡點。

Greenway is the Way Forward

在路上的體驗，既有現代基建帶來的效率與便捷，也有懷舊鐵路所蘊含的人情與詩意。這些珍貴片段，讓人重新思考交通的真正價值——不僅在於速度，更在於與城市、環境、人群之間的和諧。隨着粵港澳大灣區的發展步伐不斷加快，香港在追求交通暢達的同時，也逐漸意識到城市建設不能只着眼於硬件和效率，更需放眼未來的可持續發展。

正因如此，綠色轉型成為社會各界共同關注的重要議題。如何在推動區域聯通、擴展交通網絡的同時，把握全球可持續發展和氣候行動的大潮，將綠色理念融入城市發展和日常生活，已成為香港未來規劃的核心課題。

正是在這樣的時代氛圍下，2024 年 Greenway 論壇於香港舉行，成為本地與國際社會深入交流綠色未來的重要平台。是次論壇由香港特區政府投資推廣署、歐盟駐港澳辦事處、香港總商會及香港歐洲商務協會共同主辦，吸引了來自官方、商界及青年領袖等多方代表參與。論壇開幕儀式由歐盟駐港澳辦事處主任高宇馳（Thomas Gnocchi）主持，香港特區行政長官、財政司司長、房屋局局長及環境生態局副局長等政府高層亦親自出席並發言，顯示出政界對推動綠色轉型的高度重視。

論壇的討論聚焦於如何將綠色經濟理念與香港的城市規劃、產業發展及社區生活深度融合。張欣宇在會上強調，北部都會區作為未來城市發展的重點，應當把握機遇，率先引入先進的綠色規劃理念，發展創新型綠色產業，並加強與歐盟等國際夥伴在技術、資金、政策等層面的合作。

論壇中，一位年輕講者的發言引發了與會者的深思：「我們再沒有時間慢慢熱身，綠色規劃的落實必須加快，綠色生活要由今天做起。」這句話道出了當前綠色發展的緊迫性——氣候變化的步伐已經遠遠超越過去的預測，只有以決心和行動加速轉型，香港才能在未來的國際競爭中保持領先，並守護自身的生態安全和市民福祉。

論壇亦展現出香港在綠色經濟領域的潛力與挑戰：在政策推動、產業投資、綠色金融、社區參與等方面，香港擁有獨特優勢，但同時也必須面對轉型過程中的困難與反思。綠色生活並非單靠宣傳，更需要制度創新、技術突破和全民參與。

論壇已經結束，但關於可持續發展的討論依然持續發酵。綠色經濟、低碳生活、城市規劃的未來，早已不只是專家學者之間的議題，而是每一位市民、每一個家庭都必須面對的現實選擇。正如論壇上多位嘉賓所強調，綠色轉型需要跨界協作，更需要社會整體的思維轉變與行動自覺。

而要真正將綠色理念落地，必然涉及到從生活細節入手，包括資源回收、垃圾減量、節能減排等具體行動。香港的綠色未來，需要制度創新，更需要全社會的認知升級與行動承擔。

垃圾徵費的迷思與挑戰：如何重塑公眾信任？

隨着 Greenway 論壇的舉辦，愈來愈多的市民開始關心可持續發展議題。然而，要真正實現可持續發展，在可持續發展的具體執行層面上講，廢物管理亦是不可忽視的一環。

每年，香港產生的都市固體廢物量驚人，堆填區即將飽和，垃圾問題已成為城市發展的另一大隱憂。政府多年來推動垃圾徵費政策，試圖透過經濟誘因促使市民減少廢物產生、提升回收率。然而，這項原本旨在推動環保的政策，卻在公眾的質疑聲中舉步維艱，反映出政策推行過程中的溝通問題與執行挑戰。

垃圾徵費醞釀近 20 年，經歷四屆政府，臨門一腳，卻因公關策略的失誤，讓市民感到困惑與不滿，最終再次暫緩，真正落實遙遙無期。政策的推行不僅是法規的落地，更是民心的凝聚和價值觀的重塑。當前，政府在垃圾徵費的公關策略上，似乎偏離了政策的本質與目標，過於強調收費和執行的細節，而忽略了「為甚麼徵費」的核心價值和情感訴求。此舉無疑錯失了激勵公眾、凝聚共識的黃金機會。

在公關宣傳的過程中，推動垃圾徵費的宣傳廣告紛紛出街，無論是平面及視頻廣告，街站，甚至政府有關垃圾徵費的主題網站，都不厭其煩地介紹垃圾袋收費標準、購買渠道、標籤粘貼方式等信息，卻鮮少提及政策的環保初衷和長遠目標。這種「重徵費、輕減廢」的宣傳方式，無疑會加劇市民的抵觸情緒，將政策簡單理解為政府的「斂財」手段。

在政府宣傳中，嚴重缺失了最關鍵的一環：為甚麼要推行垃圾徵費？垃圾徵費作為一項經濟手段，能夠在一定程度上促使市民減少垃圾排放。然而，若將「徵費」以及「如何徵費」視為公關和傳播的重點，則無疑是本末倒置。這種「技術性強調」而非「理念性引領」的宣傳方式，無形中將公眾的注意力從環境保護的高遠目標拉低到了日常生活的瑣碎操作，導致政策初衷被淡化乃至遺忘。

台北市在推行垃圾收費時，提出了「資源全回收，垃圾零掩埋」的口號，這種飽含環保情懷的表述，就很好地傳遞了政策的核心價值。政策的成功，從來不只是冰冷法律條文的貫徹，更是社會共識的建立與價值觀的共塑。垃圾徵費，其深層次的意義在於引領公眾生活模式的改變，這是一場涉及每個人生活習慣、價值取向乃至未來願景的深刻變革。

垃圾徵費的目標，是從源頭減少固體廢物產生，從而向着零廢堆填而努力，同時，源頭減廢，也可以大幅度減少需要焚燒的垃圾，發展足夠的轉廢為能設施，長遠擺脫對堆填區的依賴。一個無須垃圾堆填區的香港，是不是值得講好的故事？政府公關若能通過故事化、情感化的宣傳手段，展現廢物減量帶來的環境改善，惠及自我，造福子孫的方方面面，將更能觸動公眾的心弦，激發自發減廢的內在動力。

垃圾徵費絕非簡單的財政行為，其背後蘊含的是對可持續發展理念的執着追求和對後代福祉的深切關懷。因此，政府在運用公關手段的時候，應該讓公眾明白，每一筆徵收的費用，都是對更清潔環境、更美好家園的投資。同時，應結合實際行動，提供便利的回收設施、開展環保教育項目、鼓勵社區參與等，讓減廢成為一種生活態度，一種集體意識。

新一屆的特區政府在公關、解說、回應大眾訴求方面的速度和主動性值得肯定，但在垃圾徵費一事上，環保署的解說能力讓人失望。政府要從根本上重新審視垃圾徵費的敘事策略。垃圾徵費的本質，不應是政府尋求新的收益來源，而是讓香港向着「垃圾零掩埋」的目標而努力，造福當代及子孫後代。未來，政府在推行各項政策時，應該更加重視價值引導和情感溝通。與其單純羅列政策細則，不如多從市民的角度出發，用通俗易懂的方式闡述政策的必要性和意義。只有真正贏得民心，政府的施政才能事半功倍。

垃圾徵費政策的推行，不僅是一場公關挑戰，更是一場對政府治理能力的考驗。政府在宣傳推廣上過分關注「如何徵費」，卻忽略了「為甚麼徵費」的核心價值，導致市民對政策的初衷缺乏共鳴，甚至產生誤解。然而，即便政府能夠透過更有效的公關策略來強化社會共識，垃圾徵費政策本身的設計是否完善，仍然是決定其成敗的關鍵因素。

事實上，垃圾徵費政策不僅在溝通層面失誤，在執行設計上也存在重大缺陷。收費機制的「一刀切」，不僅讓市民感受到額外的財務負擔，也使得政策在落地時遭遇更大的阻力。若缺乏更精細化的設計，政策初衷再正確，也難以有效推行。

垃圾徵費的核心目標，是透過經濟誘因改變市民的廢物處理習慣，推動源頭減廢，提升回收率，從而減少對堆填區的依賴，長遠邁向可持續發展的廢物管理模式。這種政策設計與全球許多城市的環保措施一脈相承，並且從國際經驗來看，適當的垃圾收費制度確實能夠有效減少垃圾產生，提升資源回收率。例如，台北市自推行垃圾徵費以來，都市固體廢物總量大幅減少，回收率亦顯著上升，為其他城市提供了可借鑑的參考案例。

對於香港而言，這樣的政策更是刻不容緩。隨着都市固體廢物量持續增加，現有的三個堆填區已接近飽和，未來若不改變現行的廢物處理方式，將面臨更嚴峻的環境與空間壓力。而且，香港作為一個高度城市化且資源有限的地區，理應積極推動回收與減廢工作，以減少對堆填和焚化設施的依賴，並降低對環境的負面影響。

香港土地資源稀缺且人口密集，更有需要亦具備條件建立一個高回收率的循環經濟體系。政策在根本立意層面，是符合邏輯，亦是香港切實所需的。而通過在社區內的實踐，可以觀察到，大部分市民在完整了解政策的出發點之後，均能夠取得方向性的認同和共識。

然而在執行設計層面，垃圾徵費政策卻存在重大缺失。徵費計劃不設任何免徵門檻，導致政策一旦開始執行，一夜之間全港市民均須開始付費，變相成為一種「人頭稅」。在市民大眾本身對相關理念的了解及接受程度存在明顯差異時，很容易便產生和固化了一種「全民徵費」的負面觀感。而計劃中對前線清潔工施加的額外工作要求，同樣也屬於執行層面得不償失的堅持，最終清潔工人的怨氣亦成為「壓死駱駝的最後一根稻草」。

正如社會不少聲音指出，提升社會整體的循環回收比率，是一個移風易俗的工作，久久為功。收費雖然可以成為改變行為的經濟誘因，但如何順利開局，卻是在政策設計中更為關鍵的步驟。

因此，雖然政府的公關溝通策略同樣存在失誤，例如過分強調收費和執行細節，忽略了「為甚麼徵費」的核心價值和情感訴求，但最根本的問題主要出現在政策設計本身——「無差別人頭稅」，導致即便是認可環保理念的市民，多少也對參與其中心存抗拒。

在更宏觀層面，這次徵費風波，同樣為未來的特區管治敲響了警鐘。每個人都知道香港在方方面面都急需求變；而變的過程，總無法回避對現有利益格局做重新調配，甚至需要打破固化藩籬。政府推動改變，最不可或缺的就是民眾「信任」和「共識」。過往的政治紛爭下，太多政界中人已經習慣將各類社會問題引導至立場對立的維度，作為「辦不成事」的開脫，更常常以「居心叵測」之類的借口，通過泛政治化的方式，掩蓋管治體系在民意引導方面的能力缺失，以及在凝聚社會共識方面的基礎薄弱。

但隨着香港進入新的政治格局，管治體系的核心任務就在於要「辦成事」。因此，政府和立法機構在內的管治體系，實在有必要正視及着力重建官民互信的基礎。

張欣宇（右一）出席 FCV 垃圾徵費研討會

畢竟，垃圾徵費一役，再次告訴我們一個公共行政中最基本的道理——沒有信任的加持，單憑良好初衷和願望，施政並無法成事。

民意與問責：新時代議會中的制衡與挑戰

香港的管治改革讓行政與立法關係進入新階段，然而制衡與民意回應的空間仍待提升。這不僅體現於議會生態，也反映在各項政策制定與推行過程中。事實上，管治效能與問責精神最終還須落實於土地、房屋等核心民生議題之上。如何透過更科學、更以民為本的政策，回應社會多元訴求，成為改革路上不容忽視的關鍵。

香港近年的管治改革，標誌着行政主導與議會運作進入新階段。新選制下，行政與立法高度協調，議會「制衡」功能卻相對減弱。部分關注民生議題的立法會議員，如「港漂」出身的張欣宇，成為少數在議會內外堅持發聲、強調問責的代表。他經常對政府工程項目提出質疑——例如沙田 T4 公路造價過高、落馬洲河套區連接路設計不合理——並多次在財委會上投下反對票。這些舉動，使他在議會中被視為「非國家隊」成員，亦不時遭遇來自政府部門不同程度的壓力。

張欣宇初入議會時，面對來自官員與各界的「勸導」與施壓，確曾感到壓力。隨着對議會運作的熟悉，他開始堅持以自己的專業判斷和價值標準作決定。他認為，行政與立法的關係不應只是「嘻嘻哈哈」的表面和諧，而要在友好尊重的基礎上互相監督，真正以市民利益為依歸。「我們真正的老闆，是市民，不是政府。」他多次在公開場合強調。

議會生態的變化亦帶來新挑戰。儘管不少議員在閉門會議時會對政府政策提出意見，但在公開場合，為免令當局「尷尬」，往往選擇沉默。這種顧慮，令議會的監督效能無法充分發揮，也削弱了政策問責的力度。有時在立法會公共申訴辦事處接見市民後，原本多位議員認同應跟進個案，但當有人提出以議會名義要求政府提交數據時，卻有部分議員反對，理由只是擔心會令當局難堪。

香港政治環境正處於轉型期。過去政府較為弱勢，現今則重回行政主導，社會各界需重新適應與調整角色定位。敢言與堅持專業立場，或會影響議員的政治前途，但議員更需要珍惜這難得的代議士身份，把握機會為市民發聲。議會的價值不在於討好政府，而在於堅守監督與民意代表的本分。

距離新一屆立法會選舉在即，能否續任，最終還是要由市民評價。

第三章

香港的發展，不僅關乎個別社區或群體，更需要整體政策的前瞻性規劃與落實。在全球競爭加劇、經濟轉型加速的時代，香港如何在變局中尋找新機遇，確保城市持續繁榮？這不僅是政府的課題，也是整個社會必須共同思考的問題。

政策的制定與執行，並非單純的技術性調整，而是關乎城市長遠競爭力與可持續發展的關鍵。本部分的討論，將聚焦於香港在未來發展中的核心政策議題，並探討如何透過務實、創新且具體可行的政策，推動香港的長遠發展。

本書第三章的分析與討論，旨在透過政策建議與實際案例，探索香港在不同領域的發展方向，並提出具體可行的方案。政策不僅是條文，更是影響每一位市民生活的關鍵，唯有在專業與務實的基礎上推動改革，香港才能在變局中找到突破口，開創更具競爭力與可持續的未來。

（一）財政

香港財政政策轉向：發債與經濟增長

香港的經濟發展一直依賴於穩健的財政政策、自由的市場環境及與國際市場的緊密聯繫。然而，面對全球經濟格局的變動、內地市場的崛起，以及本地產業轉型的挑戰，香港必須尋找新的增長動能，以確保競爭力與可持續發展。

本部分將圍繞財政政策、資產管理、企業發展與市場監管等核心議題，探討政府如何透過積極的財政政策推動經濟增長，企業如何在變革中適應市場環境，金融市場如何進一步發揮香港作為國際資產管理中心的優勢，以及如何完善市場規管，保障公平競爭與消費者權益。在這場經濟轉型之中，香港既面臨挑戰，也擁有機遇，關鍵在於如何運用政策與市場力量，為未來創造更多可能性。

財政政策在推動經濟發展方面扮演着至關重要的角色，特區政府的預算赤字與債務狀況，一向備受關注和討論。「借定唔借？」成為一時熱話，圍繞這一問題的討論，也反映出香港社會對於政府財政政策方向的不同看法。

討論政府是否應該發債，首先需要明白「債務」在經濟中的作用和功能。根據現代經濟學理論，經濟增長長期而言取決於生產效率的提升，但短周期內則主要依靠投資驅動。箇中道理不難理解：生產效率只會在技術革命出現後顯著上升，一般不會在短期內大幅波動。因此，提升經濟總產量以實現加速增長，最直接的方法就是加大投資，擴大生產規模，而投資資金一般來源於債務或槓桿。

因此，雖然很多人下意識認為，「江湖救急，甚至走投無路時才需要借錢」，但實情並非如此。在個人生活層面，即使財力極為雄厚的富豪，也很少會全額付款（Full Pay）購買資產；在商業交易層面，商人一般都是利用槓桿進行收購投資，提高資金效率，背後亦是同樣道理。

另一個常見誤區則是將「財政儲備」與「資產負債表」的概念混淆，以為財政儲備便代表特區的所有資產，財政儲備一旦耗盡，特區政府就會陷入財政危機。但實情亦並非如此，目前約 7,000 億港元的財政儲備，更類似於政府應對日常開支的現金流儲備，而外匯基金（總資產約 4 萬億港元）、政府尚未批出的土地、機場管理局與港鐵的股權等，才構成政府的真正「家當」（資產）。單純用財政儲備衡量債務水平是高是低，並沒有實際意義，財政赤字的出現亦僅僅體現政府當期現金流管理的狀況，絕不代表發生我們一般人所理解的「資不抵債」。事實上，香港仍然擁有穩健的資產負債表，政府所持有的資產遠超負債。

特區政府過去的理財思維較為保守，主要依賴土地財政，較少運用政府信用獲取債務收入。與同為外向型經濟且體量相近的新加坡作比較，新加坡多年來採取遠比香港積極的公共債務擴張政策。以過去五年為例，新加坡的負債淨額增長約 2 萬億港元，遠超香港的約 2,000 億港元，而同期新加坡的經濟增長表現亦顯著優於香港，並獲得穩定的國際高信用評級。可見，赤字的出現以及債務的使用和擴張，並不意味着一個經濟體陷入「困境」，反而，債務使用得當時，可以成為刺激經濟發展的重要積極因素。

了解債務在現代經濟運作中的功能後，下一步便是審視香港當前的基本經濟狀況。無論從經濟數據，還是各行各業的實際感受來看，香港正處於需求疲弱的階段，甚至面對通縮壓力，但同一時間，在聯繫匯率制度下，香港卻需要追隨美國的加息步伐。相較數年前的低點，港元的借貸成本已經上升數倍，高息環境進一步抑制投資和消費，疊加需求疲弱，造成了一個對香港最為不利的宏觀環境組合。

因此，此刻香港最需要的，正是更積極的財政政策，短期內刺激需求，並為基建和產業設施等長期項目進行持續投資。特區政府當然需要提升開支的成本效益，但倘若在需求已經疲軟的市道下帶頭實施緊縮政策，就好比讓一個營養不良的孩子採用減肥餐單，只會加劇將香港經濟推向負面循環的危險。

當然，並不是發債越多，就可以帶來越多的經濟正面反饋。政府部門倘若無節制地加槓桿，超出償還能力，會帶來債務違約危機。正如前財政司司長曾俊華在近期的網誌中提到，香港在聯繫匯率下沒有獨立的「印鈔權」，倘若真的面臨債務危機，無法選擇透過債務貨幣化的方式進行化解（當然將債務貨幣化的後果和代價往往同樣嚴重），將對市場和經濟運作帶來極大衝擊。前司長的提醒原則上沒錯，借債的規模和經濟體的償還能力當然應當保持匹配。但反觀香港政府的實際收入情況（利得稅和薪俸稅收入仍然相當穩定）和目前債務水平（幾乎全球最低），香港有空間，亦有迫切需要，利用債務工具，實行更積極的財政政策。

在操作層面而言，考慮到人民幣和美元正處於不同的貨幣政策周期，以及特區政府本身作為離岸人民幣中心的獨特地位，香港應當以人民幣債券作為未來融資的主體。發行人民幣債券的好處，首先是融資成本較低，以近期特區政府發行的人民幣債券為例，融資成本較同期發行的美元債券便宜近半；其次是「十四五」規劃下，香港作為離岸人民幣中心，本身對於人民幣資產具有較大需求，香港政府的人民幣債券作為優質信用，市場需求缺口較大；第三，香港透過發行人民幣債券，將活躍人民幣投資市場，由此帶來的更多流動性可進一步配合港股「港幣——人民幣雙櫃台模式」，亦能為香港債市和股市等金融市場發展注入強心針，進一步推動香港離岸人民幣中心的建設。

在一國兩制之下，人民幣雖然對於香港而言技術上屬於「外幣」，但特區政府的人民幣債務卻又同時具有「內債」屬性，不會對貨幣局制度（聯繫匯率）產生負面影響，這是香港充分發揮「一國兩制」紅利的重要機遇。

赤字迷思：慳家難解困局，結構轉型方能重塑信心

在財政政策調整的背景下，香港未來的財政規劃備受社會各界關注。如何在維持經濟穩定與推動長遠發展之間取得平衡，已成為政府財政決策的核心課題。正是在這樣的宏觀格局下，新一份《財政預算案》的內容與取向，無疑將成為觀察香港財政走向的重要風向標。

香港財政司司長陳茂波公佈的2025/26年度《財政預算案》，在「穩健」基調下，希望在應對財政赤字和推動經濟結構轉型之間找到平衡點，預算案保持了特區政府一貫務實和審慎理財的特點。預算案公佈後，也引起社會廣泛討論和爭議。

深入分析現有數據與政策內涵，令人不禁想問，香港現在的主要矛盾真的只是財政赤字嗎？在財政周期波動與經濟範式轉換的歷史關口，香港究竟該用何種視野謀劃未來？

「財政赤字」四個字，猶如懸在港人頭上的達摩克利斯之劍。但細究政府賬目，2024 至 2025 年度香港綜合赤字達 872 億港元的同時，外匯基金投資收入卻創下 2,190 億港元的歷史新高。這筆巨額收益，在《公共財政條例》框架下完全具備回撥使用的法律空間。新加坡淡馬錫模式早有先例：過去十年間，星洲政府提取國家儲備淨投資回報最多 50% 用於財政預算，既維持財政紀律又保障民生投入。

香港財政儲備與外匯基金的關係，恰似守着金山要飯的現代寓言。截至 2024 年底，財政儲備維持在 6,800 億港元規模，外匯基金總資產更達 4 萬億港元，如果按 4% 的年化收益提取比例（參照挪威全球政府養老基金 / 新加坡淡馬錫模式），每年可增加 1,600 億港元可用資金。

如此規模的收益絕非小數目，完全有潛力作為一部分回撥至政府財政收入中，為高科技、北部都會區建設、區域融合等戰略性投資提供充足資金。實際上，這既可以緩解傳統稅收收入在地價與印花稅收入未達預期情況下的壓力，也能讓財政政策在應對長期經濟結構升級方面擁有更高的靈活性和主動性。利用這部分可觀的投資回報，香港政府可以在不加大稅負的前提下，更好地支持新產業的培育和技術革新，從而幫助香港在經濟周期中脫穎而出，「赤字問題」迎刃而解。無法大規模動用外匯資金盈餘，其實是制度性困局。折射出的，是殖民地時代遺留的財政保守主義與當代治理需求的深刻矛盾。

預算案中提出的削減 2 元乘車優惠和學生津貼等民生費用

的措施，雖然在短期內可以緩解財政壓力，但長期來看，可能會降低市民對政府的支持度和對未來發展的信心。香港的經濟發展需要民生的支持，只有市民有信心和購買力，經濟才能真正實現可持續增長。

更嚴重的是，這類措施在實際政策宣導中存在一定矛盾性，以人口政策為例，預算案一方面強調「集聚人才高地」，通過放寬人才入境計劃、舉辦國際論壇吸引高端人才；另一方面，卻削減學生津貼、調整教育資助，間接加重家庭育兒成本。這種政策導向的矛盾，暴露了財政整合過程中「民生優先」原則的搖擺。鼓勵生育需要配套的長周期投入，包括教育、住房、醫療等全方位支持。若因短期財赤壓力壓縮民生開支，不僅削弱市民的信心，更可能導致生育率進一步下降，加劇長期人口結構失衡。財政整合和宣導應該保持政策一致性，通過開源（如外匯基金收益回撥）與效率提升（如優化公共服務）實現平衡。

此外，不容忽視的是市民的情緒價值。民眾對未來經濟發展的信心與期待，不僅代表着消費動力和社會穩定，更是政府加大力度投資未來的重要基石。在民生開支上，要算大賬，少算小賬，優化財政支出，多從政府行政開支上下功夫，行政開支多省下一蚊，市民的民生保障就能多花一蚊。只有當市民信心高漲、情緒正面，他們才會更願意消費、投資和參與社會建設，從而形成一個良性循環。另外，如何建立「發展紅利共享」的感知非常重要，預算案中關於產業轉型的宏大規劃，需轉化為市民可感知的具體利益。「可見可及」的獲得感，遠比空洞的口號更能緩解民生焦慮。

預算案需跳出「赤字焦慮」，轉向更具戰略性的政策設計：

善用外匯基金收益，激活發展動能：2024 年外匯基金投資收入高達 2,190 億港元，遠超財政赤字規模。政府可考慮將部分收益定向回撥，用於支持創科基礎設施、中小企業數字化轉型等關鍵領域，而非單純依賴發債。

參考內地的「家電換新」政策，在香港本地消費低迷的今時今日，香港政府可以考慮推出類似的消費刺激措施。無論是消費劵還是「家電換新」，這些政策都能直接促進消費，減輕市民的經濟負擔，同時也為經濟注入活力。政府可以考慮採取更強硬和更清晰的立場，制定有針對性的消費刺激計劃，激發市民的消費慾望。

戰略規劃要善於宣導：預算案如果僅僅聚焦於討論民生開支的微調，過分強調這些零散改善措施，容易使公眾關注點僅停留在眼前的補貼問題上，而忽略了更深層次的經濟結構性轉型。香港政府預算有提出明確的戰略規劃，譬如通過加強創新科技、投資北部都會區、推動數字經濟、構建綠色基礎設施等措施，來實現產業迭代與升級。香港確實只有從這些更高層次的領域着手，才能真正破解經濟瓶頸，實現由傳統產業向現代經濟體系的質的飛躍。但是這需要政府更耐心，更細緻地向市民宣導，只有大家齊心，才能攜手向前。

財政平衡是手段，而非目的。香港若囿於財赤數字的短期改善，忽視結構轉型的緊迫性，恐將錯失新一輪科技革命與區域融合的歷史機遇。特區政府要以更大魄力推動制度創新，將「節流」轉化為「增效」，將「穩增長」升級為「促轉型」。唯有如此，香港才能真正走出周期波動，在變局中錨定高質量發展的航向。

2024 年 4 月 25 日張欣宇議員在《2024 年撥款條例草案》立法會二讀辯論中的發言

（2024 年 4 月 25 日）

多謝主席。在過去的財委會特別會議和其他不同場合，我曾對《財政預算案》的撥款細節提出不同的意見，並與政府有所交流。因此，在今天這個場合，我想說說自己在宏觀層面的一些思考。

新一份《財政預算案》中，其中一個備受關注和討論的議題，就是特區政府的預算赤字和債務狀況。「借定唔借」，成為一時城中熱話。討論政府應否發債，首先要明白「債務」在經濟中的作用和功能。我們知道，長期而言，經濟增長取決於生產效率的提升，但短期內主要依靠投資驅動。箇中道理不難理解：生產效率只會在技術革命出現後才顯著提升。一般而言，短期生產效率比較穩定，不會出現大幅波動。因此，要提升經濟總產量以實現加速增長，最直接的方法就是加大投資和擴大生產規模，而投資資金的來源，一般是透過債務擴張來支持。

雖然很多人下意識認為，一個人走投無路時才需要借錢，但現實的經濟運作並非如此。在個人生活層面，即使多富有的大老闆、富豪，也極少會一筆過全資購買資產，而是利用債務工具進行融資、投資和收購，以提高資金效率，背後亦是同一道理。

另一個常見的誤會或誤區，就是將特區的「財政儲備」和「資產負債表」兩個概念混淆，誤以為財政儲備代表特區的所有資產，財政儲備一旦耗盡，特區政府將陷入「乾塘」情況，但實情並非如此。財政儲備更加類似於政府應對日常開支的現金流儲備，而外匯基金，包括政府在不同公司和機構中的股權、尚未批出的土地和租約等，才構成特區政府真正的「家當」，我的意思是指資產。因此，單純用財政儲備衡量債務水平的高低，並沒有非常實際的意義。財政赤字的出現，主要反映政府當期現金流管理的狀況，絕不代表出現我們一般人所理解的債務危機。事實上，香港仍然擁有十分穩健的資產負債表，政府所持有的資產遠超負債。

特區政府過去的理財思維以保守為主，主要依賴土地財政，較少運用政府信用獲取債務收入。然而，我們可以看到，世界上不少地區和國家均積極運用公共債務擴張，加大投資，刺激需求，但仍能持續獲得較高的國際信用評級，亦取得不錯的經濟增長表現。由此證明，赤字的出現及債務的使用和擴張，並不意味着一個經濟體出現困境，反而當債務使用得當時，可以成為刺激經濟發展的重要積極因素。

我們在了解債務在經濟運作中的功能後，下一步便要審視香港實際的基本經濟狀況。我相信，無論從經濟數字還是各行各業的實際感受，都不難得知香港正處於需求比較疲弱的階段，甚至面對通縮的壓力。與此同時，在聯繫匯率制度下，香港反而需要追隨美國的加息進度。相較數年前的低點，港元的借貸成本已上升超過數倍。同時，高息環境進一步抑制投資和消費，加上需求疲軟，形成對香港最不利的宏觀環境組合。

因此，香港目前最需要由特區政府實施更積極的財政政策，在短期內刺激需求，並對基建和產業等多項設施和長期項目進行持續投資。對於社會上和議會內不少同事呼籲政府縮減開支的說法，我不太認同。特區政府當然需要提升開支的成本效益，即投資於好項目和有回報的項目。然而，倘若在需求已經疲軟的市道下，政府仍牽頭實施緊縮政策，情況就像要一名營養不良的兒童採用減肥餐單，這只會加劇將香港經濟推向負面循環的危險。

我相信，無論是普通市民還是專家學者，都明白並非發債越多，就可以帶來無限的經濟正面反應。如政府部門完全無節制地擴張債務，超出我們的償還能力，便會帶來債務違約危機。有人提出，由於香港在聯繫匯率制度下不具有獨立的「印鈔權」，如真的面臨債務危機，將無法選擇通過「印銀紙」等債務貨幣化的方式進行化解，屆時將為市場和經濟運作帶來重大衝擊。這些提醒或擔憂，原則上沒有錯，借貸的規模和經濟體的償還能力理應保持匹配。然而，觀乎香港政府的實際收入情況，雖然賣地收入大幅減少，但利得稅和薪俸稅等收入相當穩定，加上實際債務幾乎處於全球最低水平，其實香港有空間及迫切需要，利用債務工具實施更積極的財政政策。

在操作層面，考慮到人民幣和美元正處於不同的貨幣政策周期，以及特區政府本身作為離岸人民幣中心的獨特定位，香港未來應當以人民幣作為主要的融資主體。發行人民幣債券的好處，首先在於融資成本較低。以近期港府發行的人民幣債券為例，其融資成本較同期發行的美元債券低近一半。其次，在「十四五」規劃下，香港作為離岸人民幣中心，本身對於優質的人民幣資產具有較大需求。特區政府的人民幣債券當然是一個優質的信用，亦能滿足市場的需求。第三，香港通過發行政府人民幣債券，除有助債券市場外，亦可活躍整個人民幣投資市場，進而帶來更多流動性，配合港股將來推動「港幣——人民幣雙櫃台模式」，進一步推動整體金融市場發展，以及推動香港離岸人民幣中心的建設。

在「一國兩制」下，對香港而言，雖然人民幣技術上屬於「外幣」，但特區政府的人民幣債務在某程度上具有「內債」的屬性，不會對貨幣聯繫匯率產生負面影響，亦是香港充分發揮「一國兩制」紅利的重要機遇。

簡單而言，我們要弄清楚香港現時面對甚麼困難。我們正面對需求問題，而非債務危機。如我們參考其他國家應對債務危機的方法制訂政策，以應對目前的需求問題，我擔心方向和效果將會完全背道而馳。

我謹此陳辭，支持今次《財政預算案》。

2025年4月17日張欣宇議員在《2025年撥款條例草案》立法會二讀辯論中的發言

（2025年4月17日）

多謝代理主席。我今天懷着一份既鼓舞又憂慮的複雜心情回應這份預算案。鼓舞的是，政府在預算案中展現出「改革創新、提速發展」的魄力，在一片關於財赤的輿論壓力下，仍加大力度投資未來，讓我們看到政府帶領香港破局的決心；但憂慮的是，相當部分的政策調整，忽視了市民的情緒價值，而「情緒價值」這4個字，將會是我今天發言的關鍵詞。

不過，首先，我想肯定政府在投資未來方面的決心。預算案以北部都會區和創科領域的人工智能作為核心引擎，撥款規模和執行細節均體現出一種眼光和戰略思維。未來的政府工務工程預算，由以往提出的每年900億元，大幅加碼至1,200億元，加快和加大力度補充基建短板，這正是北部都會區和香港所需。我們看到，港深西部鐵路今年將正式啟動設計階段，北環綫主線和支線亦會動工，預計在2034年貫通新界北的東面和西面，配合新田科技城、河套園區、沙嶺數據園區等發展，整個基建網絡正開始將大灣區「一小時生活圈」從概念進一步變為現實。在創科產業方面，政府調撥不同資源，成立人工智能研發院，以協助製造業升級。政府採取「以投資帶動增長」邏輯清晰可見，長遠有利於香港提升競爭力。

同樣值得肯定的是，政府非常清晰表明會積極使用債務工具推動公共投資。透過債務融資——特別是人民幣融資——支持基建擴張及財政擴張，正是去年我在這個時候《財政預算案》辯論發言中所提及，關於「借定唔借」的討論所倡議的方向。香港資產負債表穩健，外匯基金、土地儲備等「家底」雄厚，在現時需求疲弱、面臨通縮壓力之際，發債投資未來、帶動需求是明智之舉。尤其是在目前人民幣低息的環境下，多用人民幣作為融資工具，既可降低融資成本，亦可強化香港作為離岸人民幣中心的定位，這正是「一國兩制」下香港可享的紅利。因此，我認同政府在這方面的魄力。

好的部分先說這麼多。回到我今天發言的重點──情緒價值。無論發展再宏大，藍圖設計得再好，若忽略市民當下的「衣食住行」等需求，包括情緒需求，只會令投資未來的好政策難以得到人民支持。

預算案中幾項民生調整確實值得商榷。例如取消每年 2,500 元的學生津貼，以及進一步削減幼稚園資助，與近一兩年推出的 2 萬元生育津貼形成十分諷刺的對比。教育成本上升，直接衝擊家庭的生育意願。每名學童獲發的 2,500 元津貼，對基層家庭來說是雪中送炭，對中產以上的家長來說，每年收到這筆津貼時，亦會感到一份很重要的認同。以我自己為例，作為立法會議員，即使今年無法加薪，甚至需要減薪，我都能欣然接受。但作為 3 名小孩的父親，對於今年取消學生津貼，我感到很沮喪。我相信，沮喪的一定不只我一人。香港有 80 萬名學童、超過 100 萬名家長，讓這個群體感到沮喪，其實值得嗎？

同樣引起爭議的，是長者乘車「兩蚊兩折」優惠。當局節省六七億元，看似很精明，但同樣忽略了長者面對的困難，忽略了他們的情緒價值。二元乘車優惠政策的初衷，是鼓勵本港長者多出行、多與朋友見面、多上茶樓、多參與社交。這不只是福利支出，更是一種社會投資。長者多活動，心情會更好，健康亦會更好，消費亦會更多，這是很有回報的投資。然而，現在政府純粹用減少支出的目光看待這件事，令很多長者感到很沮喪，其實值得嗎？

機場離境稅又是一個例子，由 120 元大幅加價至 200

元。雖然每年可增收 10 多億元，但香港機場正處於復甦階段，客量連三跑啟用前的高峰也未達到，只有七成多。反觀鄰近的深圳機場，去年客量已超過疫情前的高峰，達120%。若為了短期的財政收入而嚇退長期客源，實在是因小失大，值得嗎？

再談談民生工程。新界鄉村的排污工程，往往一拖便 10 多年，至今大部分新界鄉村仍用化糞池，以極不衞生的方式處理排污。有鄉村排污工程立項 10 年後仍未有推進，直到今天我們問及進度，答案卻是：現在財赤，未必有資源、未必爭取到。然而，村民每天面對蚊蟲、臭味，雨季時更有機會出現污水倒灌。與此同時，政府投入數百億元開發北部都會區。雖然我支持北部都會區，但我也很理解村民的情緒。做大型基建及大型發展，一定要令當地居民分享到發展成果。如他們無法分享發展成果，我們又如何爭取他們的支持呢？除非大家認為他們的支持不重要，但我絕不相信。我自己在前線做基建多年，如當區市民不支持基建，我們將會寸步難行。

代理主席，一個政府的存在意義，其中一個關鍵在於為市民提供公共服務及社會福利，照顧好市民的衣食住行，以及照顧好市民的情緒價值。政府管理公共開支，當然要懂得算賬，但我們應算大賬，而非只算小賬。持續財赤固然不理想，但香港目前面對的主要矛盾真的是赤字嗎？不惜代價減少赤字是否當局最凌駕性的任務？我相信肯定不是。在現時風高浪急的大環境下，發展經濟、鞏固人心，才是真正的大任務。即使在財政開支方面要減少赤字和開支，重點亦應該放在政府編制及整個管治系統，只說政府不太公平，還包括我們立法會、司法機構、整個管治架構的編制和行政開支，而非首先將重點放於直接惠及市民的開支。我認為，直接用在市民身上的開支，始終是用得其所，而用於維持運作的編制及行政開支，才是我們應該縮減的重點。只有當這些開支減無可減時，才應進一步商討如何調整福利及公共服務開支，而非予人一個印象，就是當政府要管理開支時，第一刀便「開」到市民身上。

代理主席，香港需要的，不是一份「條數好靚」的預算案，而是一份讓市民感受到溫度和決心的行動綱領。情緒價值非常重要。這份預算案推出後，是我近年在地區、不同社區和團體中，感受到市民最沮喪的一次，我要誠實地表達出來。

多謝代理主席。

香港的金融政策應與時俱進

前文討論了香港的財政政策選擇，以及政府是否應更積極運用債務工具來推動經濟發展。然而，財政政策並非唯一的經濟調控手段。除了政府直接介入市場，金融市場本身的活力同樣至關重要，而貨幣政策與資本市場發展則是其中的關鍵因素。內地近期推出的創新貨幣政策工具，便為香港提供了一個值得參考的案例。

2024 年 9 月 24 日，國務院新聞辦公室舉行記者會（國新會），中國人民銀行行長潘功勝、金融監管總局局長李雲澤、中國證監會主席吳清出席會議，介紹金融支援經濟高品質發展的相關措施。這次發佈會不僅宣佈了降息降準等常規刺激政策，更值得注意的是，央行首次創設結構性貨幣政策工具，專門用於支持股票市場。

本次央行創設了兩個貨幣政策工具用於支持資本市場：第一是證券、基金、保險公司互換便利；第二是股票回購增持再貸款。

《人民銀行法》規定央行不可以直接向實體經濟發放貸款，因此在操作層面，透過「互換」的創新安排，實現了央行直接向非銀金融機構注入流動性：證券、基金、保險公司可以用債券與股票 ETF 以及滬深 300 成份股與央行交換國債等資產。在獲得國債等流動性資產後，金融機構應該可以選擇透過國債質押或者買賣的方式獲得資金，相關資金只能用於投資股市。

此舉可謂一舉多得，在現有的大環境下，市場面臨兩大難題：一是股市缺乏增量資金；另一個是債券市場過多熱錢湧入導致長端利率偏離正常水準。

如此一來，央行可以透過將債券設置為抵押品的方式供給予證券和基金公司，此時金融機構為了將獲得的金融資產變現，無論是選擇出售還是質押，都會在市場上形成額外的拋壓，此時央行只要控制供給抵押品的種類，便可以透過影響供求平衡來影響債券的價格，從而使得長端利率溫和回升至合意水準。

股票亦然，市場上的增量資金缺乏，恰好可以從債券資產的質押及兌現中獲得，同時將資金流向僅限制於股票市場，就可以取得事半功倍的效果。

除此之外，創設支援回購、增持股票的「專項再貸款」，鼓勵上市公司回購，助力資本市場投資端建設。支援回購、增持股票的「專項再貸款」與「設備更新改造專項再貸款」等結構性貨幣政策工具的作用機制一致。即商業銀行先給上市公司發放優惠利率貸款，然後向央行獲取再貸款資金支援。上市公司用獲得的貸款進行股份回購。

「專項再貸款」和平準基金或者市場所謂的「國家隊」傳言這類央行直接「進場」買賣股票相比，具有顯著差異。「專項再貸款」是透過激勵相容機制，引導商業銀行貸款給上市公司或主要股東，進行回購和增持股票。這一過程是市場化的，商業銀行完全自主決策，因此不會產生道德風險和利益輸送等問題。只要再貸款利率低於上市公司的分紅利率，股東均有動力進行回購，銀行還款來源亦有保障，屬於雙贏。

在目前的經濟形勢下，國家多個部門聯合提出創新舉措，共同提振市場情緒，的確讓人振奮。而隨着近年來內地和香港金融市場互聯互通所取得的顯著進展，香港的資本市場同樣能夠受益於相關政策。但考慮到香港此時自身發展所面臨的種種約束問題，僅僅被動依靠內地市場的提振並不足夠，仍然需要透過自身發力，突破現有框架約束，出台具有槓桿效應、一舉多得的政策。

在宏觀層面，香港應該堅持實施積極有為的財政政策，保持甚至擴大政府投資規模。必須認識到，基建短板仍然是香港發展所面臨的緊迫性問題。特區政府可以考慮在北部都會區對部分跨境性質的基建項目（如港深西部鐵路、北環綫及支線等）進行試點示範，透過與深圳合作建設的創新模式，在項目層面，打通內地和香港生產要素的流通，以及推行物料和審批流程等方面的大灣區標準，真正讓市場發揮出資源配置的決定性力量，實現局部突破和示範效應。值得再次強調的是，項目層面的降本增效固然重要，但香港整體的投資投入卻不應縮減。

儘管聯繫匯率下香港沒有獨立的貨幣政策，然而，香港作為最大的離岸人民幣市場，又坐擁「一國兩制」的獨特優勢，應當積極進行制度創新，在滿足國家外匯管制的大原則下，讓離岸人民幣在港實現特定的在岸功能，不僅助力香港自身的建設所需，更讓香港成為內地企業「走出去」的首選財務管理總部。

形勢在變，方法也亟待更新。

香港必須抓住財富管理的機遇

前文探討了香港應如何透過財政政策與金融創新來推動經濟增長，並強調了在全球經濟環境變化與內地政策創新步伐加快的背景下，香港必須積極尋找突破口，以維持競爭力。然而，除了政府的財政與金融調控，資本市場的活力與資產管理行業的發展同樣是推動經濟增長的重要引擎。

香港作為國際金融中心，一直享有資金自由流動、金融產品多元化、簡單低稅制、普通法制度與穩健的市場監管等國際認可的優勢。在這樣的基礎上，資產與財富管理業一直是香港金融業的重要支柱之一。隨着全球超高淨值人士數量持續增長，以及內地財富管理市場的巨大潛力，香港有望憑藉其獨特地位，進一步鞏固並提升自身作為亞洲資產管理樞紐的角色。

中央全力支持香港推進國際金融中心建設，2024 年又宣佈了多項支持香港與內地金融互聯互通的政策，進一步鞏固了香港的獨特地位。投資理財的重要理論是「別把所有雞蛋放在一個籃子裏」，對業務全球化的家族辦公室而言，香港是分散投資的好地方。

香港是進入大灣區及內地的「橋頭堡」，能擔任內地和國際市場的「超級聯繫人」，吸引環球資金在港投資，有利於香港與大灣區及其他內地城市接軌。此外，香港有不少財富傳承多代的家族，當中更有超高淨值家族，為家族辦公室行業提供了許多財富傳承的知識和經驗。

因此，香港可謂坐擁發展資產財富管理業務的「天時、地利及人和」。

2024 年初，萊坊發表的《2024 年財富報告》顯示，2023 年香港有 5,957 名超高淨值人士，超高淨值人口按年錄得 2.5% 增幅，預計 2028 年將增至 7,290 人。

香港經濟自疫情後仍處於復甦階段，而 2023 年全球資產管理規模達 120 萬億元，當中內地市場約為 10 萬億元，香港則為 3 萬億元。若香港能善用內地的市場機遇，擴大內地資產財富管理市場，將可帶來更大發展機遇，成為推動香港經濟發展的一大「火車頭」。

香港的資產財富管理投資項目十分多元，投資產品豐富齊全，涵蓋了上市股票、債券、公私募基金、現金與存款、管理賬戶及其他另類投資等多個領域。

畢馬威與香港投資基金公會 2024 年 6 月聯合發佈的《2030 年願景：香港基金管理行業的未來》亦指出，香港作為亞洲主要資產管理中心的地位依然穩固，但大部分受訪者反映，香港基金經理因「跨境理財通」推廣和銷售方面受限，而限制了「跨境理財通」使用率。要進一步推動香港的資產財富管理業務，發揮香港優勢，有關當局應放寬限制，包括在大灣區內推動互認相關資格或執照，加強跨境理財計劃和稅務優惠政策。

特區政府於 2023 年《施政報告》公佈的「新資本投資者入境計劃」，最低投資門檻為 3,000 萬元，申請人須投資最少 2,700 萬元於獲許金融資產及非住宅房地產。

2024 年 3 月接受申請以來，截至 2024 年 7 月初，投資推廣署共接獲 346 宗申請。這些投資者有助於增強香港的資產財富管理及相關專業的發展優勢。除了家族辦公室外，亦能帶動財務、法律、會計、稅務、保險等行業發展，創造更多高增值就業機會，並引導創科投資，推動香港經濟發展走向高質量。目前由於住宅投資未納入投資範圍，資金只能考慮工商業項目，而符合最低投資門檻 3,000 萬元的優質投資選擇也不算多，且近年工商舖資本市場不景，也使投資者卻步。因此，當局應考慮盡快把「新資本投資者入境計劃」的資產擴大至住宅房地產，讓投資者有更多選擇。

人才短缺亦是業界面對的一大挑戰。不少家族辦公室規模有限，難以設立培訓計劃來提升從業員的知識及經驗。

目前，香港金融管理局及私人財富管理公會合辦的「私人財富管理人才培訓計劃」，旨在擴大人才庫及向香港新一代人才介紹私人財富管理行業前線至後勤的就業機會。未來應擴大招生規模，以加強行業人才庫，培育更多相關人才。

在資產財富管理業務政策上，有關當局亦要發展金融科技等高新技術，改善 ESG 投資環境，包括推動綠色認證及國際標準銜接，從而有效落實 2023/24 財政年度的《財政預算案》

中提及「推動香港發展為國際綠色科技及金融中心」的發展配套。

有關當局可一方面擴大香港的資產財富管理業務進入內地市場的機會，例如推進跨境理財通和基金互認安排計劃，推動更多不同投資產品出現，使服務更全面；另一方面，「人才服務辦公室」亦應加強支援來港人才入境後的發展和需要，提供一條龍服務，並且在未來持續擴大規模及服務範圍。政府亦應定期檢討並優化「高才通」、投資移民等吸引人才的計劃，進一步加強跨境理財計劃和稅務優惠政策。

這些措施必定可以吸引更多家族辦公室來港，使資產財富管理業務加快發展，成為帶領香港經濟發展的高速列車。

企業家精神與變革管理：香港經濟轉型的新動力

僅依賴金融業並不足以確保香港長遠的經濟競爭力，未來的發展還需要更廣泛的產業支撐與創新動能。在這樣的背景下，企業家精神與變革管理成為推動香港經濟轉型的關鍵要素。近期，中央港澳辦主任夏寶龍在與香港工商界的座談會上，強調企業界應積極行動，不僅要發揮市場經濟的主導作用，更要以實際行動支持香港的長遠發展。這不僅是對香港工商界的期許，也為香港的經濟發展方向提供了重要指引——政府與工商界必須攜手合作，透過變革管理與創新突破，為香港經濟注入新動力。

香港作為一個國際金融、貿易及創新中心，其繁榮穩定有賴於政府與工商界的緊密合作。中央港澳辦、國務院港澳辦主任夏寶龍在深圳與香港工商界代表交流期間，對香港工商界保持香港繁榮穩定、助力國家現代化建設作出的突出貢獻給予了充分肯定，同時亦勉勵香港工商界和企業家以實際行動詮釋愛國愛港，不要當「評論家、旁觀者」、要做「實幹家、行動派」，反映中央未來對工商界有更高的期望。這段話不僅凸顯中央對香港工商界的期望，也為未來香港的經濟發展指明了方向——企業家精神與變革管理的結合，是推動香港經濟發展的重要動力。

中共第二十屆三中全會《決定》中，確立了進一步全面深化改革、推進中國式現代化的大方向。夏寶龍主任在座談會上對香港工商界提出的要求則更為具體明確，包括就建設美好香港提出「六個需要」：需要堅持以港為家、需要積極開拓創新、需要堅定支持政府、需要堅守企業社會責任、需要堅定愛國護港及需要主動對接國家戰略。政府及工商界必須採取改革求變的態度，並付諸實際行動；要真正行動起來，政府與工商界應視香港整體利益為己任，主動回應時代的需求。

企業家精神是推動經濟發展的重要動力，尤其對於香港這樣的國際化城市而言更是不可或缺。香港新方向於恢復正常通關後，曾多次組織工商專業界成員走訪深圳各區，參加了多場由當地政府與企業主持的座談會，深刻體會到內地在政策推動與工商界協作中所展現的「企業家精神」。企業家精神在經濟學中被視為四大生產要素之一，與土地、資本和勞動力同等重要，構成經濟活動的核心引擎。然而，香港雖擁有優越的土地、資本與優秀的人才基礎，對企業家精神的討論卻往往停留在緬懷昔日「獅子山精神」的層面，顯得過於抽象和符號化。在新時代背景下，香港社會需要重新定義企業家精神，賦予其現代化的內涵。

世界主流的商學院課程，均越來越強調培養提升企業家和機構「變革管理」的能力。變革管理是指當組織面對內外挑戰時，通過調整內部結構、優化流程及更新文化，以提升效率，實現目標。根據管理諮詢公司麥肯錫的研究，於企業層面，鄰近市場擴展是企業成長的重要策略，指企業在核心業務之外，進入具有競爭優勢的相關領域。這一過程不僅需要企業具備「進入新市場的權利」（Right to win），還需依賴變革管理來重組資源、適應新的市場需求。變革管理的成功關鍵也在於領導的視野與執行力，而這正是政府與工商界需要共同努力的方向。

事實上，變革管理的應用在現今香港社會尤其重要。隨着全球經濟格局的快速變化，香港面臨的挑戰日益多樣化。特區政府已經在多方面運用了相關理念，李家超特首上任以來便制定了一系列未來特區治理的 KPI 工作指標，令特區政府的決策效率顯著提升，從而於疫情後果斷推出多項經濟措施，例如吸引外來企業和人才、重點開放北部都會區、推動盛事經濟和刺激本地消費等等。政府於最新一份《施政報告》中提出設立財政司副司長黃偉綸任組長的「發展低空經濟工作組」，跨部門制定低空經濟發展策略和行動計劃，更是一個思維變革的典型例子：香港開始積極搶先佈局新興產業，而不再只是被動等待甚至被動追趕。

企業家精神與變革管理的結合，能為香港注入更多活力與創新動能。未來特區政府可繼續加強運用「變革管理」策略，積極應對內外環境變化，尤其是推動新興產業發展和傳統產業升級；銳意改革，主動作為，擴闊經貿網絡。特區政府近年已積極擴展經貿網絡，開拓「一帶一路」沿線地區新興市場，早前更於亞太經合組織會議（APEC）與秘魯簽署《自由貿易協定》，為香港企業帶來新商機。

然而，政府做了這麼多，要讓這些政策真正落地，還需要工商界的積極參與與支持。

香港仍然是世界上最富投資價值的地方，作為全球資本配置中國內地的門戶，以及中國內地龐大製造業走出海外的前沿，香港無論在工業相關的研發、設計能力，還是世界一流的大學和科研機構，均可為新興產業提供足夠技術支持；而香港的金融、法律、認證、供應鏈管理等生產性服務領域的專業水準亦在世界首屈一指，尤其是和世界標準接軌，加上香港能匯聚來自世界各地的專門人才和技術，能夠為企業提供增值，為資本帶來機遇。

香港新方向認為，企業家精神與變革管理的核心均在於「人」。無論是政府還是工商界，推動變革的焦點都應落在人員的態度、技能與文化塑造上。培養新一代具有家國情懷和企業家精神的工商界人才，並鼓勵他們於瞬息萬變的市場環境盡展所長，是香港未來成功的關鍵。與此同時，政府在制定政策時，也應以人為本，以服務為心態，真正惠及企業與民眾。

變局之下必有新機。在企業家精神與變革管理的引領下，香港工商界與政府攜手合作，定能迎難而上，將香港的優勢，真正轉換為經濟動能。

香港經濟轉型關鍵：從金融優勢到實體經濟發展

企業家精神與市場創新固然重要，但健全的市場監管亦是香港作為國際商業中心的重要基石。去年連鎖健身美容中心「舒適堡」結業，再次將預繳式消費的風險問題推到了社會關注的風口浪尖。這一事件讓人回想起 2016 年 California Fitness 清盤結業對消費者造成的損失，也暴露出香港在預繳式消費監管上的長期漏洞。

回顧歷史，我們不難發現，對預繳式消費的監管討論由來已久。早在 1998 年，消費者委員會就已經向業界提出自律措施，並呼籲政府研究立法保障的可行性。然而，25 年過去了，香港在這方面的進展卻十分有限。從 2011 年提出擴大強制性冷靜期的涵蓋範圍，到 2013 年修訂《商品說明條例》，再到 2019 年商務及經濟發展局展開的有關美容和健身服務消費合約設立法定冷靜期的公眾諮詢，這一立法工作至今尚未有實質進展。多年來，我們不斷經歷「出事——反思——諮詢——研究」的循環，不禁讓人質疑：究竟還要發生多少類似事件，才能真正落實有效的監管措施？

相比之下，歐美與內地在規管預繳式消費方面，已有較為成熟的經驗。例如，美國和加拿大多個州份設有健身中心消費者保護法，明確規定了冷靜期、合約期限上限等；內地實施的《消費者權益保護法實施條例》，則從經營者告知義務、履約義務、退款機制等方面作出規範。這些做法無疑為香港提供了很好的參考。

立法規管預繳式消費是大勢所趨，刻不容緩。特區政府應以「以人為本」為宗旨，從消費者權益出發，盡快出台相關法例。具體而言，建議設立 7 至 14 天的法定冷靜期，規定預繳年期不得超過兩年，同時要求商家對預收款項進行擔保或投保，確保在經營者破產、倒閉時，消費者的權益能得到基本保障。加強監管並不意味着破壞自由市場，相反，適當的規管能夠保障市場的公平性和合理性，維護香港的商業信譽。在全球化的今天，一個城市的商業環境不僅關係到本地消費者的權益，也直接影響其在國際市場中的競爭力。

此外，預繳式消費糾紛往往涉及人數眾多，以舒適堡事件為例，超過 1,000 名消費者的訴求如要逐一透過法律途徑解決，訴訟成本無疑是巨大的。對此，集體訴訟機制或許是一個有效的解決方案。為破解這一難題，政府應積極考慮引入集體訴訟機制。2012 年，香港法律改革委員會已提出相關建議；消委會亦指出可以以消費訴訟基金作為集體訴訟機制的資助模式，再將適用範圍擴展至其他案件，協助消費者提起集體訴訟。這一機制將有助於消費者在面對大型企業倒閉或破產時，能夠集體維權，降低個人訴訟的成本，提高司法效率。

總而言之，完善預繳式消費的法律規管，既是保護消費者合法權益的需要，也是維護香港誠信營商環境和國際聲譽的必要之舉。對於商家和市場而言，合理監管絕非桎梏，而是促進行業健康有序發展的「護欄」。特區政府應拿出魄力和擔當，以務實、進取的改革姿態，讓消費者真正成為市場的「上帝」，而非「棄子」。唯有如此，香港的消費環境才能真正走向成熟。

（二）科技創新

在前文中，探討了香港經濟的整體發展方向，包括財政政策、資產管理、企業發展與市場監管等核心議題，並分析了政府如何調配資源以推動經濟增長，確保香港在全球競爭環境中的持續優勢。然而，經濟增長不僅依賴於傳統產業與市場監管，同樣需要尋找新的增長動能，以應對產業轉型與全球經濟變局帶來的挑戰。

在這個背景下，創新科技產業成為香港未來發展的重要支柱。創科不僅能提升香港的產業競爭力，亦能創造高質量的就業機會，為年輕一代提供向上流動的機會。因此，政府如何規劃創科發展，並提供相應的支持措施，將對香港的經濟增長產生深遠影響。

香港創科發展何去何從

香港的創科發展，需要從政策規劃、產業支持、資金投入、人才引進等多個層面入手，打造完善的創科生態系統。過去幾年，政府已提出多項措施，包括設立創新及科技基金、推動數碼港與科學園的擴展，以及加強與深圳及其他大灣區城市的協同發展。然而，要使創科真正成為經濟增長的核心動力，仍需進一步優化發展模式，並解決產業發展面臨的實際挑戰。

國家主席習近平在香港回歸 25 周年的一系列活動和參觀

中，其中一站選擇科學園，戰略意義可見一斑，這也顯示出國家對於特區發展創科、創造就業的期盼，未來創新科技及工業局的角色可謂至關重要。

過去幾年，特區政府在創科的投入顯著增長，高達 1,500 億元，創新科技基金在 2020 至 2021 年就提供了 48 億元的資助額，而本地研發的總開支亦翻了數倍，科研人員數目更高達三萬多人。然而，即使近年有如此規模的資金投入與人才改善，創科產業在香港經濟結構中的佔比仍未產生重大改變。

歸根究底，問題在於幾方面：

香港科研業務和產業分散在數碼港、科學園、應用科技研究院、多所研發中心和 InnoHK 創新香港研發平台等，資源和資金都分散，未能有效集中分配。

創新科技署處理申請項目的過程中，申請和輪候時間過長，這白白浪費了不少初創企業的時間，也讓不少年輕人錯失了把研究項目商業化的時機。有的企業進駐科學園幾年，及後拿到政府的資助，但缺乏持續性，結果花了不少時間用於找辦公室、招聘員工和尋找新資金，而忽略了最重要的研發部分。

本地科研人才不足，反觀新加坡、歐美和內地積極吸納創科人才，提供極具競爭力的租金優惠，吸引企業和初創公司前往設立辦公室，同時大手筆資助研究生、博士畢業生及科研人才，並提供簽證及生活便利，營造良好的科研環境。面對全球人才爭奪戰，香港勢必要積極有為，築巢引鳳。

要讓香港在全球創科競爭中佔據一席之地，單靠資金投入與基礎設施建設並不足夠，關鍵在於如何優化政策，以提升資源配置效率、縮短審批流程、吸引並留住人才，從而打造更完善的創科生態圈。以下是幾項具體的政策建議：

（一）確立產業發展頂層設計，定義「香港戰略性新興產業」

正如國家主席習近平所言：「上下同欲者勝」，香港需要找出和發展屬於自己的戰略性新興產業。有關產業泛指以重大技術突破和重大发展需求為基礎，對經濟社會全域和長遠發展具有重大引領帶動作用，成長潛力巨大的產業，是新興科技和新興產業的深度融合。香港應加大在生命科技、新材料、新能源、高端裝備製造、人工智能、區塊鏈、智慧城市等具有高附加值的重點領域的投入，構建香港優勢科技產業，推動香港再工業化進程，實現香港經濟多元化及升級轉型。

（二）打造國際創新創業大賽

在確立清晰的戰略性新興產業頂層設計後，香港需要進一步促進科技成果產業化，吸引優質項目來港落地，激發市場主體活力。為此，須舉辦更多創科活動與競賽，為初創企業家提供展示才華的舞台。

在項目層面，可由創新科技及工業局牽頭，鼓勵商界推動創科比賽及 Hackathon。矽谷與南山區之所以能取得今日的成就，正是得益於資本家與企業的資金投入，同時結合政府的願景與長遠規劃。利用創科競賽來匯聚優質創業項目，是最明智的策略之一。香港應在國際間打造標誌性的創科賽事，推動一項可持續的、對獲獎者具有激勵作用的國際創新創業大賽，並在比賽後提供相關人才落戶政策。透過這樣的賽事，政府將有機會從全球範圍內搜羅優質創科項目，推動香港成為國際創科樞紐。

有關賽事可以設立企業組和團隊組，區別已初試牛刀的初創公司和僅有想法的創新團隊作分類別競爭，引入風投專家、大學教授、上市公司等不同類型的高層次專家評委，向全球徵聘具有實戰經驗的創業導師，並對優質項目引導基金投資，設置合作銀行給予貸款授信支持等。

賽事項目應當聚焦香港戰略性新興產業，爭取覓得一批優質項目來港落地，以助推關鍵核心技術攻關，促進科技成果產業化，激發市場主體活力。

（三）設立香港天使母基金，提升香港創科金融扶持力度

香港吸引到的風險投資基金由 2014 年的 12.4 億港元升至 2021 年的 417 億港元，增加了數十倍，這是可喜之處。如果未來能由局方牽頭，設立一個約 50 億至 100 億港元的香港天使母基金，顧名思義，「母基金」（FoF，Fund of Fund）是基金背後的基金，「天使」限定了投資領域，推動基金所投向的風險投資機構（VC）投早投小，「香港」則限定投資標的與香港的關聯性。這將勢必能吸引創科業界的重點機構和初創企業來港設立辦事處，從而刺激香港的創科投資生態，形成如矽谷、南山，以及新加坡和韓國的創科生態圈。

在設立母基金之後，可以透過給予認證投資機構資金、空間、人才等方面的津貼支持，大力吸引、鼓勵、扶持天使投資和風險投資機構在港發展，引導創科投資機構投早、投小、投科技，提高香港的資源配置效率。而可以預期，在母基金投入運營後，市場上將湧現大量具前瞻性的初創企業及獨角獸企業，這時母基金的直投部門便可應運而生，除了在一級市場投資以外，直投部門也可利用香港的金融優勢和交易所平台進行戰略性投資與併購，為壯大香港戰略性新興產業提供槓桿式賦能，後發制人。另外，香港政府可考慮成立「香港中小企融資擔保公司」，定向為符合香港戰略性新興產業的初創企業提供融資支持。

隨着內地的創業板、科創板、北交所等差異化的融資平台日益成熟，成立於 1999 年的香港創業板的地位開始顯得愈來愈尷尬。創業板理應成為香港的納斯達克，不能成為「房間裏的大象」。現在正是時候，局方應對香港的創業板進行差異化定位，將其提升為戰略性新興產業的融資渠道，全面扶持前沿創科初創企業，重新激活市場流動性。

財經事務及庫務局應該放開對科技企業上市的盈利要求。在過去的十多年間，港交所曾七次位居全球 IPO 募資額首位，而 2018 年更改生物科技企業上市規則後，香港已成為亞洲第一、全球第二的生物科技集資中心。在人工智能、新材料、新能源等領域，創科企業在發展過程中也同樣會面臨短期內難以盈利的困境，但作為戰略性新興產業，這些優質企業一旦將產品市場化、規模化或迎來發展紅利時，將會為社會創造大量的就業機會，為經濟作出貢獻。此外，這也可以為香港經濟發展注入新動力，港交所在生物科技類企業融資的經驗也應當迅速複製，進一步扶持戰略性新興產業蓬勃發展。

（四）構建創科生態，實現灣區共贏

為了落實以上種種建議，例如為獲獎企業及扶持 VC 投資標的提供落戶香港的站點，香港應盡快推動創科基建，包括加速科學園、數碼港、河套港深創科園以及新田科技城等的建造工程。然而，整體而言，香港在研發開支的投入仍然遠遠落後於鄰近城市，僅佔 GDP 的約 1%，在粵港澳大灣區城市中排名倒數第二，與深圳佔 GDP 約 5.5% 的研發開支相差甚遠。巨量資源的持續投入是創科城市崛起的關鍵，香港仍然需要奮起直追。

香港的五所全球百強高校之於粵港澳大灣區，正如史丹福大學和柏克萊大學之於加州灣區。依託八大院校，香港可以孵

張欣宇在出席共創明 Teen 活動時舉着望遠鏡

化出更多原創性技術團隊。在產業化進程中，大灣區其他內地城市各有所長，皆可在產品及產業鏈優化方面作出貢獻。

香港的創意來到大灣區內地城市，等同於打開 13 億人的市場，再借助香港的國際化窗口，結合法律、會計、金融等專業服務的優勢，不僅可以走向世界，也可以在企業成熟期發揮重要作用。

對標對表，破解北部都會區發展的難點痛點

隨着香港積極推動創科產業發展，北部都會區作為未來創新引擎的角色愈加鮮明。然而，創科藍圖的落實並非止於規劃層面。要真正釋放北部都會區的潛力，還需正視其在推進過程中面對的結構性難題和現實挑戰。如何對標國家戰略、借鑑區

域合作經驗，並通過機制創新來破解痛點，已成為北部都會區能否成功轉型升級的關鍵。正是在這個背景下，社會各界開始更加關注北部都會區的定位、使命，以及未來改革攻堅的路徑選擇。

北部都會區並非香港傳統模式的新市鎮，夏寶龍主任在 2024 年 11 月深圳主持的香港工商界座談會上更特別強調，北部都會區也不會是內地一般模式的經濟技術開發區。北部都會區從概念誕生之際，就承載着三個關乎香港未來的重要使命。其一，香港的土地和房屋供應短缺問題仍然嚴峻，北部都會區面積達 300 平方公里，擁有充足的土地儲備，是解決這個傳統老大難問題的重要手段。其二，香港傳統優勢產業飽和，增速放緩，又面臨前所未有的國際格局，亟需發展新的增長動能。現時，北部都會區的發展密度小、程度低，恰能為香港提供新產業新動能的發展空間。

此外，國家全面深化改革、實現中國式現代化，其中一項重點在於高水平對外開放。粵港澳大灣區是中國內地高水平對外開放的戰略支點，而大灣區四大國家級合作平台當中的前海和河套均落點於北部都會區，近年來內地製造業「走出去」的需求更是真實且強烈。就此，北部都會區責無旁貸，應充分發揮「一國兩制」之利，通過制度創新，提供制度示範，服務國家戰略目標。

總結過去數年來的實際經驗和真實案例，可以發現北部都會區的發展正面臨着諸多痛點和難點，分別與北部都會區本身具有的緊迫性、複雜性和歷史性息息相關。

北部都會區建設的緊迫性，主要在於其不僅是一個房屋為主導的新市鎮項目，還肩負着成為香港發展新引擎的重任。

對於傳統新市鎮項目來說，即使建屋起樓進度出現滯後，安居樂業的需求也永遠都在，總會有渴望上樓的居民排着長隊翹首以盼。然而，產業的風口機不可失，假使錯過稍縱即逝的發展機遇，流失的資金、企業、人才、機會再難追回。這不僅僅是關乎香港，更是一場地區和國家之間的賽跑，差之毫釐，失之千里。

因此，北部都會區的發展亟需一套不同於傳統市鎮模式的機制緊密配合。傳統模式下的程序嚴謹複雜，難以配合北部都會區的特性和目標。北部都會區的範圍橫貫多個新發展區（洪水橋、流浮山、牛潭尾、新田、河套、馬草壟、古洞、沙嶺、新界北等等），按現行《城市規劃條例》，需要將新發展區逐個單獨立項，獨立審批各自的分區計劃大綱圖，在規劃上缺乏彈性。即使在不改變北部都會區整體規劃參數的前提下，也很難實現內部規劃元素的靈活調整，難以在更大規劃尺度上發揮協同效應。

以近年來分別推出的新田科技城和牛潭尾大學城規劃為例，兩者雖地理位置接壤，但卻是作為彼此獨立的項目分開規劃，推出的時間相差 18 個月。現時若要視二者為一個片區整體，將內部各自的功能區規劃進行優化調整，例如將大學城和創科園的佈局進行整合，在現行城規程序下相關修改的行政成本極其高昂，複雜程度令人卻步，讓關於規劃本身優劣的討論反而無從談起，這顯然對北部都會區在戰略層面做到夏寶龍主任所期望的「着眼長遠、實施留白、保持定力」十分不利。

除此之外，基建造價高昂、工期冗長也是傳統發展機制下一個老生常談的問題。2022 年《施政報告》提出了一系列重要新基建，其中與北部都會區相關的兩大項目，中鐵綫和沙田繞道，從宣佈至今已經進入第四個年頭，卻連可行性報告、項目計劃等基本步驟都未見消息，落成時間表更延伸至 2040 年後，挑戰可見一斑。

建設北部都會區不僅涉及特區政府內部多個職能部門的協同配合，更涉及與深圳政府的跨境協作，協同發展的維度之多、主體之雜、要求之高，在特區政府的管治史上可謂前所未有。面對如此程度的複雜性，傳統的行政架構存在諸多短板，已然難以為繼。

近期為人熱議的河套香港園區直連路安排就是一項跨部門協調不暢的典型案例。直連路耗資逾 10 億元建成，是園區投產初期唯一一條直通港鐵站的通道，重要程度不言而喻，卻因過時的法例限制，無法直接開放予園區相關人員使用，因此包括立法機構在內的社會各界均支持政府提出修例。但按現行計劃，即使在修例後，該段直連路仍禁止園區訪客使用，效果大打折扣。解決直連路問題本身並不存在任何實質上的技術障礙，修改法例也不乏社會支持，但在問題被提出後，不同部門仍各執一詞，最後的結論止於留待「未來考慮」。河套直連路在整個北部都會區開發中只是一件小事，卻能折射出在傳統的跨部門協調模式下，即使一件沒有實質技術困難的小事，也難以避免出現「打折扣」的情況。

再看作為北部都會區重點交通基建項目的港深西部鐵路，按照《香港主要運輸基建發展藍圖》，本已規劃進一步南延至大嶼山島，有條件通過接駁現有的香港機場快綫鐵路直達香港國際機場，讓北部都會區（乃至前海合作區）更好地聯通世界，同時助力香港「機場城市」發展。但由於該鐵路走線下的不同路段隸屬不同發展項目，由不同部門分管，因此落成時間不一，延伸至「機場城市」路段的規劃遙遙無期，導致北部都會區在相當長時間內缺乏便捷的集體運輸直接連接至香港國際機場。

北部都會區發展的複雜性亦不僅體現在特區政府內部的協調，在雙城多圈的規劃構思下，北部都會區同樣需要和深圳不同的職能部門以及所接壤的各行政區進行大量的協作。2024年沙頭角口岸獲批重建，深方將口岸設計旅客通關能力提升至單日4萬人次，而港方接駁沙頭角口岸的唯一公路僅為雙線不分隔設計，每小時雙向車流總量上限最多不超過2千架，亦無計劃進行改造升級，顯然難以滿足新口岸開通後的交通接駁需求。深圳和香港在規劃上出現明顯落差，再次顯現出現有的行政架構在跨境協作方面存在的力不從心。

北部都會區是一個歷史性的項目，承載着前所未有的使命和期望，一個積極有為的「服務型政府」必不可少，固守舊觀念的治理結果則令人啼笑皆非：有海外投資基金夥拍國際供應鏈管理龍頭企業斥資數十億港元在北部都會區外沿地帶建設現代化自動物流倉，以配合北部都會區西部高端專業服務和物流樞紐的發展。然而在該物流倉的地基工程獲批開工後，卻因一項十分枝節的流程問題導致投資者遲遲無法取得上蓋建築批准，投資者幾乎打算放棄離場。儘管最終經多方周旋取得批准，避免了巨大的經濟損失，但事件卻確實打擊了海外投資者的信心。

在另一宗案例中，某本地企業申請在北部都會區內一片已規劃為物流園區區域附近的空地上，投資建設功能相近的倉儲和拓展用地，既是企業實際所需，也對區域經濟運作有利。該空地坐落於綠化地帶，屬於新發展區邊緣，緩衝及保育價值不高，技術上不存在缺陷，但由於「類似申請一貫沒有獲批先例」，最終遭到部門反對而導致計劃遭否決。這些真實案例均顯示出，就北部都會區的發展一題，不少部門距離「服務型政府」的目標仍然任重道遠。墨守成規固然能省一時之力，但代價卻要所有人共同支付：投資者消耗了信心，政府空轉了資源，工程延誤了進度。

針對種種痛點和難點，正如習近平主席重要講話中強調，要以戰略定力，「銳意改革，聚力攻堅」。解放思想，是發展北部都會區始終需要堅持的方法論。而破局關鍵則在於機制創新，如夏寶龍主任所言，要「敢於說前人沒有說過的新話，敢於幹前人沒有幹過的事」。

北部都會區要善用「一國」之內的國家力量。國家是香港的最大靠山，北部都會區面對的很多難點痛點，純以香港視角看難以解決，但若能善用大灣區乃至國家層面的資源，卻能夠實現「降維打擊」，問題便可迎刃而解。例如針對基建成本高和工期長的問題，特區政府可從跨境交通基建項目入手（如港深西部鐵路和北環綫河套支線），與深圳合作推動建設一批「灣區合建示範工程」，採用統一的灣區標準，以一體化施工和一體化採購的模式，實現降本增效，加速提高北部都會區與內地的互聯互通水準，達到基建的「硬聯通」。

北部都會區也應充分發揮「兩制」之利，尤其是用好特區的高度立法自主權。香港可通過立法授權的方式，整合北部都會區相關的各項規劃和經濟行政審批權限，設立及賦權一個專責行政部門，如「北部都會區管理局」，統籌協調推進北部都會區的各項事務，包括城市規劃、基建發展、招商引資、資源開發等，令其可超越特區政府現有各部門之間的功能性行政邊

張欣宇多次出席北部都會區研討會

「香港新方向」總召集人劉暢（右）感謝榮譽顧問凌嘉勤教授（左）為新方向同仁講解北部都會區創想

界，打破部門壁壘，提高行政效率。

除對內協調外，北部都會區所接壤的深圳地區，橫跨四個區一級行政主體（南山、福田、羅湖、鹽田）以及單列的前海管理局，但香港的各個與北部都會區相關部門，卻均為全港層面的功能性局 / 署（發展、運輸、創科、保安、文體旅等），無論從行政級別還是功能分工上，雙邊在執行層面進行有效對接的難度均非常顯著。設立專責行政部門後，能夠針對性地處理這一痛點，實現北部都會區與深圳接壤的不同區級政府的有效對接，達到規則制度的「軟聯通」，為北部都會區的發展提供有力的制度保障。

在習近平主席重要講話精神的指引下，香港北部都會區的發展前景廣闊。特區各界應當主動對標對表，清晰認識北部都會區的定位和作用，準確把握其痛點和難點，積極謀劃改革和攻堅，推動北部都會區的建設取得新的突破。

打造創科新引擎：新田科技城如何破解土地發展難題

新田科技城的規劃和建設無疑是香港邁向創新驅動發展的重要里程碑。作為北部都會區的旗艦項目，它承載着香港創新科技發展與產業轉型的希望，更將成為連接香港與深圳乃至整個大灣區創新生態系統的關鍵樞紐。這項宏偉計劃旨在打造世界級的創科中心，為香港經濟注入新的活力，推動香港實現真正的多元發展。

然而，要讓科技城真正成功，除了加快建設步伐，深化深港合作外，更需要在土地政策上進行大膽革新，突破傳統思維，探索更有效、更公平的土地開發模式。

土地政策的挑戰：回避矛盾，人為製造「城中村」，埋下隱患

新田科技城的發展面臨着巨大的挑戰，其中最為突出的便是土地問題。根據政府提供的經修訂的建議發展大綱圖，新田發展區的核心區域有大片鄉村用地被列為「鄉村式發展」範疇。面對這些土地的收地與發展問題，政府在規劃中對原居民村落基本採取「回避」的做法，僅僅作原址保留，完全不參與發展，甚至相關的鐵路與基建設施也刻意繞行，避免影響村落。而對於原居民擁有的農地，政府則僅透過《收回土地條例》收回，但並未給予原居民任何參與發展或分享成果的機會。

這種「回避矛盾」的方式，表面上看來是暫時擱置爭議，但實際上卻埋下了巨大的隱患。它不僅浪費土地資源、割裂科技城的整體規劃，更可能在未來形成新的「城中村」問題，阻礙科技城的可持續發展。

探索「整村統籌」的全新收地模式

面對這一挑戰，我們或可借鑑深圳的「整村統籌」模式，探索一種更加包容、互利的發展方式。「整村統籌」模式強調政府主導、整個村為單位、居民參與，旨在一攬子解決原居民土地城市化的歷史遺留問題。這種模式不僅能加快土地整合與開發進程，同時也能實現政府、企業與個人利益的共享。一方面，可加速推進項目建設，提高土地利用效率；另一方面，也給予原居民更多參與感和獲得感，化解土地開發帶來的矛盾，最大程度爭取民意支持。

「整村統籌」的優勢在於：

提高土地利用效率：將整村土地納入統一規劃，進行綜合開發，避免零散發展，提高土地利用效率，防止出現「插花式」的發展格局。

加速土地開發進程：由村集體出面協調解決村民的訴求，減少收地阻力，加快土地開發進程，縮短發展周期。

實現利益共享：讓村民通過土地入股、物業分紅等方式，分享發展紅利，實現政府、企業和村民的合作共贏。

採用「整村統籌」模式不僅可以更有效地利用土地資源，還能為原居民創造參與發展、分享成果的機會。這種模式被視為城市二次開發的一種全新嘗試，是針對原居民土地的一種新的利益分配模式。對於香港未來發展，尤其是北部都會區的發展而言，原居民土地統籌和開發是一個無法回避的問題。當傳統手段遇到巨大阻力時，不妨在新區大膽嘗試探索適合香港的新界原居民土地開發新模式和新工具，將「收地」轉變為「共贏」。

香港需要新的土地政策思維。新田科技城是香港創科發展的重要機遇，也是香港融入國家發展大局的重要平台。要讓科技城真正成功，除了加快建設步伐，深化深港合作外，更需要在土地政策上進行大膽革新，在新田科技城以敢闖敢試的勇氣大膽嘗試，探索出一套實際有效、能夠平衡各方利益的全新土地統籌模式，才能更好地實現政府、企業和村民的合作共贏，為香港的未來發展注入新的活力。

公私合營模式有利於發展新田科技城

在解決土地政策問題、確保新田科技城能夠實現高效發展的同時，如何進一步提升園區的運營效率與產業競爭力，也是政府需要深入思考的關鍵議題。除了土地開發模式，科技城的招商引資、產業規劃、營運管理同樣是影響未來成敗的重要因素。

政府早前公佈，佔地627公頃的新田科技城中，300公頃的創科用地將考慮使用多元的批地模式，配合創科企業用途。發展局局長甯漢豪多番就批地模式闡述，指該300公頃地塊會配合招商引資，接受港台專訪時更指會視乎招攬的企業需要多少土地作企業園，並按企業性質及發展釐定條款、透過營運協議等形式。其言下之意，政府有意以企業園模式發展新田科技城，有別於過去交由政府全資擁有的香港科技園，以「包租公」形式營運，或容許更多私人市場參與，賦予新田科技城更大的發展彈性。

以政府提供土地及由私人企業營運的公私合營（PPP，Public Private Partnership）方式推進創科園區項目，於世界各地均有例可援。於歐盟國家中，最少有三成的科技園區都使用PPP模式發展，既讓政府分散創科發展的風險，更能應對瞬息萬變的創科發展。然而，PPP模式五花八門，到底哪一種才最切合新田科技城？

深圳在寶龍科技城試行「重點項目遴選、先租後讓、租讓結合、聯合競買」措施，簡單來說就是先由政府遴選適合科技園區發展的企業，並以租地方式讓符合要求的企業競投，而政府會訂立指定競投標準，除「價高者得」以外，企業成功競得土地後更要簽訂協議，確立企業的發展目標。政府會一直監察企業是否達標，只有在指定年期成功達標的企業才能以相應價格獲得該片土地，務求「以結果為目標」。這種發展模式有助政府確保土地發展符合期望，由富有營運科技園區經驗的企業整全地經營，避免土地零散發展，收規模經濟之效，且有助降低政府建設科技園區的風險。

創新科技及工業局局長孫東早前曾於新加坡參觀當地的緯壹科技城，園區面積與新田科技城相若，其中以生物醫學產業為主的啟奧城，發展方向更與香港有相似之處。緯壹科技城的公私營合作模式亦相當具參考價值，園區以產業分區，例如以信息通信技術、高等教育、初創孵化等分開不同區域。為吸引人才到該區工作，更設有私人住宅區、學校區、藝術場地和購物中心等。分區規劃更考慮到各個產業的需要，以及交通接駁的可達性。緯壹科技城的招商工作由新加坡經濟發展局全權負責，並交予半私營發展商開發和管理。發展商只保留 20% 的開發土地，其餘 80% 都於用地劃為「白色地段」，即發展商可靈活使用土地用途及功能。

新田科技城是北部都會區的核心地帶，除推動科研外，更有必要打造成健康及綠色的社區。為吸引人才及提供勞動力，園區內應保留一定住宅用地，如上海的張江高科技園區，住宅用地佔 450 萬平方米，為整體佔地的三分之一。住宅用地當中，私人住宅的比例應予提高，從而讓戶型和單位面積更符合市場需求及反映產業發展情況，更靈活切合及吸引高端人才。此外，政府應採取措施提高園區居民的在地就業率，例如提供人才租房補貼、增加社區設施等。如以色列 Gav-Yam Negev 科技園，園區內設有日托中心、醫療診所等社區服務，並設有以創科學系為主的大學。該園的 86% 居民在園區工作，實現了職住平衡。政府在新田科技城規劃上，應參考國際經驗，謀求產業發展與居住需求的平衡。

新田科技園可透過物聯網技術，設立智能環保管理系統，以建造智慧宜居社區。這個系統可以實時監測園區內的空氣質量、噪音水平、廢物處理等環保指標，並透過數據分析和預測，進行有效的環保管理。此外，園區還可以透過智能建築的設計和應用，實現節能和綠色生活，例如要求建築使用綠色建材和先進的節能設備，並且裝設太陽能板和風能發電系統。這樣不僅大大降低了園區的能源消耗，還為園區的員工和居民提供了綠色能源。

新田科技城現時尚未有詳細規劃，政府可參考內地和新加坡做法以產業分區，兼顧北部都會區的整全發展，並以深圳為鑑，考慮以新的批地條款，監察園區表現。援引各地例子，即使以 PPP 模式發展園區，政府並非只是提供用地，亦要考慮進駐企業、園區設施組合、城市規劃、營運表現監察、政策支援、社區配套等多方面，全方位促進園區發展。政府團隊運用創新思維，開拓新的發展模式不僅能為新田科技城注入動能，也能為開拓未來更長遠的產業發展帶來借鏡。

北部都會區的「留白」智慧：靈活規劃迎接未來挑戰

在推動北部都會區發展的過程中，我們還要思考如何透過靈活的城市規劃，為未來的產業升級與經濟轉型預留空間。在全球產業格局快速變化的背景下，過於僵化的土地用途規劃可能限制城市發展的彈性。因此，借鑑「留白」智慧，採取更具適應性的土地政策與開發模式，方能確保北部都會區在競爭激烈的區域經濟環境中保持靈活性與競爭力。

中國傳統中有一種「留白」的智慧。這種智慧不僅為畫作留下遐想的空間，也為心靈提供一種厚德載物的靈活性。同樣，在城市規劃中，這種以虛空詮釋豐盈，以留白凸顯靈動的策略，不僅能夠豐富城市的空間感與設計深度，更能反映出一種深邃的文化自信與人文反思。

我們置身於 VUCA 時代——即波動性（Volatility）、不確定性（Uncertainty）、複雜性（Complexity），以及模糊性（Ambiguity），靈活處理是最佳應對策略。在全球化和技術創新的推動下，迅速的市場變化要求香港必須具備快速調整產業佈局的能力，以迎合新興產業的發展。同時，面對人口結構和居住偏好的演變，靈活的土地政策能夠及時滿足居民對住宅、商業及公共服務設施的需求。這種「留白」的策略是為了未來走更遠的路。

在北部都會區的發展藍圖中，洪水橋 / 廈村新發展區的規劃特別引人注目。該區預計將提供 636.7 萬平方米的商業及工業樓面面積，其中未來洪水橋站將提供逾百萬平方米的商業樓面。毗鄰的流浮山地區亦被規劃為數碼科技樞紐，提供 115 公頃的經濟用地，以支援洪水橋 / 廈村作為現代服務業樞紐，在金融及其他專業服務領域實現技術轉型。這些計劃的逐步成型，不僅展示了北部都會區的發展潛力，也凸顯了該地區在科技創新及經濟多元化上的戰略意圖。隨着各項評估與工程的推進，該區正逐步成為香港未來發展的新亮點。

地政總署針對洪水橋 / 廈村新發展區發出過一項重要的作

業備考，邀請該區內擁有九成或以上發展用地的私人土地業權人進行原址換地申請。此作業備考涵蓋了新發展區的第二期發展計劃及餘下發展範圍，目標是鼓勵土地業權人進行統一發展，並確保第二期發展範圍內的換地接納具約束力的基本條款建議（包括補地價金額）在 2025 年 3 月 31 日之前完成。原址換地從申請到接納補價的時間過於短促，土地業權人未必有信心在短短一年多內完成整個流程。此外，當區主要運輸基建項目——智慧綠色集體運輸系統（第一階段）預計於 2029 至 2033 年間落成，而港深西部鐵路更預計於 2034 至 2038 年間才落成，根本未能確保未來數年間基建與土地發展同步進行，從而降低了發展商換地發展的意慾。

《香港 2030 ＋》報告曾於 2016 年評估，至 2048 年香港的商業核心區將面臨約 31 公頃的甲級寫字樓及其他商貿用地短缺。後疫情時期商業用地需求的減少、洪水橋 / 廈村的龐大潛在供應，以及北部都會區四大區域之間在租務市場上的競爭等因素，均引發一個合理的疑問——這份報告的立論是否仍然站得住腳？香港實際需要多少商業用地？考慮到政府在本年度賣地表並沒有推出商業用地，以及新落成的中環甲級商廈 The Henderson 首輪租出率僅達一半，而香港整體寫字樓空置率更高達 15%，這些跡象均提示我們應重新評估寫字樓及商業用地的實際需求，以避免供過於求的情況發生。

洪水橋及流浮山一帶的商業發展，正面臨來自深圳河對岸前海及後海地區的強大競爭壓力。這些區域不僅需滿足香港內部市場的需求，還須在與深圳新興商業地產的競爭中尋找自身的定位。近年來，前海和後海地區的商業地產發展迅速，尤其是多棟甲級商廈的落成。根據萊坊測量師行數據，2024 年第一季前海甲級寫字樓的每月平均租金為每平方米 155 元人民幣，而後海為每平方米 196 元人民幣。這一租金水平遠低於香港的核心商業區（CBD），在成本效益上更具競爭力。此外，前海地區提供的所得稅優惠政策，吸引了大量初創企業及外資公司，不僅降低了經營成本，亦提供了強大的財務誘因，促進企業集聚及區域經濟發展，成為北部都會區商業地產的主要競爭對手。

政府在規劃新田科技城時，已注意到傳統的規劃制度可能不足以滿足現代高端創科產業的需求。因此，採用了更靈活的批地模式，這種模式允許更快速的地區開發與更高效的空間利用，從而更能配合科技企業及研發機構的特定需求。

類似的規劃理念在國際上亦有成功的實例，例如新加坡的「白地政策」。該政策允許土地在保持一定用途彈性的同時，實現多元化開發。例如，一塊指定的商業用地，政府規定至少 40% 的樓面面積必須用於商業用途，其餘樓面則可用作住宅、休閒或其他用途，並只需經過相關當局的審批。這種做法不僅確立了土地的基本用途，保障商業用地的供應，同時亦提供必要的靈活性，使私人市場能夠根據市場需求對樓面面積進行不同的規劃與利用。以新加坡的濱海灣金融中心為例，該區成功融合了辦公室、高端住宅及零售空間，形成了一個多功能且充滿活力的都市環境。這不僅提升了地區的經濟活力，也增加了城市的整體吸引力，使其成為國際業務與高科技企業的熱門據點。

發展局局長甯漢豪曾表示，政府考慮借鑑內地採用「片區開發模式」發展北部都會區，將包含私人住宅、商業發展、道路等設施的數十公頃地皮，透過招標交予發展商平整及發展。事實上，面對規模龐大的發展項目，發展商通常會分期發展，即使一次過支付地價後也難免讓未開發的土地部分「曬太陽」。土地業權人需要一次過在項目前期投入大量資本，這在財務上對發展商構成了沉重的壓力，也嚴重影響發展商的項目現金流及內部回報率。

為加快土地開發，避免北部都會區開發進程被單一大發展商所左右，政府在土地招標時充分考慮不同發展商的財務能力和開發意向，將大塊土地分割為適當的規模向市場推售。這樣不但能引入更多發展商參與北部都會區開發，加快整體開發效率，亦能在目前較為淡靜的市況下，切合發展商的財務實際，避免一次又一次的土地流標。

此外，政府也可考慮予發展商分批次換地，特別是讓發展商先行推進基建相對成熟的土地，此舉都有助發展商提高財務的可行性。

北部都會區的發展在大展鴻圖的同時，也需要尋找一種唯道集虛的平衡。這是對不確定性的深思熟慮，對未知的產業結構的虛懷若谷。洪水橋和流浮山的規劃，不應局限於傳統的商業中心模式，而應採用更靈活的土地政策，以迅速應對技術創新和市場需求的變化。透過這種策略，北部都會區將更有活力，更有韌性迎接未來的挑戰。

土地發展與投資優次：從中部水域人工島看政府資源分配

北部都會區在規劃理念和彈性運用上的創新，展現了香港城市發展重視靈活和前瞻性的新路徑。事實上，隨着社會對土地規劃與資源配置的討論愈趨深入，香港未來的發展藍圖也開始聚焦於不同區域潛力的平衡取捨。當北部都會區以制度創新和城市留白激發活力的同時，另一個備受關注的議題——中部水域人工島計劃——亦引發社會對土地供應、城市規劃及可持續發展取向的新一輪思考。

中部水域人工島計劃項目涉及高達 5,800 億元的巨額投資，並將填海約 1,000 公頃，以提供商業及住宅用地。然而，在政府已有 4,100 公頃的中長期土地供應規劃、北部都會區發展勢在必行的背景下，中部水域人工島是否真的屬於「核心供應」，抑或只是「後備選項」？其必要性、優先次序及對整體城市發展的影響，均值得深入探討。

新一任政府在 2022 年底將中部水域人工島初步研究計劃正式提交立法會並展開公眾參與活動。自最新方案提出以來，坊間議論之聲便不絕於耳，尤其對整個項目在城市經濟發展和規劃層面的定位，有不少關鍵問題仍然值得思考和釐清。

根據政府 2021 年出版的《香港 2030 +：跨越 2030 年的規劃遠景與策略》，直到 2048 年，香港會出現約 2,600 至 3,000 公頃的土地短缺。因此，政府進一步提出了可投入使用的中長期土地供應約 4,100 公頃，在補足缺口後，仍能提供大約 1,100 至 1,500 公頃的土地儲備盈餘。

上述數字說明，以未來 25 年（2023 年至 2048 年）的維度去考慮，即使不計約 1,000 公頃的中部水域人工島土地供應，香港整體土地供求亦不會出現短缺情況。因此，在長期供應並不存在不足的情況下，十分需要比較不同土地發展計劃的優先級，以決定未來 25 年的發展順序。

政府曾多次提到，「考慮到某些預計的土地供應當中或有最終因為可行性或其他原因而未能實現，政府須審慎及竭盡全力地推展所有供地項目的規劃工作。這亦有助政府日後得以在短時間內迅速地提供可發展的土地，以對應未可預期的土地需求。」這個說法有其道理，但正因如此，更有必要仔細分析 4,100 公頃的未來土地供應中，有哪些部分是屬於「核心供應」，必須優先上馬；而哪些部分則可以作為「後備供應」，在資源充足時才逐步推出。

在商業用地方面，人工島將提供 100 公頃的用地，等同於約 400 萬至 500 萬平方米的商業樓面面積，幾乎等於再造一個中環核心商業區。但香港核心商業區的甲級寫字樓用地到底有多大的短缺呢？同樣根據《香港 2030 +：跨越 2030 年的規劃遠景與策略》，商業核心區的甲級寫字樓共有 17 公頃的土地短缺。17 公頃的短缺，是否需要透過填海建設一個 100 公頃的核心商業區來填補？

人工島另一個主要功能便是房屋供應。島上將興建 19 萬至 21 萬個住宅單位，而按照政府總體規劃，香港直至 2046 年的總房屋淨需求為 100 萬個房屋單位。通過整合統計政府不同的項目資料發現，即使不考慮屯門南和藍地石礦場等已在研究但具體建屋數量尚未公佈的項目，目前已規劃或已在研究的項目所提供的住宅單位已基本能夠滿足政府 100 萬個單位的目標。

綜上所述，無論從商業還是房屋用地的角度，均無法得出必須興建中水人工島才能達致政府規劃目標的結論。也就是說，中水人工島所提供的 1,000 公頃供應未必屬於未來的「核心供應」。

推動中水，會否延誤北都？

4,100 公頃的未來土地供應中，北部都會區和中部水域填海同為超大型供應項目，因此有必要比較兩者各自的戰略意義和優先次序。

香港社會已經達成普遍共識，要將北部都會區建設成與維港都會區並駕齊驅的新都會區。北部都會區由於接壤深圳，具有促進粵港澳大灣區建設，讓香港融入國家發展大局的重大政策性意義，並且同時承載着為香港找到新的產業增長點，建設國際創科中心的重要使命。而中部水域人工島除了房屋供應外，能夠起到的功能就是擴展中環商業區，在維港都會區內進一步提供更多的商業樓面面積。顯而易見，無論是戰略意義還是實際作用，北部都會區應當是更優先開發和投入資源的項目，不容有失。

據政府初步估算，中部水域人工島的造價達到 5,800 億元，已經超過過往香港推出十大基建（已批核部分）的工程費用總和。此外，在中部水域人工島預計動工時間，仍有多個大型基建項目正在同步進行或即將推出，當中不少項目與北部都會區發展密切相關。在外部政治和經濟環境仍充滿不確定性之下，又恰逢香港正面臨人力資源極度缺乏的窘境，香港的財政資源以及建築業人手是否能同時應付如此多的大型基建項目，政府需要認真審視，避免對經濟前景盲目樂觀，過度投資。

北部都會區不但提供大量的住房用地，更是香港建設國際科技創新中心的重要引擎，關乎香港能否更好的融入國家發展大局，可謂勢在必行，不容有失。決策者必須認清香港發展策略的重心，客觀衡量城市建設的輕重緩急和現有資源，方能做出符合香港長遠利益的決定。

在 2025 年《財政預算案》公佈後，社會對於中部水域人工島的討論已逐漸降溫。這一變化，與過去幾年來社會對土地供應優先次序的討論方向一致，也印證了一個事實：在財政資源有限、基建人手短缺、短中期土地供應充足的背景下，人工島並非當前最優先的發展項目。

其實，這一結果並不令人意外。過去幾年，政府在不同場合多次重申，北部都會區才是未來香港發展的核心引擎，無論是土地供應、產業發展，還是與大灣區融合的戰略目標，北部都會區均具備無可取代的優勢。相比之下，人工島計劃不僅涉及龐大財政投資，還面臨填海技術挑戰、環境影響評估、基建配套等多重不確定因素，在當前環境下，選擇擱置該計劃，反而是更符合現實的決策。

當前香港的發展重心，應該放在更具可行性的項目上，而非投入巨額財政資源於一個仍存在諸多變數的遠期計劃。這一決定不僅有助於集中資源推動北部都會區發展，也讓香港的基建投資策略變得更具靈活性與可持續性。

政策和資源傾斜共創新界未來

要構建可持續發展的未來，單靠某一區域或單個項目的突破遠遠不夠。新界作為香港土地儲備最豐富、潛力最大的地區，其整體發展戰略日益成為城市規劃不可或缺的一環。

新界面積廣闊，其內部民風民俗和自然環境也有很大差異，因此，新界的發展策略應因地制宜，很難將整個新界混為一談。進行實地考察，取得第一手資料，才能對新界發展有最真實的了解。

基礎設施不完善成為目前制約新界發展的重要因素

與香港島和九龍半島比較，新界發展相對滯後，基礎設施建設的不完善是目前制約新界發展的重要因素。舉例而言，截至 2021 年 6 月，過半的新界鄉村仍然未獲政府納入污水收集系統工程計劃，而未納入上述計劃的鄉村只能繼續使用原有污水處理系統，如化糞池等，帶來衞生隱患，甚至對居民健康造成威脅。同時，新界供水供電設施出現問題的情況亦時有耳聞。2017 年，元朗八鄉的農地曾經長期供水不足，嚴重影響當地居民生活和生計，而 2022 年新界西元朗、天水圍、屯門一帶大停電的情況也歷歷在目。

新界的交通基建情況更加值得關注。吐露港公路和屯門公路兩條最主要幹道，長久以來都是交通擠塞的「黑點」，也頻發交通意外。

在基礎設施建設不完善，發展相對落後的情況下，新界豐富的土地資源也引發了其他問題。根據特區政府 2017 年的數字，香港光是荒廢農地便有 3,700 公頃，絕大部分位於新界區，幾乎是整個九龍區的大小。

目前特區政府在開發新市鎮時，主要依靠《收回土地條例》整合私人擁有的土地資源，而該條例授權政府收回土地以作公共用途。儘管已有上述法例依據，但特區政府想要利用新界的土地資源依然面臨種種困難。部分農地荒廢後，逐漸成為容納各種行業運作的「棕地」，而根據調查，棕地約共涉及 5.2 萬個職位，並非所有棕地作業者都能承受搬遷的成本以及具有易地經營的能力；部分棕地的業權相當分散，因此特區政府回收棕地可能需要面臨大量繁雜冗長的法律程序，曠日持久，耗費巨大；棕地的交通接駁同樣欠缺，如果進行開發建設，更需要大量投資以建設配套的基礎設施。

另外，新界地權爭議亦相當複雜。由於歷史原因，新界地契類型繁多，與此同時，部分地契丈量不夠精確：根據香港法律改革委員會的數據，估計有二十萬個地段的確實位置並非在丈量約份地圖所顯示的位置上，佔地段總數的三分之二。隨着時間的流逝，新界地權的爭議變得無可避免。即使沒有上述爭議，由於私有財產權受基本法及其他相關法例保護，對於私人擁有的農地，土地是否作農業用途則屬土地擁有者個人決定，只要相關土地的使用符合適用法例及地契條款，政府很難限制使用甚至收回土地。而過往政府對新界土地監管同樣不夠嚴格，甚至致使非法侵佔政府土地行為長期存在。

新方向亦曾遇上一宗涉及土地的難題。位於粉嶺鄉郊的一間豬油廠在政府土地上持續運營數十年，時而擁有合法牌照，時而從事牌照業務以外的非法經營，而生產活動所產生的令人不適的氣味和濃煙，引發當區附近居民不斷投訴，情況延續多年，甚至訴諸法庭，也一直未能解決。新方向團隊同事在跟進過程中，不得不翻查數十年來的地契和政府文書等等記錄，終於抽絲剝繭，找出了該豬油廠非法霸佔政府土地的證據，最終在特區政府最高層的直接介入下，令到非法豬油場停止運營，特區政府得以收回相關土地。

這個案例僅僅是新界複雜的土地問題的一個縮影。要充分利用新界巨大的發展潛能，確實需要管治者更多的決心、魄力和智慧。

可喜的是，特區政府已經開始着手進行改善。在民生配套層面，特區政府表示將逐步延伸污水處理網絡，新界交通基礎設施建設的計劃也已陸續規劃實施，如 11 號幹線、屯門繞道、港鐵北環綫和中鐵綫等。同時，特區政府近兩年的《施政報告》都對新界的未來做出了清晰的規劃，亦對土地資源的利用提出了完善的發展路線，這也充分表現了特區政府改變新界現狀、發展新界的決心。

新界未來不會僅僅是住宅區，更不應再被居於港島和九龍的市民視為落後地區。特區政府在北部都會區發展策略中提出，未來要使北部都會區與維港都會區並駕齊驅，相輔相成。北部都會區採取以創科產業為發展引擎，多種產業相結合的發展模式，宜居、宜業、宜遊；更能夠緊密香港與深圳的聯繫，參與共建粵港澳大灣區的國家戰略，幫助香港融入國家發展大局。

在國家高度重視、中央政府大力支持的情況下，香港通過政策和資源傾斜，讓新界居民不僅安居，更能樂業，共創新界未來，共享發展成果；新界好，香港才會好，新界有未來，香港才能朝更美好的新方向前進。

土地發展要讓香港市民活得有尊嚴

隨着以北部都會區為首的新界各項發展計劃逐步展開，土地資源的規劃與運用成為社會各界關注的焦點。畢竟，無論是推動新社區建設，還是完善基礎設施，土地政策的取向與執行效率都直接影響着全港未來的發展步伐與市民福祉。接下來，將從宏觀角度審視香港現行土地政策，探討其挑戰、機遇與未來改革的方向。

香港不乏宏大的規劃，例如正在動工的古洞北、粉嶺北、元朗南、洪水橋等新發展區，還有行政長官林鄭月娥在2021年《施政報告》中公佈《北部都會區發展策略》。但另一方面，香港的覓地建屋進程常常在漫長的規劃和工期中一再延誤甚至「走數」。新發展區往往要15至20年甚至更長的時間方見雛形，輪候公屋或抽籤購買居屋的家庭只能望洋興嘆。

香港本不缺土地。根據統計，光是新界就有2,600公頃荒廢農地有待利用。香港土地問題的癥結，在於複雜漫長的規劃程序、各自為政的政府部門和缺乏徹底解決問題的決心。只有建立新的土地發展統籌機制，改革現有土地房屋發展制度和流程，以最有效率和魄力的方式盡快建立足夠的公共土地儲備，讓土地發展主導權重新回歸到政府手中，方能實現廣大民眾的居住正義。

政府要加快土地的開發過程，關鍵在於不要再「分散式」發展。舉例來說，按照常見的幾十到幾百公頃規模的分區發展模式，一個5,000公頃的發展標的要分割成至少20個分區項目，也就是要走20次規劃、諮詢、審批程序，方能進入真正的收地和工程開發階段。這個模式已經是香港不可承受之重。

因此，提議徹底改革流程，實行「邊收地，邊規劃，邊發展」的新做法。政府只要先為整個新界做好一個總綱藍圖，作出大致定位，就立即進入收地程序，建立土地儲備，同步也開始細緻的整體規劃，把20次流程，整合為2到3期流程，這樣才能有效縮短消耗在流程上的時間。

政府應重整規劃框架，不被現有土地用途的限制束縛手腳。例如，在目前的土地用途分類下，「住宅用地」、「休憩和康樂」、「政府、機構或社區」涇渭分明。但在實際社區建設中，這三類用地聯繫緊密，倘若在規劃階段相互抽離，容易顧此失彼，日後新社區也難以達到宜居和善用土地的效果。

相反，如果將三者視為整體以「混合用途」統一規劃，首先確立大方向（例如建立可容納 10 萬人的新社區），再在推進過程中不斷細化和完善不同地塊的具體用途和面積比例，就能夠確保後續工作始終圍繞終極目標展開，並保留彈性，根據當下的社會需要和客觀環境變化伺機而動。事實上，土地規劃建設天然就有很大不確定性，現實根本不允許事事都經過精準計劃才實行。提早預留空間靈活運作及快速反應，讓規劃適應發展的需要，才是香港在土地開發方面所需要的新方向。

現時新發展區從開始研究至核准分區計劃大綱圖，需要 7、8 年甚至更長時間，期間會進行數輪公眾諮詢以及相關法例程序、技術研究等。整個過程涉及許多政府部門，各自都有繁雜的審批和技術流程，加上時有部門技術標準不一致、重複諮詢等情況，大大拖慢了項目進度。

例如古洞北、粉嶺北新發展區，早在 1998 年的「新界東北規劃及發展研究」就進行了前期的研究和諮詢公眾意見，十年後又在 2008 年重新展開「新界東北新發展區研究」，進行三輪公眾諮詢，至 2013 年年中才完成建議發展大綱圖。

在「居住正義」理念之下，香港需要有足夠的公營房屋幫助普通香港市民，尤其是相對弱勢的群體，也要實現有尊嚴的住房需要。而與此同時，香港作為一個國際都市和全球人才高地，擁有一個穩定而蓬勃的私人市場更是完全合理和匹配的。

因此，在大手筆增加公營房屋的同時，需要徹底分割公營房屋和私人市場，鞏固現有公營房屋的存量，收緊公屋和居屋流入私營市場，遏制脫離居住用途的炒賣公營房屋的行為，這樣才能在實現居住正義的同時，打造一個真正健康的香港私人房屋市場。

政府在推動土地發展的過程中，時常要面對外界「官商勾結」、「利益輸送」的指控。過往的確有地政高官退休後高薪受聘於地產商的先例，引起社會廣泛質疑存在延後利益，沉重打擊政府管治威信。但隨着公職人員的操守標準逐漸提高，加上媒體對政府的全天候監察，特別是幾位前政府高官由於「公職人員行為失當」被起訴後，整個政府對於合規紀律的重視程度近乎壓倒一切。

廉潔是香港社會的核心價值和道德底線。官員若利用公權力為自身謀求私利，或利用在公職上所得的信息與商業機構進行交易，影響市場運作的公平性，會大大削弱社會的公平公義，這些都是香港社會絕對不能接受的。

但與此同時，「規避官商勾結」也不能成為作為懶政的藉口。若事事為了「規避官商勾結」而對推動一切工作畏首畏尾，「自廢武功」，社會只會繼續蹉跎歲月。破除「官商勾結」的敘事怪圈，對土地發展至關重要。

另一邊廂，政府和公務員也應該明白，公職人員的「操守」並不是只限於「跟程序」。過去政府甚至個別高官，在許多公共事務上一味抱着「跟足程序」這個免死金牌，似乎「跟足程序」就萬事大吉，毫不考慮政治觀感，對市民的疑問採用公關套話搪塞，忽略市民感受。土地開發是觸動多方利益、與廣大香港市民切身攸關、直接關乎香港長期繁榮穩定的大事，任何風吹草動必然引起社會高度關注。政府、官員、公務員及所有公職人員都應引以為戒，在做任何事、講任何話之前，都要考慮市民觀感，誠懇、務實、貼地做好溝通解說工作，最大限度打消各界疑慮。

政府需要有排除萬難的決心和主動性，解決香港的土地發展和房屋問題，凡是對香港社會和香港市民有利的方式都是值得考慮的，在政府主導的前提下充分調動社會資源，發揮想像力，探索不損害香港公眾利益而三方都能獲利的土地發展模式，促進商界以及民間向整個社會「利益輸出」，最終受益的是廣大民眾。為政者應該有這樣的擔當和魄力迎難而上，積極構建全新的官商合作關係，造福於民。

香港獨有的土地、房屋和產業問題，令貧富懸殊問題進一步惡化。樓價租金遠超市民和小企業的負擔能力，亦扭曲了社會的價值取向，扼殺了產業升級的空間和青年的夢想。解決土地問題，只爭朝夕。肩負破解香港深層次積弊的使命，新一屆特區政府必須迎難而上，用確實行動創造屬香港人的美好家園。

發揮兩城優勢，締造深港共贏

隨着土地發展策略的推動，香港在空間規劃和基礎設施建設上為未來發展奠定了堅實基礎。這不僅提升了城市的承載能力，也為深港合作提供了有利條件。深圳多元化的產業門類讓青年有不同的選擇。同樣地，香港近年也着力加快步伐，推動創科發展培育人才。從規劃角度出發，未來新田科技城的發展中，香港政府需要思考如何發揮兩城優勢，互助互補，從而把大灣區經濟全面帶動起來。

深圳目前擁有多個高新科技園區，面積合計達到 1,152 公頃，相反香港的科技園面積較小。在未來，為求使新田科技城發揮最大作用，當中的創新科技園區的定位必須清楚明確。香港政府與深圳當局要同步思考，合力推動高端生產技術，讓北歐、東南亞、內地等科技企業，到深圳進行實驗和生產，配以香港完善的金融市場進行招商和融資，繼而推動雙城創科走向國際。

參考毗鄰新田科技城的「港深創新及科技園」，由深圳和香港共同開發，成立了港深創科園公司。其董事成員來自港深雙方，此舉能匯集深港人才以充分合作。此企業架構或能擴展至整個北部都會區的創科發展之上，仿效珠海與澳門多年共同合作規劃珠澳跨境工業區及橫琴粵澳深度合作區，成立管理委員會，共同研究及推動深港鄰接土地的規劃，加強深港接觸及發揮深港最大優勢。

創新科技及工業局局長孫東早前接受媒體訪問時提到，香港的獨特優勢，在於國際化、健全的法律體系、知識產權保護，以及在國際營銷、金融、航運及貿易上有着歷年的成果。新田科技城未來正好發揮這樣的優勢，政府也可以加強推動雙城人才交流。科技城可以吸引內地科企前來開設分部，內地人才也可以在科技城上班，下班後不論是在北部都會區生活，還是回到南山、福田都相當便捷。過去十多年，確實存在深港各自發展創科的情況。倘若科技城早十多年出現，說不定騰訊、大疆、華為都會把海外發展分部落戶香港。據知抖音母公司字節跳動即將來港設立辦公室，這反映香港在協助國內企業走向國際化的流程中起着不可小覷的作用。未來科技城落實後，政府必定要積極進行招商，提供租金優惠，創業資金貸款方案給企業，全面推動兩城合作。

在新田科技城約 627 公頃的土地中，包含創新科技園區和新田市中心兩個片區。除了創新科技園區約 300 公頃的創科用地外，其餘大部分土地被劃為住宅和混合用途、物流、貯物和工場、公共設施、休憩用地、美化市容地帶及新建道路等。發展局應該預留一定比例的商業用地，讓金融、法律相關行業進駐，便利其他科技城內的公司和初創企業，使他們更容易獲得相關的專業服務。這些專業服務之間日後可以產生協同效應，促使企業之間的資源共享和技術創新，甚至有助提高企業投資回報，園區的整體競爭力也有望提高。另外，商業及配套設施也促進多元化的產業結構，有利於提高園區的經濟韌性，減低對單一產業的過度依賴的風險。毗鄰的新田市中心背負着支援創新科技園區的重任，提供職住平衡宜居環境固然重要，同樣重要的是能夠提供足夠的商業及配套設施，為園區內的企業提供良好的營商環境。

要真正推動雙城概念，政府應考慮放寬深港通勤限制。現時深圳的房價及租金相對香港較低，實際上，在新冠疫情前，已有不少在新界西北工作的港人於內地置業或租樓，每天往來深港生活及工作。深圳生活質素不亞於香港，居住空間更見寬敞，生活交通也便捷，這種生活工作模式實為不少人所嚮往。日後河套區及科技城發展後，這種跨境人員流動會更見普遍。入境事務處可以加快推動及增加 24 小時通關服務，以及增加深圳居民一簽多行的配額，為進一步提升深港人員的流動性作好準備。

國家「十四五」規劃中明確支持香港成為國際創新科技中心，強調要融入國家發展大局，深化內地與香港的科創合作關係。廣東省及深圳市的《十四五規劃綱要》中，亦已提出要高水平規劃建設「深港口岸經濟帶」。財政司司長陳茂波於6月19日訪問深圳與深圳市市長覃偉中會面，雙方交流討論了有關河套地區和深圳河兩岸港深創新及科技園發展的問題，具體呈現雙城共同協作。希望香港政府在創科路上不斷奮進，在土地規劃及政策配套上從宏觀的角度思考，甚至成立突破既定條文的行政架構，讓北部都會區對接深圳發展，配合國家整體發展大局。

北部都會區與深圳創科的協同發展

深圳坪山近年來迅速崛起為創新科技產業基地，特別是在生物醫藥、新能源汽車、智慧交通等領域取得了顯著成就。坪山的發展經驗，為香港北部都會區的規劃提供了寶貴的參考。如何借鑑這些成功模式，推動北部都會區成為香港未來的經濟增長引擎，值得深入探討。

坪山作為深圳近年來重點發展的創科產業區，已吸引大量高新技術企業進駐。生物醫藥、新能源汽車、半導體產業的集聚效應，使坪山成為科技創新的重要基地。與此同時，政府的積極扶持政策，如創新產業補貼、稅收優惠、產業孵化器等，也為企業提供了穩定的發展環境。

這種模式對北部都會區具有重要的啟示。香港擁有國際一流的科研機構和高端人才，但在產業轉化和市場應用方面相對薄弱。如果能夠借鑑坪山的發展模式，加強產學研合作，建立完善的產業生態鏈，將有助於提升香港創科產業的競爭力。

坪山的新能源汽車產業已發展成熟，成為內地新能源技術的重要研發和生產基地。隨着全球對可持續發展的關注日益增加，新能源技術將成為未來城市發展的核心之一。

香港在環保與可持續發展方面已經有較為完善的政策框架，但在新能源技術應用、電動車推廣等方面仍有較大提升空間。借鑑坪山經驗，北部都會區可考慮建立新能源交通試點區，推動綠色科技發展，並吸引相關企業落戶，形成完整的產業鏈。北部都會區的規劃應避免單一產業模式，而應借鑑坪山經驗，構建多元化的產業結構。除了創科產業，還應涵蓋智慧城市技術、現代製造業、金融科技等領域，確保區域經濟的長遠可持續發展。

香港在城市規劃上需要更靈活的策略，以適應未來的產業需求。坪山的發展證明，完善的基礎設施與便捷的交通網絡，是吸引企業與人才的關鍵因素。北部都會區應優先發展跨境交通，強化與深圳的聯繫，並引入新型智慧交通技術，提升整體的運輸效率。

政府的角色至關重要。坪山的成功離不開政策的強力支持，香港在推動北部都會區發展時，也應考慮提供相應的產業扶持政策，例如設立產業基金、提供初創企業租金補貼、建立公共科技基礎設施等，以吸引企業進駐，促進產業發展。

除了坪山，深圳的其他區域，如龍崗，也在城市更新、產業升級、基層治理等方面展現了高度的發展效率與創新能力。

如果說坪山的經驗為北部都會區提供了創科產業發展的參考，那麼龍崗的發展模式則進一步展示了如何透過產城融合、舊區改造、智慧城市建設等策略，將一個傳統製造業區域轉型為多元發展的現代都市。這種模式，對於正處於規劃與建設階段的北部都會區而言，無疑具有極大的參考價值。龍崗的社區治理模式展示了一種以基層為核心、以服務為導向的發展思路。例如，「中國第一村」南嶺村通過黨群服務中心的建設，形成了一套高效的管理機制，不僅提升了居民幸福感，也為基層治理樹立了標桿。

對於北部都會區而言，這一經驗同樣適用。隨着新市鎮的規劃與發展，能否確保社區服務和基層治理的高效，將直接影響居民的生活質量。透過借鑑龍崗的基層治理模式，香港可以探索更具彈性的社區管理方式，提升公共服務效率。

龍崗的產業發展模式，強調產城融合，即在發展高科技產業的同時，完善城市基礎設施，營造宜居環境。例如，天安雲谷作為國際化智慧產城社區，成功吸引了一批創科企業入駐，形成了產業集群效應。

北部都會區的發展同樣應該避免單純的住宅擴展，而應該借鑑龍崗模式，打造產業與城市協同發展的框架。例如，規劃更多創科產業園區，提供靈活的辦公空間與創業支持，讓北部都會區成為創科企業的落腳點。

龍崗在城市更新方面的高效執行力，是其發展的重要動力。例如，「同心崗灣」全功能基地的建設，展示了一種集商業、文化、創新於一體的城市更新模式。

相比之下，香港的城市更新往往面臨繁瑣的法律程序與利益協調問題，導致舊區改造進展緩慢。北部都會區的規劃應該參考龍崗的成功經驗，探索更靈活的土地政策與城市更新機制，確保發展速度與效率。

隨着港深合作的深化，愈來愈多的香港年輕人開始關注大灣區的發展機遇。深圳的高科技產業提供了豐富的就業機會，而香港的專業服務優勢則可與深圳的製造業結合，形成互補。然而，北部都會區要真正吸引人才，還需要解決就業機會、居住成本、創業支持等問題。借鑑龍崗經驗，香港可以考慮建立創業孵化器、提供人才住房補貼、優化跨境工作機制，讓北部都會區成為青年人才的首選之地。

企業的選址決策，往往取決於營商環境的便利性。龍崗透過產業扶持政策與一站式企業服務，成功吸引了一批創科企業入駐。北部都會區可以參考這一模式，提供更具吸引力的產業優惠政策、簡化行政審批流程、加強跨境企業合作，促進產業發展。

龍崗的成功發展模式，為北部都會區的未來建設提供了寶貴的參考。從基層治理到產業轉型，從城市更新到人才吸引，龍崗的經驗展示了一種高效、靈活、創新的發展模式。對於香港而言，北部都會區的發展不能僅是房地產項目，而應該成為真正的經濟增長引擎。透過借鑑龍崗的成功經驗，香港可以打造一個產業多元、交通便捷、宜居宜業的現代都市區，並與深圳形成更緊密的協同發展關係。

未來，隨着港深融合的不斷深化，北部都會區將成為連接香港和深圳的重要橋樑。唯有充分發揮區域優勢，促進產業、人才與城市的協同發展，香港才能在全球競爭中保持領先地位，迎接更美好的未來。

（三）工程

隨着港深在創科領域的深化合作，創新生態圈逐步成型，為地區經濟注入了新動力。然而，創科發展的藍圖最終仍需落實到具體的城市建設與基礎設施工程之中。只有通過高效推進各類工程項目，才能為創科產業提供堅實的載體和有力的支撐。

公共工程不僅關乎城市發展，更直接影響市民的生活質素與資源分配。因此，每一項基建項目在立項、選址、設計及推行過程中，都應基於科學論證與公共利益最大化的原則。然而，現實中，許多基建項目往往受到政策慣性、部門協調不足及公眾參與不足等因素影響，導致決策未能真正回應社會需求。

香港街市轉型之路：傳統與創新如何共融發展？

在本書第二章中我們探討過沙田繞道的交通規劃，以及茶果嶺的土地運用爭議，這些大型基建與發展項目的核心，都是如何在有限資源下，為香港的未來找到最合適的發展路徑。然而，除了宏觀的基建和土地規劃，香港的城市發展還涉及許多與市民日常生活息息相關的議題，其中，傳統街市的轉型便是一個不容忽視的課題。

近年隨着消費模式的改變和電商的興起，香港的街市面臨前所未有的挑戰。空置率上升、經營模式老化、管理制度滯後，使得不少街市逐漸失去昔日的活力。如何讓這些承載着香港集體記憶的公共空間，在保留其特色與人情味的同時，迎接新時代的變革？這不僅關係到小商販的生計，也關乎社區經濟的可持續發展。接下來，將從街市的現狀與轉型方向，探討香港如何在傳統與創新之間找到平衡，讓舊有的公共空間煥發新的生機。

近年來，香港街市的轉型備受關注。2023 年食環署最新數據顯示，74 個食環街市整體空置率達到 16%，部分街市空置率甚至超過三成。這一現象背後，不僅僅是疫情影響或經濟變化的結果，更反映出街市在現代社會中轉型的必要性。然而，轉型並非易事，不只是裝冷氣、鋪新地板那麼簡單，更需要與時俱進的理念和務實創新的舉措。

對於條件較為落後但空置率低的街市，加快「街市現代化計劃」無疑有利於提升市民購物體驗，但單純的硬件升級還遠遠不夠，更需要在管理理念上與時俱進。例如，可以適當放寬對攤位經營品類的限制，允許檔主適度豐富商品種類，以更好滿足消費者多元化需求。同時，還要積極引入電子支付、網絡電商合作等新技術手段，推動傳統街市數字化轉型，讓街市經營與互聯網時代接軌。

現行的招租和競投制度存在滯後性，空置檔位常常積壓一段時間後才集中招租，應改變現行的競投制度，採用全新的競投或抽籤模式，增加空置檔位流轉速度，降低小型業者的入場門檻。同時，也可以考慮放寬貨物種類和經營時間的限制，允許基層市民擺墟市，售賣小食、手作、咖啡包等，增加街市的多樣性和吸引力。

對於長期空置率極高的街市，如銅鑼灣燈籠洲街市、元朗同益街市等，政府更應該創新思路，從根本上重塑街市功能定位。比如，可以試點改革街市經營時間和准入條件，允許部分攤位轉為僅在周末營業的假日市集，以低租金吸引年輕創業者進駐經營各類新業態，如手工藝品、特色美食等，為街市注入更多活力。

台北和日本有一些成功案例，將傳統街市轉型為青年文化人的創業實驗室，吸引了大量人流，促進了社區經濟；香港中環街市活化以後，開業兩年即吸引 2,600 萬人次到訪，更是有近百家本地初創品牌及香港老字號在此落戶營運。這些案例都成功地讓傳統街市得以重新煥發生機，成為社區經濟的活力源泉。

對於長期空置且轉型無望的攤位，與其讓其繼續荒廢浪費，不如交由社會力量去盤活利用。通過公開招標的方式，鼓勵社會組織和創業團隊承接運營，或開設社區食堂，或打造創新業態，在政府引導和社會參與間形成良性互動，激發街市新的生機和活力。當然，在推進街市轉型的過程中，傳統的東西也不能一棄了之。街市畢竟承載着城市的集體記憶，很多老街坊都對此充滿感情。在注入新元素的同時，也要想方設法保留街市的特色和人情味，讓其成為情理兼備的「網紅打卡地」。或許，未來的理想街市圖景，就是一個新舊交融、多元包容的大社區。

街市的未來充滿想像，但街市轉型的路徑需要不斷探索。面對街市轉型這一全新命題，只靠商販或者食環署都是遠遠不夠的，政府相關部門應該大膽地進行跨部門合作，從頂層設計開始參與，在體制機制、政策法規等層面創造有利條件，同時放手讓社會力量廣泛參與，在公平和發展之間把握好平衡，讓街市在創新發展中煥發勃勃生機，成為連接過去與未來、融合生活與文化的獨特地標。

樓宇老化日趨嚴峻　市區重建何去何從

在討論香港的城市發展時，除了街市這類與市民日常生活息息相關的公共空間需要轉型升級，另一個不容忽視的問題便是樓宇老化與市區重建。

近年來，香港舊區的樓宇結構老化問題日益嚴峻，尤其是1960年代以海水拌和混凝土建造的「鹹水樓」，隨着歲月流逝逐漸出現石屎剝落、結構損壞等安全隱患。這不僅影響市民的居住安全，也直接關係到社區整體的可持續發展。當我們思考如何活化傳統街市、提升公共設施時，同樣需要關注舊區的樓宇更新問題，確保整個社區的發展能夠與時俱進。

因此，市區重建的步伐亟需加快，以應對樓宇老化帶來的挑戰，並為未來的城市發展奠定穩固基礎。接下來，將探討香港現行的市區重建政策，以及如何通過更高效的規劃與機制，促進舊區的更新與再發展。

石屎剝落問題，絕不能忽視。政府針對風險較高的樓宇，應確保及時展開維修和加固工作，在保障公眾安全方面需要採取積極行動。事實上，石屎剝落問題的出現其成因可以追溯到上世紀60年代。

1960年代，香港展開了大規模的樓宇建設。當時，香港面臨淡水供應不足問題，加上許多舊區樓宇沿海而建，一些承建商為了減輕成本，在建造樓宇時選擇使用海水（即鹹水）拌和混凝土以取代淡水。然而，海水中的鹽份會加速鋼筋材料腐蝕，這對樓宇結構的安全性會產生負面影響。

一般混凝土的壽命約為50年，而海水拌和混凝土的壽命更短。因此，在樓宇老化的過程中，以海水拌和混凝土建造的樓宇更容易出現問題，這就是人們所稱的「鹹水樓」。這解釋了為甚麼建成於1960年代、現時樓齡達60年的樓宇，成為一個棘手問題。除了正常的樓齡折舊之外，這些樓宇還承受着「鹹水樓」的後遺症，令樓宇老化情況變得更加嚴峻。

「鹹水樓」的建築質量較低，對社區產生安全隱患，包括外牆剝落、結構變形等問題。這些問題不僅影響到樓宇的價值，還可能對周圍環境和居民的安全造成威脅。「鹹水樓」的維修和加固工作相對困難，使問題的解決變得更加複雜。由於「鹹水樓」的混凝土密度較低，僅靠表面修補，或無法徹底解決問題。修復工作可能需要牽涉重新鋪設鋼筋、重灌地台和牆身混凝土等複雜程序，這增加了修復工程的成本和難度。因此，「鹹水樓」的維修和加固工作相對耗時耗力，並降低了樓宇更新的可行性。

根據《建築物條例》，屋宇署可以根據樓宇結構損壞的情況發出勘測令，要求業主或業主立案法團委任專業人士，就早期受損的樓宇展開勘察，向屋宇署報告損壞的部分、原因和程度，並提交修復及維護方案。屋宇署可以發出修葺令，要求業主或法團對嚴重損壞的樓宇立即展開修葺工程，完成維修工程後向屋宇署報告，以便屋宇署派員視察，確認達到指定標準。

「鹹水樓」是對混凝土品質欠佳的樓宇的統稱，屋宇署並未對「鹹水樓」作出明確定義，更未建立數據庫以指出哪些樓宇是「鹹水樓」。然而，近期「石屎雨」的情況頻繁發生，特別是在全球暖化引起的極端天氣加劇建築物老化的情況下，解決這一問題刻不容緩，市民也不希望看到有人因此而受傷甚至喪命。政府應該進一步強化對建築物混凝土狀況的監控，並檢測石屎中的鹽份含量，建立相應數據庫，以便能夠準確預估全港建築物的老化速度。

樓宇老化問題，是一個需要持續關注和解決的重大議題。為維護社區安全，政府必須制訂適當的政策和對策，加強監管樓宇，並投入必要的支持和資源來解決這些問題。

為避免「石屎雨」現象再次發生，確實有需要提速、提量、提效推行市區重建。發展局可以考慮檢討 2011 年修訂的《市區重建策略》，設定市區重建的關鍵績效指標（KPI），以確保樓宇的更新速度，並推動市區私人房屋供應的增加。

當局也應該持續審視強制拍賣申請的門檻，例如將樓齡 50 年或以上但少於 70 年的私人樓宇強拍門檻降至 60%，以及將樓齡 70 年或以上樓宇的強拍門檻降至 50%，以適時控制舊樓「新陳代謝」的速度。市區重建局亦應利用私人企業的協作融資，以加強項目開發的財務可行性，從而使油旺、深水埗和荃灣等舊區重建的規劃研究，能夠盡早大規模落實。

展望未來 10 年，香港在發展北部都會區的同時，市區重建也是非常重要的一環。如果僅僅專注於新區發展，而忽略了舊區的協調配合，會使整個城市的經濟重心失去平衡。透過市區重建，香港可以有效利用現有土地和資源，實現城市的可持續發展。

從深圳城市更新看香港市區重建

城市更新在城市的持續發展中發揮着重要作用，促進社區新陳代謝，從而改善社區的生活條件、交通和公共服務。深圳和香港一河之隔，有着不同政策法規推動着城市更新。

深圳早於 1993 年開展原羅湖舊城區的改造，及至 2000 年後改造的福田漁農村、羅湖水庫新村、福田崗廈村等城中村改造取得突破性進展，為核心區帶來可觀的土地儲備。2009 年，深圳實施《深圳市城市更新辦法》，為內地首部關於城市更新的政府規章，提出了城市更新的概念。及至 2021 年，深圳頒佈《深圳經濟特區城市更新條例》，針對釘子戶的難題將個別徵收的門檻從以往 100% 下調至 95%，並訂立舊住宅區合法建築的置換標準統一不低於套內面積一比一。這足見深圳意欲加快舊改進程的決心，當中佔地達 0.6 平方公里的白石洲舊改是深圳現時最大的城市更新項目，拆遷進度如火如荼。

據統計，香港樓齡達 50 年以上的舊樓在過去十年間由 3,900 幢急增至 8,600 幢。市區重建局一向主導着香港城市更新，積極地把市區土地「循環再用」，一方面走在與業主磋商收購的前線，另一方面進行研究納入項目於分區計劃大綱圖，推出地積比率轉移、街道整合和住宅 / 非住宅地積比率互換等新規劃工具。然而，遺憾的是市區重建的步伐始終追不上樓宇老化的速度。有見及此，市區重建局值得向深圳城市更新借鏡提速提量，不然對長遠房屋供應及市民生活質素可能造成深遠的影響。

香港的舊樓分層的樓宇業權分散，甚至已經難以聯絡業主，以致私人發展商收購舊樓業權相當困難。市區重建局可以運用「尚方寶劍」，透過《土地收回條例》收回土地，整合釋放一些私人發展商難以處理的土地。可是，礙於收購重建地區業權開支持續飆升，市區重建局面對財政壓力及現金流不足，致使未有大刀闊斧的推進大範圍的市區重建項目。參考深圳經驗，市區重建局可以與私人發展商合作，借助發展商的外部融資的財務優勢以推展重建項目，並利用地積比轉移和住宅/非住宅地積比率互換等誘因提升項目層面的財務可行性。

許多市區重建局重建項目地盤面積狹小，加上相鄰土地又因種種原因未能合併發展，引致出現「鉛筆樓」的情況。這些小型地盤重建而成的樓宇，一般而言實用率較低，且欠缺整全的社區配套設施，以致社會效益不高。參考深圳的經驗，城市更新項目的規模一般較大，可規劃為結合商、住、酒店等的綜合體，甚至可設計為人車分流，有效降低噪音和污染。項目更可運用物聯網技術，應用區域性的建築資訊模型，提升管理效率和生活質素，建構「智慧城市」。

城市更新是社會大勢所向，單憑私人市場難以追趕到城市老化的速度，當中同樣涉及巨大重建成本，故必須有賴政府或半政府機構的強有力介入提供城市更新這種「共用品」。香港市區的土地稀缺，而舊區土地的市場價值也遠比新開發區的高，耽誤舊區重建乃社會浪費「死三角」。現屆政府落實「為市民謀幸福，為香港謀發展」，在開發北部都會區之外，也不應忘記平衡市區重建的發展。

簡約公屋先招租再興建，重用設計減少浪費

劏房問題的根源在於房屋供應不足，導致大量基層市民長期滯留於環境惡劣的住屋中，無法改善生活條件。面對這一困局，政府除了加快公營房屋建設，也提出了「簡約公屋」計劃，希望在短期內為劏房戶提供較佳的居住環境，緩解輪候公屋期間的困難。然而，這項計劃自推出以來便引發不少爭議，當中包括成本效益、實際需求、選址問題及未來用途等多個層面。

簡約公屋首批約 149 億元撥款已在立法會工務小組獲得通過。政府在提交給立法會的文件內提出，現今香港公營房屋供應不足，有部分市民長期居於不適切居所，如劏房等。相當一部分劏房的居住環境擠迫、衞生惡劣，居民長期受噪音、鼠患、蚊蟲滋擾，部分劏房更是廚廁不分。這些問題引起居民負面情緒，甚至導致家庭衝突，對兒童成長更是貽害無窮。而簡約公屋的興建，則是為了使上述基層市民的居住環境在短期內獲得改善。

在心懷幫助基層市民的良好願景的同時，一個社會公認的事實就是，簡約公屋的建設成本以及相應的機會成本都價值不菲，因此針對計劃的執行細節，應當慎重考慮實際需求，做到精準幫扶，以免出現社會資源的錯配和浪費。

必須指出，並非所有劏房戶都是簡約公屋政策需要幫扶的目標，只有真正飽受惡劣居住環境以及沉重的租金負擔所苦的群體，尤其是有兒童、康復人士及年邁長者的家庭，才應獲配簡約公屋。但這個群體的實際規模如何，而當中又有多少市民有意願遷入簡約公屋，目前都未有準確和科學的統計數字。倘

若在需求人數以及有意願入住人數都缺乏數據的情況下，便開始進行簡約公屋建設，很有可能出現建造數目與市民實際需求的偏差。

考慮到簡約公屋高昂的成本，最終如果建造數目過多，導致簡約公屋空置和社會資源浪費，絕不是公共政策制定者所樂見的。

針對這個問題，政府應採取「先招租，後興建」的原則。簡單來說，房屋局要盡快開放簡約公屋的預先登記，讓有意願入住簡約公屋的市民在簡約公屋開始建設期前就提供相關資料。在此情況下，市民的報名人數可以反映社會對於簡約公屋的真實需求，而報名市民的經濟、年齡、健康、家庭人數等狀況亦可以反映對於簡約公屋需求的迫切性。

舉例而言，如果符合資格的報名戶數遠超 3 萬戶，政府應盡快開啟建設簡約公屋，甚至進一步尋覓新的適合土地。但若登記入住意願的戶數只有 1 萬戶，興建簡約公屋便應基於實際需求，不需要為建而建，建足 3 萬。

處理各種複雜的社會問題，要堅持實事求是的思想路線。在簡約公屋建設的問題上，先了解實際需求，再決定投資量，經濟成本的付出才能有所回報，政府施政也才會更加明瞭和令人信服。

公屋除了具體選址所引發的爭議，在政策層面，最受社會關注的便是「入住率」和「成本」的問題。上文提到，政府應採取「先招租，後興建」的方式，根據市民需求興建簡約公屋，以回應社會對「入住率」的擔憂，避免浪費社會資源。而針對「成本」的問題，政府可以做好提前規劃，將簡約公屋的單位，設計為可以直接拆卸重用的永久公屋項目。通過這個方式，有可能為整個簡約公屋項目節省約過百億元的成本。

簡約公屋計劃採用「組裝合成」建築法（MiC）興建。此種方案可以理解為在工廠先行製造完成一個個獨立單位（包括內部裝修和屋宇設備），然後再依托現場建成的房屋框架，直接通過吊運和組裝上述獨立單位的方式，完成簡約公屋建設。

在技術上，上述 MiC 單位完全可以重新利用。只要政府在招標時特別加以規定，並在未來的公營房屋規劃時提前佈局，技術上有條件將簡約公屋單位直接重用在未來同樣採用 MiC 建造方式的政府房屋項目中（包括永久公屋、公務員宿舍、長者屋、中轉屋以及學生宿舍等等）。

因為簡約公屋的主要設計標準，原本就和永久性公屋看齊，而需要額外考慮的是，目前簡約公屋設計高度為十餘層，傳統永久性公屋則普遍超過 30 層。樓層越高，對整體結構的防風性能要求就越高。但在 MiC 樓宇中，樓宇框架才承擔主要的抗風功能，而非單個 MiC 單位；因此，只需在設計時加以考慮，在無須顯著增加成本的情況下，簡約公屋的 MiC 單位同樣可以符合更高層數要求下的抗風要求。

根據最新的立法會工務小組文件，第一批簡約公屋項目的總成本預算約 150 億元，當中和 MiC 單位建設有關的成本（建築工程以及屋宇裝備工程）總計約佔 110 億元。考慮到將來拆卸運輸成本，內部裝修的折舊以及 MiC 單位的重新利用所增加的設計成本，根據專業人員的粗略估算，能節省的成本仍可達到八成或以上，仍屬相當可觀。倘若以整個簡約公屋項目計，能夠節省 / 重用的成本應可超過百億元。

由於其簡便快捷、高建造質素、以及安全的特點，MiC 建造法已經成為建造業未來的趨勢。過往房屋署負責興建的公共屋邨，大多數是混凝土結構，據了解，將來房屋署也傾向使用混凝土 MiC 作為建造標準，但目前由建築署負責興建的簡約公屋的 MiC 單位則將採用鋼結構設計。如何能協調兩個部門，在未來實現對 MiC 的重用，可能是挑戰所在。

但挑戰同樣也是對本屆政府施政魄力的考驗：為了更高效的利用公帑，為了節省過百億元的公帑，為了讓來自市民的稅收能更被高效地利用，也為了香港市民的福祉，打破內部部門隔閡，將簡約公屋 MiC 單位重用至永久公屋項目，正是一眾香港市民翹首以待的。

劏房困局：居住正義與安置挑戰的兩難抉擇

當然，市區重建和城市更新固然有助優化城市面貌，提升居住環境，但對於基層市民而言，最直接的感受依然是每天的居住壓力和空間不足。特別是在香港，「劏房」問題長期困擾着數以萬計的家庭，反映出房屋供應與分配的結構性矛盾。市區更新之餘，如何切實回應最基層市民的住房需要，才是城市發展中不容忽視的核心議題。

數以萬計的低收入家庭、長者及兒童長期被困於狹小、不符合人道標準的居住環境中。這不僅是對個人尊嚴的侵犯，更是對社會共同價值的挑戰。在香港這片繁榮的土地上，劏房問題如同一道刺眼的疤痕，提醒着所有人社會發展的不均衡。

香港新方向定期會與社福機構和基層社團一起走訪劏房家庭及跟進個案，可以說對劏房環境並不陌生。但近期受社協所邀，集中探訪了一些最為劣質的劏房，仍然深感震驚。在探訪期間，可以發現一些個案所處的環境，顯然連現行法例都無法滿足。但由於當下缺乏解決善後的機制，在場人士均深知，倘若直接舉報有關業主，結果只會令住戶面臨更為不利的境地，甚至流落街頭。這種兩難，帶來的不僅是情感上的無奈，更顯示出解決劏房之困的迫切性。

劏房問題，一直存在幾個主要困難。首先，對於甚麼是需要取締的劏房，過往始終缺乏清晰界定，也難以形成社會共識；其次，劏房問題經過長年累月的惡化，已經累積了數量龐大的住戶，當中居於不人道環境的人口亦至少數以萬計，安置這個群體所需的資源和時間均是巨大挑戰；最後，即便傳統公屋、簡約公屋及過渡性房屋等安置資源全面建成，數量充裕，但對於一部分居住在十分惡劣環境中的劏房住戶來說，也常常會因為公屋資格、就業區域、子女教育、生活開支以及個人認知等，難以真正離開劏房。

政府動用公共資源介入市場以取締劣質劏房，最核心的理據和基礎是源自社會對居住正義的訴求。倘若在定義階段就考慮過多其他的所謂「現實」因素（例如安置和意願問題），很容易便陷入無休止的爭論之中，很難得出一個有意義的結論，並且反而會削弱政府解決劏房之困的道義之本。因此，針對劣質劏房的定義，應當以人道考慮和居住正義作為最主要的考慮，撇除其他干擾。根據社會普遍接受的人道標準，從消防、通風、衞生、結構安全和合理面積等角度，制定出清晰的規範。

有了清晰的定義，便能夠有效推算出需要取締的劏房總量，並規劃出相應匹配的安置資源需求，例如傳統公屋、簡約公屋和過渡性社會房屋等等。必須承認，由於安置資源的落成

張欣宇帶領下灣漁民新村村民參觀過渡性房屋

需時，取締所有不達標劏房不可能一蹴而就。因此，一個從實際出發的行動時間表和路線圖就變得十分重要，讓市民看到政府對追求居住正義的決心和承諾。安置資源是政府解決劏房的底氣所在，政府掌握的安置房屋數量愈充足，市民對劏房的需求總量便愈少，因劏房總量供應減少而導致的價格上升因素就愈能夠得到緩衝，這是基本經濟學供求價格原理。因此，加快安置房屋的興建同樣重要。

然而，到了真正開始安置劏房住戶的階段，又絕非僅是規劃數字的匹配。一戶戶劏房居民所面對的實際情況，其實是一本難念的經，並非單純的房屋問題。香港新方向成員在探訪過程中曾遇上一位劏房獨居長者，雖然其個人的經濟狀況完全符合公屋的資格，多年來卻未有申請。細問之下才得知，該名長者早於 20 年前便因感情不和與太太分居，但因為不諳法律且經濟困難，始終未曾完成正式的離婚手續，導致無法申請公屋。這宗個案中，只要首先協助其完成離婚程序，這名長者就有機會能夠離開劏房。因此，政府必須意識到，每戶面臨搬遷的劏房居民，其實都需要細緻入微地關注其具體情況。在處理過程中，有需要採用個案管理的方式，整合社福、民政、教育、運輸等多部門資源，通過綜合協作，一宗宗地做工作，一宗宗地解決問題，才能讓更多的住戶，真正自願地告別劏房。

政府在 2024 年《施政報告》中，把取締劣質劏房作為重中之重。《施政報告》中所提出的政策，基本體現了以道義標準為「劣質」定義，並從實際出發設定時間表的大方向。然而，政府仍需在個案管理層面着墨更多，尤其要強調跨部門協同和責任，以確保解決劣質劏房問題的計劃完整可行。

讓香港成為一個真正適合所有人居住的城市，絕非空泛口號，也絕對事在人為。整個管治團隊唯有加倍努力，通過實際行動，才能真正為基層家庭帶來希望。

2024 年 3 月 27 日的立法會會議議員議案：檢視《長遠房屋策略》，縮短置業階梯張欣宇議員的發言

多謝代理主席。香港作為一個以華人為主的社會，置業問題自然是我們核心的社會問題，看到政府和各界在這方面的努力，由本身公屋、居屋、私樓這 3 層階梯，現在擴闊至過渡性房屋、公屋、綠置居、居屋、港人首置、私樓。現時階梯對全社會不同收入人士的覆蓋面也相當闊，但每一層階梯本身的深度，即供應量是否能符合社會的需求，而且不單是社會現時的需求，還能配合一個好的社會

結構呢？

就這一點，多位同事剛才都有很好的見解，我不會特別重複這些論點、論據，我想從一些數字分享一些觀點和觀察。現在公屋約佔香港所有房屋的30%，如果未來10年以7:3的比例，或以《長策》規劃當中的一個比例來興建，未來可能會提升至約三分之一。我們看看人口收入的統計數字，在公屋入息限額之下的人口大約為四成。單看這兩組數字，好像是互相配合，是符合的。但是，這裏只是說入口，真正的問題是在退出方面。關於退出機制，大家也很熟悉公屋的限制，如果住户的家庭入息超逾公屋入息限額5倍，或家庭總資產淨值超逾公屋入息限額100倍，便一定要遷出。就這個退出機制——我們不說虛報資產的情況或政策方面的漏洞，純粹說政策設計——如果我們用這一組數字來看全香港的人口，約有九成人都符合居住在公屋，無須搬走。

所以，這便帶來現時出現的很多問題，在我們的政策下，只要進入了公屋的群體，其實不用擔心容易要退出。而且，如果進入了公屋的群體，想再用公屋資格向上，即購買綠置居或其他資助房屋，也可能比同樣收入但非公屋住戶容易很多。所以，我們要考慮的是，要興建多少公屋才能承載得到這個人口？剛才已指出，符合居住在公屋的那一條線，是佔香港人口的九成。所以，如果要化解這個問題，非常重要的就是在公屋之上的供應群體，也是我們所謂置業階梯的第一步，需要有足夠的供應，並要與這個社會的人口結構配合。多位同事剛才提到，在居屋或種種資助出售房屋方面需要增大供應，這一點我完全認同。亦有不少同事提到，而我們在上星期也曾討論，資助房屋市場、公營房屋市場和私人市場需要作出分隔，我認為這是值得我們反覆強調的，因為公營房屋的資源不應該成為一種炒賣工具。

最後我想說的是，我們在考慮房屋供應時，也要考慮整體人口的結構和分佈。未來北部都會區和中部水域人工島會有大量人口，而按照這個分佈，傳統市區的人口會減少。所以，在市區公屋，包括市區重建的項目中，我們便不能如此簡單以商業項目本身的商業可行性來作出判斷，亦要一併考慮是否能配合將來整體人口的結構和分佈。所以，在某些重建項目中，我們不應該只是簡單追求更高、更密、有更多單位，反而要將重心放在大家是否住得更好、更大、有更多空間上。

代理主席，我謹此陳辭，支持林筱魯議員的議案。

（四）旅遊

隨着管治改革的推進，旅遊業的改革轉型同樣是未來發展的重要一環。作為國際都市，香港一直以來憑藉獨特的城市魅力和便捷的交通樞紐地位吸引全球旅客。然而，隨着內地市場的快速變化和區域競爭的加劇，香港旅遊業正面臨深刻的挑戰。

香港旅遊業的突圍之路——從挑戰到新機遇

過去，香港以「購物天堂」聞名世界，但隨着內地免稅店的崛起、電商的衝擊，以及旅遊消費模式的改變，單一依賴購物的模式已難以支撐旅遊業的可持續發展。與此同時，深圳、澳門等鄰近城市積極打造特色旅遊項目，既為香港帶來競爭，也提供了合作與錯位發展的契機。在大灣區一體化的背景下，香港如何在區域競爭中突圍，打造更具吸引力和競爭力的旅遊體驗，成為當前亟待解決的課題。

2024 年的復活節假期再次見證了香港旅遊業的「冰火兩重天」。期間，超過 227 萬人次港人選擇出境旅遊，而內地及海外訪客卻僅有 40 萬人次。與此同時，本地餐飲、零售等行業業績慘淡，整體生意較 2023 年同期大跌三成以上。這一冰火反差，反映出香港旅遊業正面臨前所未有的困境與挑戰。周邊城市的迅速崛起和旅遊市場競爭日益激烈，旅遊業如何突破瓶頸，激發新的增長動能，已是擺在香港社會面前的一道必答題。

香港旅遊業轉型要有壯士斷腕的決心和勇氣。長期以來，香港旅遊業過度依賴「購物天堂」的招牌，導致產業結構單一、客源市場同質化問題日益突出。然而，隨着內地免稅店的迅速崛起、電商的持續衝擊，「以購代遊」的傳統模式正面臨前所未有的挑戰。疫情更加速了旅遊消費從「物質型」向「體驗型」的結構性轉變。香港旅遊業必須突破路徑依賴，加快業態創新和產品迭代，在個性化、多元化、高端化上尋找新的突破口。這需要政府和業界擺脫形式主義，與業界共同發力，在戰略規劃、資源分配等方面有大刀闊斧改變的決心。

香港旅遊業轉型要在差異化、高端化、體驗化上尋找新的增長點。在全球旅遊市場，「網紅打卡」、主題旅遊、文化深度遊等新業態層出不窮。香港要從同質化的窠臼中突圍，就必須發掘獨特旅遊資源稟賦，打造差異化的旅遊產品和服務。面對大灣區其他城市在旅遊業方面的來勢洶洶，香港更應該更積極地迎接這種「良性競合」關係，有競爭才有進步，競爭中求合作，挑戰中找機遇，立足自身優勢，在區域分工與合作中找準獨特定位。依托國際化大都市的獨特魅力，聚焦高端商旅、郵輪遊艇、環球美食等優勢領域，打造一批叫得響、立得住的旅遊品牌項目；另一方面，香港也要與深圳、澳門等城市實現錯位發展，共同打造大灣區「一程多站」精品旅遊線路，在錯位競爭中實現突圍。

香港旅遊業轉型首先要把「服務」二字做實、做細、做到位。香港素來以高品質的服務見稱，但近年來在旅遊服務品質上的短板日益顯現。服務提供者素質參差不齊、遊客投訴頻發等問題，已成為制約香港旅遊可持續發展的痼疾。

當前，旅客需求日益個性化、年輕化，傳統的「遊覽式」旅遊已不再受寵。年輕一代更青睞社交媒體上的「網紅打卡」和「深度體驗」。香港旅遊業要緊跟消費趨勢，提供更多「小而美」、「慢而趣」的時尚體驗。這需要政府換位思考，真正讀懂年輕人的需求偏好，尤其是年輕一代的消費心理。吸引年輕人的究竟是煙花集市還是打卡聖地？ 60 後官員能否讀懂 00 後的網紅經濟，還是像白天不懂夜的黑？政府投入巨資拉動旅遊的同時，更需要真正理解旅客需求，方可制定更有效的旅遊發展策略。唯有擁抱新消費、對接新需求，香港旅遊業才能煥發新的活力。

對香港而言，旅遊不僅是重要的支柱產業，更承載着這座城市的文化印記和情感記憶，香港旅遊業正處在轉型發展的關鍵當口。唯有以時不我待的危機感，敢於突破固有模式，積極擁抱新技術、新業態、新需求，在更高起點、更高層次、更高目標上推進產業升級，香港方能重現「東方之珠」風采，在新一輪旅遊革命中搶佔先機。這需要政府、業界、社會形成更大合力，以開放包容的心態擁抱創新，以敢為人先的銳氣投身變革，攜手共繪香港旅遊業發展的嶄新畫卷。

從流量到留量——香港旅遊業的復甦與升級之路

產業轉型並非一蹴而就，即使方向明確，如何落實才是關鍵。政府與業界需要攜手合作，不僅要吸引旅客，更要讓來港的遊客願意停留、樂於消費，真正實現「旺丁又旺財」。內地部分城市如淄博、哈爾濱、深圳等地的成功經驗表明，旅遊業的復興不僅取決於流量，還需要超預期的服務體驗、靈活的應變機制，以及對人文特色的深度挖掘。

在這樣的思路下，下一步的關鍵在於如何從「轉型」走向「復興」。要讓香港旅遊業重新煥發活力，除了改善基礎服務，更要打造符合當代旅客需求的旅遊產品，並透過創新與數字化手段提升整體競爭力。接下來，將探討香港如何借鑑成功案例，透過全面升級旅遊體驗，推動產業復興，使香港在國際旅遊市場中重拾競爭優勢。

香港旅遊發展局公佈的 2024 年第一季度的訪港旅客數據顯示，共有 1,123 萬人次旅客訪港，同比增加 1.5 倍，環比增加 5%；其中內地訪港旅客約 870 萬人次，同比增幅近 1.6 倍，約佔整體來港旅客的 77%。這一數據反映出當前香港旅遊業呈持續復甦態勢，五一黃金周更有望迎來逾 80 萬內地旅客訪港。

政府在推動和宣傳香港旅遊方面也在不遺餘力地努力。從 5 月開始的煙花無人機表演，到盛事之都名下的各類大型活動，再到旅發局積極開拓與內地社交媒體平台和全世界網紅的合作，一系列措施旨在吸引更多旅客到訪香港。然而，在碎片化旅遊時代，吸引流量、舉辦盛事固然重要，但若想真正盤活經濟，實現「旺丁又旺財」，僅靠外宣和流量是遠遠不夠的。內地一些城市的「出圈」經驗告訴我們，真誠的服務、完善的配套和政府的積極作為，才是留住旅客、促進消費的關鍵。

不妨以備受關注的「淄博燒烤」、「哈爾濱冰雪」、「被港人擠爆的深圳」為例，幾個城市的旅遊產業之所以能夠成功「出圈」，關鍵在於政府、業界、市民的多方跨界聯動。網上流量發酵鋪排，政府迅速從互聯網接梗，並沒讓流量只停留在互聯網上，而是真正實現一體化流量運作。旅客增加以後，當地政府立刻反應，增加免費接駁巴士 / 火車線路，與業界緊密合作為旅客提供景點小冊子、優惠及購物禮劵，針對不同旅客群體提供不同類型優惠。同時，政府也嚴控物價、加大巡查力度，嚴厲打擊宰客、欺詐等行為，維護市場秩序，讓旅客放心消費。另外，政府也並鼓勵普通市民積極參與、務求盡其所能為旅客提供優質服務，這一系列「組合拳」讓旅客真切感受到了超預期的體驗。這種由上至下、全民參與的旅遊推廣模式，值得香港借鑑。

作為一個國際旅遊城市，面對負面輿情，回避問題的應對方式已不適應當下互聯網時代的需求。政府部門應當改變反應緩慢的傳統應對方式，不迴避問題，及時介入、積極應對，巧妙吸引流量。包括出入境口岸和交通的靈活安排，旅客對餐飲、住宿、購物、交通投訴的快速介入、秉公處理，並及時公開處理結果，讓旅客感受到香港政府的誠意和效率。哪怕是負面新聞也有機會轉化成為一次次的正面宣傳，贏得口碑。

香港向以美食、購物和現代都市風貌聞名於世，要在後疫情時代重振旅遊，僅僅依靠傳統的旅遊資源已遠遠不夠，要以創新的思路去發掘獨特的人文內涵。無論是嶺南和客家的傳統文化、「東方荷里活」經典香港電影的影視文化、結合霓虹燈和塗鴉的街頭文化，還是上山下海的健康文化，舊區改造活化的獵奇文化，都可以成為香港的新名片、新引擎。同時也讓遊客理解，香港不僅是購物天堂，更是人文之都，從而增加遊客逗留時間。

總的來說，流量不是現代旅遊的必殺技，真誠才是。網絡熱度是短暫的，「出圈」是積累的結果，要實現香港旅遊業的「旺丁旺財」，關鍵在於打通線上線下，政府、業界和市民共同努力，實現一體化流量運作，以真心換真情，以優質服務打動遊客。只有這樣，香港旅遊業才能在激烈的市場競爭中立於不敗之地，實現持續繁榮。

人文之光——香港旅遊的新未來

隨着香港旅遊業逐步復甦，如何從單純的「流量回暖」轉向「價值提升」，成為當下最重要的課題。在全球旅遊市場競爭加劇的背景下，單一依賴購物、短途觀光的模式已難以滿足現代旅客的需求。相比起快速打卡，遊客更渴望沉浸式的文化體驗，希望深入了解一座城市的歷史、人文與故事。

正是在這樣的趨勢下，人文旅遊成為香港旅遊業升級的重要方向。這座城市不僅擁有璀璨的都市風貌，更蘊藏着豐富的歷史文化、獨特的街頭風景和深厚的庶民情懷。從殖民歷史的遺跡到港產電影的情懷，從老字號的美食文化到非物質文化遺產，這些都是香港最具魅力的資源。

如果說旅遊復興是香港重拾競爭力的關鍵一步，那麼人文旅遊則是讓這座城市真正「留住人心」的核心動能。接下來，將探討香港如何透過人文挖掘、文化創新與社會參與，打造獨具特色的文化旅遊體驗，讓這座城市的故事被更多人聽見，也讓遊客在旅途中找到情感共鳴。

人文之光，照進歷史的長河。漫步在香港街頭，那些古老的建築無不訴說着這座城市的前世今生。位於中環的天星碼頭見證了百年商埠的滄桑巨變，蘇豪區的洋樓承載着東西文化交融的歲月痕跡，黃大仙祠的香火繚繞更顯中華文化的博大精深。璀璨霓虹下的老街小巷，每一條都藏着只屬於這片土地的記憶。這些歷史遺存猶如一座座時光隧道，帶領我們穿越時空，觸摸城市的脈搏，感悟它的前世今生。

人文之光，點亮藝術的舞台。作為亞洲文化樞紐，香港每年都會上演眾多精彩紛呈的文化盛事。香港藝術節匯聚了四海藝術家，為我們獻上了一場場視聽盛宴。各大博物館更是文化瑰寶的聚集地，香港故宮、M＋等地標性文化殿堂讓傳統與當代在此交相輝映。街頭巷尾的塗鴉藝術，以青春的筆觸描繪城市的活力。置身其中，文化的薰陶撫慰心靈，藝術的創造激發想像。文化藝術，已然成為這座城市最動人的色彩。

人文之光，折射人心的溫度。香港的魅力，歸根結底在於這裏的市井煙火氣和人情味。初到香港，最令人感動的不是摩登的高樓林立，而是街坊鄰里的熱情好客。嘈雜的街市裏，街坊和小販的問候及吆喝聲此起彼伏，構成了獨特的庶民交響曲。來自世界各地的面孔在狹小的空間裏自在穿梭，多元包容的社會氛圍彷彿一股暖流溫暖人心。這些看似平凡的細節，卻折射出香港最本真、最率性的人文魅力。

放眼全球，隨着休閒時代的來臨，旅遊業正迎來新的發展契機。香港如何在人文旅遊的賽道上贏得先機？

文旅融合，需要深入挖掘香港的歷史文化資源，開發更多富有特色的文化旅遊路線。例如，可以設計以港產電影取景地為主題的「電影朝聖之旅」，讓遊客漫步於《重慶森林》、《無間道》等經典電影的拍攝地；也可以打造「老字號美食之旅」，帶領遊客品嘗地道的港式茶餐廳、街頭小吃等。從奶茶到粵劇，從太平清醮到划龍舟，舞火龍和盂蘭勝會，這些項目原來都已經被列入香港非物質文化遺產代表作名錄。這不正是香港人文旅遊的本錢？把人文旅遊發揚，保育，傳承，開拓更多的非遺深度旅遊路線，不僅能滿足遊客的文化體驗需求，也能讓他們更深入地了解香港的歷史文化脈絡。

當然，我們不能忘記，香港最珍貴的人文魅力來自於這座城市的人。熱情好客的市民、多元包容的社會氛圍，這些都是香港獨特的軟實力。政府應該鼓勵更多普通市民參與到文化旅遊的發展中來，香港市民其實是最好的文化導覽員，讓他們有機會用自己的故事和經歷向遊客展現最真實、最動人的香港，這可能也是「人文」美麗中，最重要的一篇拼圖。

人文之光，昭示着香港的文化自信。香港要敢於擁抱自己的歷史文脈，善於梳理自身的人文底蘊，以海納百川的胸懷包容多元文化，以開放進取的姿態擁抱世界文明。在人文之光的指引下，香港定能煥發新的活力，續寫「東方之珠」的不朽傳奇。

深港合辦世博的機遇與挑戰：打造全球盛事新典範

在香港積極推動「人文旅游」、提升文化吸引力的同時，如何透過更具規模和影響力的國際活動來鞏固其全球地位，成為值得深入探討的議題。沙特阿拉伯成功申辦 2030 年世博會與 2034 年世界杯的案例，正好提供了一個參考方向——透過大型盛事帶動基礎建設發展，提升國際關注度，並塑造國家和城市品牌。若香港與深圳能夠攜手申辦世博會，不僅能進一步促進深港經濟與產業融合，也能在「一國兩制」框架下探索區域合作的新模式，展現大灣區的綜合實力與發展潛力。

沙特阿拉伯首都利雅得成功獲選為 2030 年世界博覽會（「世博」）的主辦城市。與此同時，國際足球聯合會（FIFA）宣佈沙特阿拉伯將成為 2034 年男子足球世界杯的主辦國。透過體育產業，沙特阿拉伯展示了阿拉伯國家的軟實力，並推動了首都的基礎設施發展。這表明沙特阿拉伯正積極求變，投資未來創造條件。

早在 1988 年，有立法局議員就提出在香港舉辦 1997 年世博會的可行性研究，旨在「喚起多數市民積極承擔責任的精神和決心，團結起來，各守崗位，眾志成城努力工作，對我們的前途作出貢獻。」當時甚至評估了以中環灣仔填海區作為世博會場地的可能性。時任政府考慮到舉辦世博對社會利弊，公營開支計劃未能配合，且經濟發展面臨九七回歸的不確定性，故放棄了申辦世博的意向。近年來，一些內地專家認為深圳與香港是時候可以合作申辦，創造「一國兩制」下兩座城市聯合舉辦國際盛事的先例。

香港政府積極推廣香港成為一個真正的「盛事之都」，以展現香港的魅力。行政長官李家超曾表示，政府將繼續積極推動本地的體育、旅遊和文化業發展，並持開放態度對待一切有利於香港在國際舞台上發揮所長的機會。前文化體育及旅遊局局長楊潤雄也強調，鞏固香港作為「亞洲盛事之都」的地位至關重要，希望未來能舉辦更多大型盛事和活動。此外，政府最近成立了「旅遊業策略委員會」，廣納旅遊界和相關行業的策略性建議，包括零售、餐飲和酒店等領域，以推動香港旅遊業的提速和提質發展，同時促進旅遊與相關行業的融合發展。

世博會作為一個全球平台，能夠讓各國進行國際對話，共同探討和解決全球性的議題和挑戰。在社會運動和疫情打擊之下，政府需要通過不同途徑改善香港的國際形象。如果香港有幸舉辦世博會，不僅能展示香港舉辦國際活動的實力，還能向全球各國展示「香港故事」，並借此良機宣傳香港作為「八大中心」的優勢。此外，與深圳合辦世博會可以產生協同效應，積極配合國家《十四五規劃綱要》，充分展示大灣區的影響力。

財政問題向來是舉辦世博及國際性項目的重要阻力。然而，這並未阻礙大阪在 2025 年舉辦世博的腳步，儘管會場建設費用從原訂的 450 億日圓激增至 2,300 億日圓，超支達到四倍之多。另外，在 2015 年的意大利米蘭世博中，意大利館的建設亦超支了 3,000 萬歐元。考慮到香港財政近年出現赤字，財務融資的可行性更不容忽視。然而，我們不應將世博的投資回報僅限於活動期間，也應放眼總體經濟效益。以即將舉辦2030年世博的沙特阿拉伯利雅得為例，該城市將建造大型公共交通系統、公園、電競及表演設施，同時加速創新並保護生態系統。儘管2015年米蘭世博在爭議中開幕，但最終門票、展覽場地收費和贊助商等為其帶來了2,300萬歐元的利潤。此外，米蘭世博的原址現已改造成大型科技園區「米蘭創新園區」，部分展館也已經被翻新重用，以持續推動米蘭的城市發展。

政府可以採用「逆向規劃」以解決大型活動超支問題。逆向規劃意味着在設計大型活動場館用地之前，先規劃好大型活動完成後的發展方向。這樣的做法不僅能善用資源，促進社會發展，還能減少活動結束後拆除場館所帶來的浪費。這種方式受到倫敦奧運的啟發，倫敦政府在籌辦奧運期間已有意以奧運推動舊工業區東倫敦的都市更新計劃。此外，倫敦在建造一些場館時，已經提前確定了未來的用途，甚至已經找到了買家，例如媒體轉播中心在奧運結束後改建成了辦公室和商業用途，而奧運選手村則改建為2,800多個住宅單位。同時，為奧運建設的斯特拉福站和倫敦城市機場等交通基礎設施也成為倫敦的重要交通運輸中心之一。這說明只要選擇具有潛力的地點，配合政府的精心規劃，世博不僅可以帶來短期的門票收入和旅遊收益，還能長遠推動城市的發展。

要成功吸引各國設立場館，招徠全球旅客到訪，需要訂立具有未來性的主題。例如，2010年上海世博的主題是「城市，令生活更美好」，而2020年迪拜世博的主題則是「溝通思想，創造未來」等。這些主題不僅回應了全球重要議題，還與舉辦城市的優勢相結合。香港和深圳合辦世博也可以延伸「香港2030＋」和「深圳2035」的總體規劃。香港的總體規劃目標是倡導可持續發展，提升高密度城市的宜居度，並創造容量以實現可持續發展。而深圳也提出要成為世界可持續發展的示範樣板，並在2050年成為世界先進城市之一，強調人與自然的共生。深圳和香港政府可以考慮以城市與自然共同發展作為世博的主題方向，並配合深圳和香港的政策，回應日益嚴重的城市化和氣候危機問題。

成功的世博需要周詳的規劃，並思考如何最有效地促進香港和深圳的同步發展。深港政府需要拍住上，盡早規劃申辦，與民商討，獲得中央和深港市民的最大共識，把「說好深港故事」行出來。

（五）管治

前文探討了創新科技如何成為香港未來經濟增長的新引擎，並分析了公共工程建設及相關的反思與建議。然而，香港的成功不僅依賴創新科技與基礎設施，更需要一個高效、靈活、具前瞻性的政府管治體系來提供制度保障。事實上，香港當前面臨的眾多挑戰都與政府治理模式息息相關。創科發展需要政策支持，社會穩定需要高效施政，經濟轉型需要政府引導。在這樣的背景下，改革政府管治體系，提升施政效能，已成為推動香港全面發展的關鍵課題。

政府管治大改革

過去幾年，香港歷經修例風波和新冠疫情，社會、經濟、民生均遭受重創，香港正面臨前所未有的挑戰。在土地供應、公營房屋建設、產業規劃、醫療改革、育兒、安老、可持續發展等各諸多方面，政府亟需回應廣大香港市民的迫切訴求。

民心思變，民心求治。在千頭萬緒的工作中，下一任特首應把推動管治改革、提升治理水平放在首要位置。只有充分認識到政府管治中存在的問題，大刀闊斧、深度改革，才能讓所有香港市民、尤其是年輕人，看到香港發展的方向，看到未來的希望。

第一，要解決深層次矛盾，從根本上解決民生問題，無論是北都計劃，還是產業結構轉型，靠任何一個部門單打獨鬥都是行不通的。只有打破現有職能的邊界，凝聚政府各部門的力量，促進跨部門協作並優化流程，方為上策。

行政長官應當用好行政主導的制度優勢，扮演統籌和促進跨部門協作的重要角色，讓各部門不再各自為政，而是在同一個辦公桌上，共同理順流程和程序，共同設定時間表和行動計劃，有效分工，保質保量按時交付，才能解決社會的各個深層次矛盾。

第二，公共政策的制定會直接影響市民的生活質素和幸福感。無論是問責官員，還是公務員隊伍，都需要走進基層，傾聽民意，促進對話和溝通，積極聽取和採納不同行業的專業建議，從而發現市民真正所需，急市民所急，切身考慮所制定頒佈的政策對市民生活的影響，解決民眾最迫切的需求，從解決市民生活問題為導向制定政策。

此外，政策制定亦需有長遠發展的眼光、規劃和目標。未來的政策制定需要為香港社會和本地社區創造可持續的發展環境，就業機會，提供引導和資源，為後疫情時代的社會和經濟發展創造新的機遇和增長點，為市民的生活帶來實質改善，並給予可期的希望。

第三，不少市民感覺政府面對問題時總是「在研究，在探討」，卻缺乏落實時間表，政策遲遲不能推進也毫無後果；所以需要細化、公開各項公共決策的出台過程和落實情況，定期匯總公佈，方便公眾監督，以及改革問責官員和公務員人事管理制度，建立績效考核和獎罰機制量化表現，建立有擔當、拒卸膊的真問責文化。

第四，高層官員需要以身作則、身先士卒，既要做組織領導者，更要做實踐的先行者，用行動展現理念，用行動指揮隊伍，從上至下方能推動革新。同時也要增強各層級人員使命感和主人翁意識，以真誠的態度為市民服務，鼓勵及時溝通，凝聚團隊向心力，建立跳出框框、創新合作、敢於突破、凡事「行多一步」的新風氣。要堅決拒絕卸權避責、層層下放，「少做少錯、不做不錯」、「為做而做」、「凡事只跟足流程、按本子辦事」的陳規舊套。

問責官員和公務員之間尤其需要做到精誠團結，通力合作，決不能置身事外，甚至相互「射波」，把對方當作施政失誤時的「替罪羔羊」。期盼由行政長官和其問責官員團隊開始，從上到下建立一個嶄新的風氣和文化。

第五，需要貫徹「以結果為目標」的施政理念。香港公務員團隊素來重視程序正義，執行高效，是推動香港社會發展和公平公義的重要基石。然而，當行政程序僵化，只看重程序的完整而忽略結果的好壞，則會導致政策長期不能落實，社會深層次問題遲遲不能解決，空有程序正義，缺乏結果正義。當程序符合最終結果的需要時，它就是好程序；當外部環境變化、過時的程序成為掣肘時，就是時候去改變它，讓程序為結果服務。

社會需要發展，市民呼喚改革。特首在未來施政中應帶頭精簡行政程序，大膽摒棄不合時宜的內部規例指引。樹立目標為本、善於靈活變通、敢於決策的施政新理念。只有摒棄跟隨既定規程做事的慣性，有意識地「跳出框框」，才能將社會的要求內化為施政思維上的轉變，方能積極有為、不斷進取。

雖歷經滄桑，但香港人不服輸，香港的拼搏精神依舊。願香江拂去蒙塵，讓改變源於你我。

香港需要一場凝聚人心、匯聚力量的改革創新

香港當前面對的挑戰，不僅限於管治效率與政策執行力的問題，更涉及經濟結構轉型、土地與房屋供應、基建發展、教育公平及社會流動性下降等深層次矛盾。這些問題已經積累多年，影響市民生活福祉，甚至削弱了社會的發展動力。要解決這些難題，香港必須進一步深化改革，打破舊有思維與利益藩籬，推動系統性、結構性的變革。

「改革」是二十屆三中全會的核心內容。習近平總書記在多個重要場合反復強調，改革是中國共產黨和國家事業發展的迫切需要，中央港澳辦主任夏寶龍在會見特區政府官員時亦明確指出，香港需要在內外環境深刻變化下「銳意改革，主動

作為」。

香港回歸以來，實現了恢復行使主權的平穩過渡，化解了社會動盪所帶來的安全風險，取得了一系列的顯著成就。但不可忽視的是，當前香港仍面臨着一系列突出的深層次問題。比如，傳統支柱產業發展飽和，新的增長動能仍待發育；社會運作成本高昂，房屋、醫療等民生保障資源緊張，重大項目建設冗長低效；貧富差距懸殊，青年向上流動機會不足，社會團結仍待修復等等。這些問題困擾香港多年，甚至日益固化，嚴重制約着香港的長期繁榮穩定和市民的幸福感。國家整體層面的改革，是進一步全面深化，對於香港特區治理來說的改革，卻是一場需要大踏步趕上的「追落後」。

改革的成效——落在市民生活的實處

二十屆三中全會《決定》強調問題導向、抓住重點以及人民至上。推動香港改革，同樣應當牢牢把握這些原則：改革是由問題倒逼而產生，改革是為了人民。因此，改革不能只是喊口號，而必須落實到具體政策，有效解決香港經濟社會發展面臨的一系列突出問題，這才是學習三中全會精神的真正意義，也才能真正凝聚香港市民的信心。

《決定》引述習近平總書記的講話：「一般性改革舉措不寫、發展性舉措不寫、中央已經部署正在實施的改革舉措不寫。」同樣，香港的改革不能僅僅停留在政策的修修補補、加加減減，而是要針對現存問題的重點，確立明確目標，敢於打破舊有思維定式和利益藩籬，推動系統性、結構性的改革。

以一些具體的領域為例：

在交通領域，成立的士車隊、優化巴士路線等措施是發展性的舉措，但顯然不是改革。開放市場，引入競爭，提前佈局無人駕駛等未來出行新技術和新模式，實際解決市民點對點出行「叫車難、服務差」的問題，才是真正意義的改革。

在工程領域，強調基建工程項目「實而不華」、精簡程序是發展性的改善，但顯然不是改革。明明白白算清楚基建工程總賬，重新釐定流程，應用新型技術，做到應使則使，但不該花的「冤枉錢」堅決不花，不該耗的「審批流程」堅決不耗，達致真正的降本增效，才是真正意義的改革。

在土地開發領域，積極運用收回土地條例是一大進步，但顯然不是改革。大膽創新，例如探討整村統籌等更兼具效率、靈活和公平的新界土地開發模式，才是真正意義的改革。

在房屋領域，制定建屋目標，確保建屋進度不是改革。調整香港公私營房屋市場的體系和結構，讓年青人不再成為「樓奴」或「躺平」，才是真正意義的改革。

在教育領域，調整學位只是日常工作，推進教育公平，建立和人口變化相協調的供給機制，縮小基本公共教育服務的區域、校際和群體差距，打破「世襲制」和社會階層固化，讓每個香港學童都能享有公平而有質量的教育，才是真正意義的改革。

在科創領域，僅僅增加科技投資不是改革，實現有效市場和有為政府的協同發力，建立政府在前瞻佈局和政策引導的決策體系和運行機制，讓市場充分發揮出資源配置的導向功能，才是改革。

香港方方面面需要倒逼改革的問題太多，無法一一羅列，但實在需要管治者們沉下心，動真格。

改革的保障——建立健全問責機制

改革要取得成功，除了要有明確的方向和具體的措施，還要有強有力的制度保障。其中，建立健全問責機制至關重要。

問責機制的核心是「有責必問，問責必嚴」。要將監督檢查、目標考核、責任追究有機結合起來，形成保障改革的強大推動力。

以特區政府的實際情況而言，必須打破政治委任官員和公務員隊伍（尤其是首長級公務員團隊）在問責機制上存在的分隔，建立系統性和整體性的人事制度，不再由政府人員的合約性質決定其問責責任，強調「一個特區政府」的治理精神。廢除政府不同職系之間崗位調整的刻板限制，任人唯才，讓實績突出、銳意改革者上，不作為、不敢為者下，激勵政府人員開拓進取、幹事創業。鞏固完善政府內部監督、立法會監督、司法監督和輿論監督，杜絕「做 show」和「交功課」的港版形式主義。

改革的動力——市民支持和參與

民為邦本，本固邦寧。廣大市民不僅是改革的受益者，更是改革的原動力。沒有市民的支持和參與，任何改革都難以取得成功。改革進程一旦啟動，觸及深層次利益調整和制度變革的阻力只會愈來愈大，我們需要付出更艱辛的努力。

正因如此，香港要形成全社會共識，廣泛凝聚改革合力。管治者要展現出胸襟和心存「港之大者」的擔當，不能夠只服務和取悅自己的支持者，更要正視和承認香港社會目前所切實存在的信任問題，將市民內部存在的矛盾和外部勢力干擾正確區分開來和妥善處理，努力實現信任破冰。重塑協商機制和擴大覆蓋層面，突破同溫層，讓社會各界有序參與改革的渠道，充分調動各方面的積極性、主動性、創造性，匯聚起推進改革的強大動力。

經歷過 2019 年社會動盪的創傷和新冠疫情的衝擊，香港社會的士氣和信心亟需復元。在由治及興的關鍵時期，通過全方位的改革創新，給香港帶來了一次凝聚人心、匯聚力量的絕佳機遇。作為關心香港未來、致力推動良政善治的新生力量，香港新方向願和社會各界攜手，竭盡所能，解決一個個難題，共同向本地乃至國際社會釋放出香港復興的強烈信號。

從「收租型政府」到「服務型政府」

綜合以上討論，香港正處於關鍵的轉型時刻，需要從根本上改變思維，推動全面而深遠的改革。無論是政府角色的轉變、產業政策的調整，還是基建、金融、教育等領域的創新，都應秉持以市民利益為核心、以提升競爭力為目標的原則。這不僅關乎香港能否突破現有困局，更關係到香港在全球經濟格局中能否保持領先地位，並為市民創造更優質的生活環境。

然而，改革的推動不能僅憑政府單方面的努力，更需要全社會的參與和支持。政府應該加強與市民、企業界、學術界的對話，建立更具透明度和公信力的政策制定機制，確保改革方向能夠真正回應社會需求。同時，問責機制的強化亦至關重要，確保改革措施能夠落實，而非流於形式。唯有凝聚社會共識，匯聚各界智慧，香港才能在變局中找到新的發展動力，實現由治及興的真正跨越。

接下來，將進一步探討如何在政府政策、民間參與及社會氛圍等層面具體推動改革，確保香港能夠迎難而上，把握當前機遇，開創更光明的未來。

中共中央港澳辦、國務院港澳辦主任夏寶龍透過視像在全民國家安全教育日上發表主旨演講時，提醒香港勿以老眼光看待新形勢，要積極求變，主動適應新時代。現時，香港市場的需求端和資金端已出現變化，政府也要改變心態，由昔日「收租型」政府變革成「服務型」政府，更貼心照顧產業發展，且不能再迴避應對工程成本高的問題，並對症下藥，方能提升競爭力。

夏寶龍當日提及要使港人認識到墨守成規、固步自封沒有出路，逆水行舟，不進則退，必須積極識變、應變、求變，在由治及興的新起點激發港人開拓創新、靈活應變，引領各行業升級轉型，團結拼搏的內生動力。全國港澳研究會顧問劉兆佳分析指，這是中央提醒香港在發展過程中須保持危機感，應拋棄「小政府、大市場」思維，由政府牽頭處理香港深層次問題，政府的角色必須作出改變。

現時面對高息環境，香港現時的情況與過往接近零息環境不同，香港結構上對內地市場需求的佔比愈來愈重，但近年相對而言，有關需求偏弱；而當需求端和資金端出現變化，就會帶來挑戰和困難，明顯已不可能自行化解，需要主動變革與創新。

中國內地改革開放後，要和世界做生意，作為主要窗口的香港因而逐漸變成交易場地「抽佣收租」，「收租型」政府亦因而發展成形。惟時移勢易，香港社會本身正面對人口老化、福利開支和市區重建龐大開支等問題，同時高息環境蠶食了收益，內地又已處於高水平開放，體系也愈來愈完善，若政府再維持昔日「收租型」模式，香港地位會愈來愈容易被取代。

以前低息時資金成本低，可能 0.5%，（企業收益）可能收 3% 至 4%，business model 已經 make sense，現時資金成本要 4% 至 5%，企業扣除成本後，收益很低，靠收租型模式（帶來的收益）已經行到盡頭。此外，環球交通愈來愈完善和便捷，地理位置的考量顯得愈來愈次要，現今世代要較量的是「服務」，惟香港一直以來對產業發展的「服務」不夠貼心，或者可以說是從來不認為要照顧產業。現在是時候改變心態，政府要變身「服務型」政府，助力降低營商成本，推動產業在香港成事。

推改革降營商成本——勢必觸動既得利益者

特區政府過去一貫以低稅率作為吸引外資的主要手段之一，但這一優勢是否仍足以「照顧」企業的需求？低稅制與穩定政策確實是香港營商環境的優勢，能夠讓投資者保持信心，但如今單靠這些條件已難以帶來重大突破，香港必須進一步推動降低營商成本。

營商成本又可分為資金成本、工程成本和行政審批流程等部分，至於哪一項要最先處理，工程成本不可能回避。要發展必然面對工程造價問題，香港的工程成本較鄰近地區如深圳竟貴五倍，但物料和機械價格按理分別不大，導致高成本的其他原因或涉工人薪金、施工成本等，但香港至今仍未能分析出當中價格最貴的環節所在。首要是找出工程成本最貴部分所在，再對症下藥，尋找可行方法降低價格，否則在參與全球競爭時，難有好結果。

此外，因息口高企導致資金成本上升的問題同樣不容忽視，聯繫匯率制度下，以美元融資成本高，相信轉用人民幣融資對控制成本也有幫助。此外，香港現時各類牌照申請手續極為繁複，有必要簡化流程。

至於普遍認為是推高香港營商成本「元兇」的地價因素，考慮到香港將要發展北部都會區，並預期北都將能大量增加土地供應，相信屆時土地成本可相應降低。地價成本可能仍會令投資者卻步，但賣地並非發展的唯一出路，政府可探討股權模式供地，也可滿足投資者的考量。

改革從來不是易事，在降低香港營商成本過程中，可能觸動既得利益者，政府必須爭取民意支持。政府要轉變思維，有決心有擔當，維持現狀不會自動變好，要向公眾解釋清楚背後的邏輯，讓改革有民意基礎。

北都成為解決問題的期望所在，但按政府的行動綱領，2027 年或之前，北都的發展預目才啟動收地程序，2032 年或之前平整四成新發展土地，還有一段長時間才可達至大量土地供應，香港可以等嗎？進行改革的時間已不多，必須在一至兩屆政府內完成，以新模式進行北都發展，香港方能輕裝上陣，否則屆時商業可行性會面對巨大壓力，變相又窒礙北都長遠發展，環環相扣。

倘若不推動改革，降低營商成本，導致無法產生合理的投資回報率，那誰來落戶呢？香港的新都會區發展又是為誰而發展呢？通過甚麼資源實現？新都會區要讓市場資本願意參與投資才能夠帶動，就算通過政府發行專項債來融資，也要有投資者願意進行債務投資，借錢對於市場來說也是一種投資，市場需要相信新都會區的項目存在合理回報才會提供借貸。

香港要多用人民幣融資，正牽涉到香港經濟的支柱之一的金融產業。作為人民幣離岸中心，香港有充足的人民幣儲備，要深化作為人民幣離岸中心的角色，香港可更進取更大刀闊斧地推出更多人民幣投資產品，例如容許港股和基金以人民幣收款付款等。

調低互聯互通機制包括滬港通和深港通門檻，包括投資者賬戶資產要求等，讓更多國際資金可通過香港進入內地資本市場，也讓內地資金通過香港連接全球資本市場，香港可爭取中央支持，做到內外循環中的連接者，助力消除資金外匯流出的風險，同時帶旺金融市場。

推動多用人民幣貿易，能協助降低融資成本，也有助香港的教育產業改革。香港國際化的教育，對人才尤其是內地人有吸引力，惟本地中學、專上院校校園太小，建議政府加快院校的土地供應，並以人民幣融資進行建設。早有金融機構看見商機，願意出錢投資教育城，建議可借人民幣建設教育設施，日後以學生用人民幣支付的學費還款，形成完全用人民幣的投資過程，免受匯率影響，相信有助降低融資成本。政府只需要提供土地作公私營合作，達到長線投資。教育產業可帶來很大的經濟效益，因為除了學費收益，非本地學生留港期間的衣食住行等消費，不容小覷，還有就是這些在港培訓的人才，日後可能在香港落地生根，成為香港勞動力的新力軍。「一國兩制」下的香港，可以有很大的發展空間。

「一國兩制」下，可以有廣闊空間，要敢去想，敢去創新要求變。

政府數字化轉型：體制改革之外的另一場考驗

在政府架構調整的同時，香港的數字化發展亦成為社會關注的焦點。政府推動創新科技和智慧城市建設的決心毋庸置疑，然而，近期一系列與電子政務相關的問題，卻暴露了數字化轉型過程中的各種挑戰。

近期，香港考評局耗資 900 萬元開發的「監考易」和「報到易」手機應用程式在中學文憑試中出現故障，引發了社會廣泛關注。事實上，過去幾年，涉及政府或法定機構的電子系統頻頻出現技術問題，例如康文署 SmartPLAY 康體通系統崩潰、數碼港資料外洩、區議會選舉電子選民登記系統故障等，都暴露了香港政府數字化轉型過程中存在的諸多問題。政府推出各種便民 APP 以提升公共服務效率，理應是一個正面的發展方向。然而，一系列電子系統失靈事件，不僅引發了社會討論，也暴露出目前政府在數碼服務推行中面臨的重大挑戰。

借助移動互聯網打造「指尖上的政府服務」，是大勢所趨，值得肯定和鼓勵。但政府服務 APP 絕非「花架子」，它承載着為民服務的使命，事關廣大市民的切身利益。頻頻出現的「故障」與「癱瘓」，不僅嚴重影響了公共服務的正常運轉，更可能損害政府和公共機構的公信力。對此，政府必須高度重視，刨根問底，對症下藥。

究其原因，當前政務 APP 屢屢「中招」的背後，既有研發測試不夠嚴謹、外包管理存在漏洞等技術層面的問題，也暴露出頂層設計不足、統籌協調乏力等管理短板。部分機構仍抱着「交給外包公司就不管」的心態，缺乏全流程的質控和問責機制。項目開發和測試不夠充分，上線後運維監測、應急處置也跟不上，一旦出現故障，便將責任推卸給外包公司，缺乏有效的監督和問責。

更值得注意的是，政府各部門各自為政、各開發各的系統，導致「信息孤島」嚴重。系統割裂、數據無法共享，資源無法整合，不僅影響了用戶體驗，也造成了資源浪費。這些問題如果得不到及時解決，勢必影響政府數字化轉型的發展，最終淪為「好心辦壞事，便民變擾民」。應該如何破解這一難題？對此有以下幾點建議：

一方面，優化頂層設計和統籌協調。創新科技及工業局應該積極發揮推動和整合作用，成為香港政府數字化建設的領導者和組織者。由創科局整合各政府部門的資訊資源和力量，統一規劃和標準制定，推動各部門信息系統互聯互通，打破「信息孤島」，構建統一高效、安全可靠的數據資源體系。通過打通信息共享屏障，推動信息跨部門跨層級共享共用，真正實現便民利民，加速政府服務的數字化轉型。而這一願景如何通過善用科技、建設智慧政府來實現，也是政府需要多加思考的。

另一方面，從立項、研發到發佈和迭代，政府內部應該有清晰的規劃和問責機制。技術開發不可能一帆風順，出現問題並不可怕，可怕的是缺乏有效的應對措施和改進機制。外包不等於甩包，更不能「外包頂包」。政府各部門不能簡單地將責任推給外包公司，而應該積極面對，及時公佈問題原因，提出解決方案，並做好軟件的迭代更新。政府可以參考 12306 火車票預訂系統，它在初期也面臨諸多問題，但通過不斷的優化和迭代，最終為用戶提供了穩定可靠的服務。

此外，應該樹立用戶思維，政府 APP 的開發要立足實際需求，以用戶體驗為中心，而不是簡單「照搬照抄」。政府需要建立一套完善的 APP 服務評估和反饋機制。通過收集用戶的使用反饋，及時發現並解決存在的問題。同時，應該加大對政府內部創科人才的培養和引進，提升政府自身的技術研發和創新能力。

「不以一眚掩大德，不以一勞定乾坤。」政府服務的數字化轉型之路，不可能一蹴而就，難免經歷「成長的煩惱」。政府應該吸取教訓，以更加開放和創新的思維，勇於承擔責任，打破外包迷思，在優化提升中砥礪前行，在攻堅克難中積累經驗，確保科技真正成為服務民眾的利器，實現便民利民的初心。

後記：探索的旅程，未完的篇章

香港正處於深刻的轉變中。社會的矛盾、經濟的挑戰、政策的變革，每一個層面都在快速演進。在這樣的時代背景下，「香港新方向」的誕生，不僅是一群專業人士的行動選擇，更是一種對未來的思考與實踐。

這本書的核心，不只是記錄「香港新方向」這個團體的發展歷程，而是嘗試回答一個更宏大的問題——當社會變革來臨，普通人如何透過專業知識與務實行動，為香港尋找新的出路？

在書寫的過程中，本書回顧了香港近年來的重大變局，記錄了不少市民的聲音，也梳理了政策的演變與挑戰。從張欣宇的個人經歷，到一群來自各行各業的專業人士如何走進社區，再到政策層面的討論與探索，每一個章節都承載着一份深思與期望。我們希望透過這本書，讓讀者不僅理解「香港新方向」的理念與行動，也能激發更多人思考：我們能如何參與這座城市的未來？

張欣宇的故事，某種程度上是香港這座城市的縮影。他從深圳來港求學，畢業後進入大企業，成為專業工程師，最終踏上立法會的舞台。他的經歷並非獨一無二，而是許多來港留港發展的年輕人的共同寫照。他們選擇香港，愛這座城市，並希望透過自身的努力，為香港貢獻價值。

然而，光有個人的奮鬥並不足夠，真正的改變需要更多人的參與。「香港新方向」的成員來自工程、會計、法律、金融、醫護、社工、教育、媒體等不同領域，他們並非傳統政治圈的人，而是一群願意用專業知識解決問題的實幹者。他們的故事告訴我們，政治不應該只是對抗與口號，而應該是一場務實的行動，一場來自市民、回應市民的改變運動。

無論是房屋問題、就業挑戰、環保議題，還是公共交通與福利政策，每一個議題的背後，都是無數市民的生活困境與期待。

真正的改變來自於傾聽、行動與落實。這也是「香港新方向」一直以來的理念——深入基層，了解市民的真實需求，並提出具體可行的解決方案。「新方向」的成員們憑藉自身的專業背景，促成了實際的政策優化。這些努力，雖然不一定能即時改變大局，但每一個小小的進步，都是香港向前邁進的一步。

香港的未來不能只依賴政府的決策，更需要來自全體香港市民的智慧與參與。政策的制定與落實，應該以市民的需求為核心，並透過專業知識與數據分析，尋找最務實的方案。只有這樣，香港才能在變局中找到新的機遇，重新確立自身的優勢與定位。

這本書的完成，並不代表我們的探索結束。相反，這只是「香港新方向」實踐的其中一個階段。在未來的歲月裏，我們將繼續關注香港的發展，繼續與市民同行，繼續為這座城市尋找更好的方向。

我們想向每一位關心香港的人說：這座城市的未來，不只是政府的責任，而是我們每一個人的責任。無論你是學生、專業人士、企業家，還是普通市民，只要你願意關心、願意參與，你就能成為改變的一部分。

最後，我們要感謝所有支持這本書、提供寶貴意見的朋友們，感謝所有曾經與我們對話、分享想法的市民，感謝所有願意為香港努力的人。你們的聲音與行動，是推動這座城市向前的真正力量。

香港的未來，取決於我們今天的選擇。讓我們攜手同行，繼續探索，繼續實踐，一起尋找香港的新方向。

□責任編輯：黃遠楷
□設　　計：高　林
□排　　版：時　潔
□印　　務：劉漢舉

改變力量　源於你我

——香港新方向的理想與探索

□
著
張欣宇　等

□
出版
中華書局（香港）有限公司
香港北角英皇道 499 號北角工業大廈一樓 B
電話：(852) 2137 2338　傳真：(852) 2713 8202
電子郵件：info@chunghwabook.com.hk
網址：http://www.chunghwabook.com.hk

□
發行
香港聯合書刊物流有限公司
香港新界荃灣德士古道 220-248 號
荃灣工業中心 16 號
電話：(852) 2150 2100　傳真：(852) 2407 3062
電子郵件：info@suplogistics.com.hk

□
版次
2025 年 7 月第 1 版第 1 次印刷

□
規格
16 開（230 mm × 150 mm）

□
ISBN：978-988-8913-83-1